LES CHIENS DE BELFAST

DU MÊME AUTEUR

Poussière tu seras
Fayard Noir, 2009
et « Points » n° P2992

Redemption Factory
Fayard Noir, 2010
et « Points » n° P3166
sous le titre Rouge est le sang

On the Brinks
Éditions du Seuil, 2013

Sam Millar

LES CHIENS DE BELFAST

roman

TRADUIT DE L'ANGLAIS (IRLANDE)
PAR PATRICK RAYNAL

ÉDITIONS DU SEUIL
25, bd Romain-Rolland, Paris XIVe

COLLECTION DIRIGÉE
PAR MARIE-CAROLINE AUBERT

Les vers de Samuel Butler sont traduits par Pierre-Henri Larcher. Ceux de Charles Wolfe par le Chevalier de Chatelain. Les citations de Nietzsche sont traduites par Henri Albert.

Titre original : *Bloodstorm*
Éditeur original : Brandon, une marque de The O'Brien Press Ltd.,
Dublin, Irlande, 2008

ISBN original : 978-0-86322-375-4

ISBN : 978-2-02-113569-5

www.seuil.com

Je dédie ce livre au clan McConnell :
Sean, Tracey, James, Brandon et les jumeaux, Tiernan et Shane.

Que Dieu veille sur vous pour l'éternité !

Prologue

Un été sanglant, 1978

> Aucune vie qui respire du souffle de l'homme
> N'a jamais vraiment désiré ardemment la mort.
>
> Tennyson, « Les deux voix »

Perdu dans l'étendue du champ d'herbes hautes, le corps de la femme gisait, invisible et inanimé. Respirant à grand-peine, elle essaya d'ouvrir les paupières. La croûte de sang séché l'en empêcha.

Pas de panique. Tu es vivante. C'est tout ce qui compte pour l'instant.

Grimaçant de douleur, elle parcourut l'intérieur de sa bouche du bout de sa langue enflée. Son pire cauchemar en fut confirmé : la plupart de ses dents avaient disparu, les autres n'étaient plus que des chicots. Elle en aurait ri si elle avait eu la force. Elle était là, en train de crever au milieu du Devil's Punchbowl – une carrière pourrie et abandonnée de la banlieue de Belfast –, et elle ne songeait qu'à ses dents, autrefois magnifiques, et détruites à jamais. Elle était trop terrifiée pour oser se demander à quoi le reste de son visage pouvait bien ressembler…

Mentalement, elle fit un bref inventaire de son corps, des parties qui le formaient et de leurs fonctions supposées. Le moindre de ses os semblait cassé, la moindre portion de chair comme déchiquetée. Le sang se répandait à l'intérieur, à la recherche d'une issue.

On dirait bien que ce qui m'a fait tenir jusque-là est en train de se dissoudre.

Luttant pour rassembler ses pensées éparses, elle força son cerveau à se remettre en marche. Des fragments commencèrent à émerger.

Les agresseurs étaient quatre, peut-être cinq. La force que leur avaient donnée la drogue et l'alcool instillait quelques doutes sur leur nombre. Ce dont elle était certaine, c'est ce qu'ils avaient fait. Viol, sodomie, à tour de rôle.

Avec le peu de force qu'il lui restait, ses doigts engourdis se frayèrent un chemin jusqu'à la croûte frissonnante de ses paupières et dégagèrent légèrement ses yeux. Ce qu'elle vit la terrifia. Un gros morceau d'os émergeait de sa jambe gauche comme un périscope blafard ; son genou droit saillait en formant un angle bizarre. Son corps partiellement nu, couvert d'écorchures et de sang séché, puait le vomi et la pisse. Les leurs ?

Des voix se mirent à ricocher dans sa tête ; à rebondir à l'intérieur de son crâne.

Vérifie qu'elle est morte.

Tu rigoles. Ça fait un bail qu'elle est morte ! C'est un putain de cadavre qu'on a baisé !

Rires frénétiques. De hyènes.

Tranche-lui la gorge. Juste au cas...

Un des agresseurs s'approcha. Elle retint son souffle. Il appuya son visage contre le sien. Ça puait le whisky et d'autres odeurs rivalisant avec celles de la sueur et de la crasse ; elle pouvait aussi sentir le fumet de sa propre peur à mesure que la froideur de la lame pesait sur son cou.

Fais-le vite, priait-elle. Finissons-en.

Soudain, des phares de voiture brisèrent l'obscurité en baignant ses agresseurs de leur lumière dorée.

Putain de merde ! On va se faire repérer. De toute façon, elle est raide morte.

Morte... Morte... Morte...

Le fourmillement des insectes la ramena vivement à la réalité. Comme dans un cauchemar, elle vit une congrégation de grosses fourmis festoyer activement dans ses plaies ouvertes. Elles repoussaient les attaques des mouches et autres saloperies rampantes contre ce qu'elles revendiquaient comme leur nouveau territoire.

« Dégagez de là, fit-elle d'une voix pâteuse, bien trop faible pour effrayer ne serait-ce qu'une fourmi. Dégagez… » Les insectes l'avaient toujours dégoûtée, et maintenant, en les regardant se régaler de sa chair, la mâcher et creuser des tunnels dans sa peau et ses os, elle en avait peur.

Pendant les quelques minutes suivantes, elle parut attendre ce qui était sur le point d'arriver. Au-dessus, au ras de sa tête, le soleil ardent était en train de se transformer en un orbe massif d'orange et de rouge.

En dépit de la chaleur intense du soleil, elle continuait d'être parcourue de frissons. Une coulée d'encre lui obscurcissait l'esprit, lui disait de se laisser aller, d'en finir une bonne fois pour toutes et de permettre aux fourmis de terminer le boulot abandonné par les agresseurs.

C'est un putain de cadavre qu'on a baisé…

Rires frénétiques. De hyènes.

Ce fut ce rire de malade qui la décida, comme une sorte d'idée fixe.

Ignorant la douleur, elle se força à bouger ses doigts engourdis. *Allez. Tu peux le faiiiiiire !* Les larmes lui collaient les yeux. *Arrête de gémir. Contente-toi de le faiiiiiire !*

Faiblement, ses doigts capturèrent une fourmi. Sa main se serra comme les godets d'une grue et manœuvra la fourmi pour la placer contre une plaie ouverte, juste sous son sein gauche. L'insecte se mit aussitôt à mordre avec l'ardeur d'un tisonnier chauffé à blanc, provoquant une grimace sur son visage dévasté.

Elle décapita alors la fourmi d'une pression experte de

ses ongles cassés. Quelques secondes plus tard, un autre insecte subissait le même sort.

C'est un putain de cadavre qu'on a baisé...

Un filet de sueur mêlée de sang dégoulinant de son front formait une flaque dans le creux de son épaule. Quarante minutes plus tard, la tâche épuisante était achevée ; un rosaire de têtes tranchées ponctuait sa peau comme une ligne macabre de points de suture.

Elle aurait voulu rire de l'ironie de la chose. Dieu aurait-il voulu, sadiquement, lui offrir une planche de salut après l'avoir contemplée pendant qu'elle était violée, torturée et laissée pour morte ?

Morte... Morte... Morte...

Bien que desséchées, ses lèvres parvinrent à sucer fiévreusement le fluide contenu dans les carcasses des fourmis. C'était à la fois délicieux et doucereusement repoussant, comme du vin saturé de sucre.

Comme elle finissait ce banquet de cadavres, une cascade de cailloux dégringola au-dessus d'elle et rebondit sur sa tête. Des bruits, tout près, étouffés comme pour ne pas être entendus ; les bruits d'une marche prudente.

Elle se figea, tendit l'oreille. Les pensées se bousculaient dans sa tête. Une partie de son cerveau entendait ce qu'il n'aurait pas voulu entendre.

C'est eux. Ils sont venus vérifier que tu étais bien morte.

Son cœur se mit à battre sauvagement, de plus en plus douloureusement à mesure qu'elle retenait sa respiration. Elle avait l'impression que la tension suintait en bourdonnant de sa peau.

Fais la morte pour rester en vie.

Empoignant une pierre dans sa main blessée, elle s'efforça de rétrécir, de devenir invisible entre les arêtes des rochers recouverts de mousse.

Je tuerai l'un de vous d'abord, ordures, je lui écraserai le crâne. Ça vaudrait le coup de mourir en emmenant ne serait-ce qu'un de vous avec moi, rien que pour voir la surprise sur sa sale gueule. Elle aurait voulu avoir un couteau et couper leurs bites puantes avant de les leur enfoncer dans la bouche, histoire de leur faire goûter leur bout de bidoche dégueulasse, comme ils avaient fait avec elle.

Les bruits feutrés se rapprochaient, terrifiants dans leur soudaine netteté : des grognements.

Brusquement, son esprit affolé se souvint des manchettes des journaux des semaines précédentes. Des chiens sauvages échappés du zoo de Bellevue. Une personne tuée, deux autres blessées grièvement. Trois des bêtes avaient été attrapées et abattues. Six autres restaient en liberté. La police avait demandé au public de rester vigilant. De ne pas les approcher. De rester autant que possible chez soi. Ces animaux étaient extrêmement dangereux.

Des chiens sauvages... non... pas comme ça... s'il vous plaît ne me laissez pas mourir comme ça...

L'horrible meute apparut au-dessus de la colline. D'abord hésitants, ils s'approchèrent de plus en plus hardiment à mesure que l'espace entre eux et la femme diminuait et que son sang leur excitait les narines et l'estomac. D'un seul mouvement, les crocs dégainés, l'horrible meute s'apprêtait à tuer...

***

La fourgonnette s'arrêta dans un crissement de pneus et une bande de types en jaillit presque simultanément.

« Vous êtes sûrs que vous l'avez vraiment tuée ? » demanda le plus grand des quatre, Billy, en clignant des yeux sous un soleil éblouissant.

Les autres se jetaient des regards nerveux. C'est l'un d'entre eux, Joe-Joe, qui prit la responsabilité de répondre. « C'est p't-êt' pas le bon endroit, Billy. Tous les putains d'endroits de Cave Hill se ressemblent à cette période de l'année. »

Deux autres membres du gang, Basil et Wesley, hochèrent du chef à l'unisson pour souligner la justesse de cette explication.

« Tu commences à me gonfler, Joe-Joe. Vous n'êtes pas foutus de voir plus loin que le bout de votre nez. » Billy shoota dans une boîte de bière vide. « Quant à ces deux crétins…

– Elle doit bien être quelque part, Billy, suggéra Wesley.

– "Elle doit bien être quelque part, Billy", se moqua Billy d'une voix haut perchée. Vous êtes sûrs que vous l'avez liquidée, comme je vous l'ai demandé ? »

Un peu trop vite, Wesley fit signe que oui. « Oui… oui. Quand je l'ai laissée, sa gorge claquait comme du linge sur son fil. »

Quelqu'un pouffa de rire.

« Tu trouves ça marrant, Basil ? demanda Billy. Tu penses qu'on est dans une situation marrante ? »

Basil ravala son sourire imbécile. « C'est juste que… » Ses paroles se figèrent quand il vit le flingue dans la main de Billy.

« Approche, Basil, ordonna Billy. Laisse-moi te montrer quelque chose de vraiment marrant.

– J'suis désolé, Billy. J'avais pas l'intention… »

Braquant l'arme à bout de bras, Billy visa Basil en pleine figure. « Dieu m'est témoin que je vais te descendre là où tu es si tu ne t'approches pas… *Tout de suite !* »

Le ton fit grimacer légèrement le reste de la bande.

« Vas-y Basil, souffla Wesley du coin de la bouche. T'as entendu Billy. T'es en train de le faire chier à mort. »

Joe-Joe approuva d'un signe de tête.

À contrecœur, Basil s'avança vers Billy.

« Je t'en prie, Billy. Je voulais juste…

– Ouvre la bouche », ordonna Billy d'un ton calme où perçait une touche de menace.

Basil se força à obéir.

Le canon gris du flingue luisait, le regard de Billy se fit de plus en plus sombre. « T'aurais besoin d'un ou deux plombages, fit-il en tapotant le canon contre les dents du fond de Basil. J'pourrais peut-être te rendre ce service ? »

Basil émit un gargouillis en sentant le flingue pénétrer plus profond dans sa bouche. Ses yeux s'agrandirent de terreur au bruit du chien qu'on armait.

Pendant six secondes horribles, personne ne moufta.

Billy appuya sur la détente – clac ! –, expédiant du même coup Basil sur le cul, ses mains pagayant à toute allure pour se protéger. La sueur lui faisait un masque de cire.

« La prochaine fois, Basil, il n'y aura pas de putain de prochaine fois. La chambre ne sera pas vide, siffla Billy. Maintenant, dispersez-vous et trouvez-moi cette pute ou son cadavre. Je veux des résultats ! À moins que vous préfériez avoir affaire à Ian, face à face… ? »

Seules les cicatrices occasionnelles laissées par les randonneurs et les cyclistes marquaient l'accablant terrain herbeux. Une famille de rochers d'un noir de pruneau attirait l'œil au milieu de tout ce vert. Dans moins d'une heure, le soleil serait si chaud que toute recherche deviendrait impossible. Il faudrait revenir la nuit prochaine, et Billy n'y tenait vraiment pas. Les flics auraient peut-être entendu quelque chose. Pour ce qu'il en savait, ils pouvaient aussi bien être en train de rappliquer pour les choper par les couilles.

Juste comme il allait arrêter les recherches, un coup de fusil retentit et il entendit Joe-Joe pousser un cri de joie sauvage.

« Je l'ai trouvée, cette salope ! Ce qui reste d'elle, au moins ! » jubilait-il.

Rapidement, les autres se rallièrent à la voix de Joe-Joe. Billy arriva le premier, juste à temps pour voir un renard filer, un morceau de bidoche dans la gueule. Une famille de corbeaux s'enfuit en sautillant, leurs becs rougis par les lambeaux qu'ils venaient de chaparder.

« C'est elle, non, Billy ? Je me souviens de la jolie robe qu'elle portait et qui laissait voir ses tétons ! » brailla Joe-Joe, rouge d'excitation, les yeux roulant d'étrange façon dans ses orbites.

De la chair et des os étaient répandus, comme un collage de sang séché, à la surface de la terre molle et herbeuse.

Basil se mit à gerber.

« Tu manques d'estomac, Basil ? le taquina Joe-Joe en lui lançant en pleine figure un haillon de culotte sanglante qu'il venait de ramasser. Regarde ce qui en reste à l'intérieur, bien que je ne sais pas trop ce que tu pourrais en faire.

– Espèce d'enculé ! hurla Basil en empoignant violemment un Joe-Joe ricanant. Je vais te tuer, putain !

– Vas-y, alors ! Essaie un peu. J'aimerais bien voir ça.

– Fermez-la, vous deux ! ordonna Billy. Vous vous tuerez une autre fois. Pour l'instant, allez chercher des pelles et des pioches dans la fourgonnette. Y a du boulot. Faites-moi disparaître tout ce bordel. Quelqu'un a peut-être entendu les coups de feu et un connard est peut-être déjà en train d'appeler les flics. »

Pendant que ses compagnons creusaient, Billy scrutait la surface de l'herbe à la recherche de bouts de viande sanglants. La possibilité qu'elle soit encore vivante avait été vite abandonnée. Mais tout avait viré au désastre. C'était la faute de la gnôle, ça l'avait empêché de se servir de sa tête. L'avait rendu négligent.

Un vaste envol de corbeaux interrompit ses pensées et lui fit tourner les yeux vers McArt's Fort, en haut des collines voisines. Pendant une fraction de seconde, quelque chose sembla ne pas être à sa place. Il aperçut comme un éclair voilé. Du métal ? Du verre ? Le soleil qui lui jouait des tours ? Un touriste photographiant des ruines ?

Ses cheveux se dressèrent sur sa tête. Il frissonna.

« Grouillez-vous, bande de cons ! Creusez plus vite. Je veux qu'on se tire d'ici. Bientôt ça va grouiller de monde. »

1

Lundi 8 janvier

> Dans ces rues sordides doit s'avancer un homme qui n'est pas sordide lui-même… un homme à la fois banal et exceptionnel. Il parle comme un homme de son époque, c'est-à-dire avec un humour caustique, un sens aiguisé du ridicule…
>
> Raymond Chandler,
> *Simple comme le crime*

Mince comme un fil mais d'une taille respectable, Karl Kane fit jaillir une goutte de crème du tube et, pour un homme aussi grand, l'appliqua plutôt délicatement sur la partie douloureuse de son postérieur.

Jurant à mi-voix, il grimaça quand le froid de la crème atteignit sa cible. Quelques secondes plus tard, son visage moite se détendit à mesure que la crème produisait ses effets.

En s'essuyant le doigt sur le sous-vêtement qui tombait sur ses chevilles, il aperçut la petite tache rouge au milieu du résidu de crème.

« Lâche-moi un peu… »

Au moment où il se penchait pour remonter son vieux caleçon, la porte de son bureau s'ouvrit à la volée.

« C'est ce qu'on pourrait appeler un sourire du matin », fit une jeune femme souriante vêtue d'un jean délavé et d'un tee-shirt affichant : *I Don't Have A Dick, So I Make*

The Rules[1]. Souple et très attirante, c'était une brune à la peau mate et aux yeux noisette dont la tignasse abondante cascadait d'habitude dans tous les sens. Ce matin, toutefois, ses cheveux étaient soigneusement domestiqués par un petit ruban rouge. En dépit de son phrasé du Nord, il restait encore une trace de Sud dans sa voix. Chaque fois qu'on s'avisait de plaisanter sur sa taille, ses yeux flambaient à vous arracher la peau et sa langue claquait comme un fouet : « La dynamite aussi est livrée en petits paquets… »

« Pour l'amour de Dieu, Naomi ! Je t'ai demandé de ne pas me déranger pendant vingt minutes, grogna Karl en remontant son froc en toute hâte. Pourrais pas avoir une seconde d'intimité dans mon propre bureau ?

– Fais gaffe à ne pas te foutre en rogne. Sinon tu vas encore faire monter ta tension. De plus, c'est pas comme si je n'avais jamais eu droit à ce sourire sexy.

– Qu'y a-t-il de si foutrement urgent ? » demanda Karl en grinçant des dents tout en casant avec précaution son fondement sur un rond de caoutchouc installé sur la chaise de son bureau. Ce fut comme si son cul était posé sur un tapis de fourchettes. Des larmes apparurent dans ses yeux gris béton.

« Un M. Munday, avec un *u*, veut te voir immédiatement.

– Munday un lundi[2] ? Pas de calembour si tôt le matin, s'il te plaît. Il a rendez-vous ?

– Non. Est-ce que je dois lui dire d'en prendre un et de revenir une autre fois, quand tu seras *moins* occupé ? fit Naomi avec un sourire suffisant.

– Tu es hilarante. Donne-moi cinq minutes avant d'introduire M. Munday avec un *u* et ferme cette putain de porte derrière toi. »

1. « J'ai pas de bite donc j'établis les règles ».
2. Jeu de mots intraduisible entre *Munday* et *Monday* (lundi).

Karl sortit une lettre d'une corbeille en désordre. À sa vue, la cadence de son pouls accéléra légèrement. La mention BURGER & GOLDSMITH, INTERNATIONAL PUBLISHERS tranchait fièrement sur la blancheur de l'enveloppe. Il glissa un index nerveux sous le rabat avant d'en tirer tout aussi nerveusement une simple feuille.

Il prit son temps pour déplier la page, lut les mots attentivement, comme si cela pouvait les débarrasser de leur impact négatif. Il arriva jusqu'à la troisième ligne, avant de se rendre compte du contenu mortel des quatre mots : *Désolé de vous décevoir*…

« Sûr que vous l'êtes… » Aucun besoin de lire le reste. C'était la copie fidèle des douze autres qui ricanaient au fond de son tiroir. Toutes de différentes maisons d'édition et toutes refusant son dernier manuscrit.

Le bureau de Karl avait toujours été un endroit simple. Seuls quelques objets auxquels il tenait y avaient leur place. Juste au-dessus de sa tête, un dessin encadré et signé par le plus réputé des caricaturistes politiques, John Kennedy, contemplait la pièce de haut. Il représentait Karl en Sherlock Holmes, une loupe à la main, en train de lire les lignes en petits caractères d'un contrat d'édition. Trois photos encadrées de sa fille, Katie, trônaient fièrement sur une grande table d'acajou. Mais c'était surtout la plaque gravée et posée sur son bureau qui donnait à Karl d'indigestes nourritures spirituelles : *« Vous n'avez cessé d'essayer ? Vous n'avez cessé d'échouer ? Aucune importance. Essayez encore, échouez encore, échouez mieux » (Samuel Beckett).*

« J'échoue de mieux en mieux, mais je ne peux pas m'empêcher de penser que tu es un vieux salopard cynique, Sam. »

Il pêcha deux autres lettres dans la corbeille, toutes les deux sur le même thème : DERNIER AVIS. L'une venait de la compagnie de téléphone et l'informait que sa ligne serait coupée à la fin de la semaine, à moins qu'il ne paie ses trois mois de retard ; l'autre, d'un cabinet d'avocats, Richard & Richard, et réclamait un supplément de pension alimentaire pour son ex-femme, Lynne.

« Chouette manière de commencer la semaine, marmonna Karl en renvoyant les deux lettres dans la corbeille en désordre.

– Votre secrétaire m'a dit d'entrer. La porte était ouverte. » L'homme se tenait dans l'encadrement de la porte, son manteau pendant mollement sur son bras gauche.

C'était un costaud et son visage, bosselé et mal rasé, faisait penser à celui d'un ancien boxeur. Des taches livides dégoulinaient du côté gauche de son visage, telles des larmes rouillées. Sa peau était grise comme un fond de cendrier. D'épaisses touffes de poils roux lui sortaient des jointures, au point que Karl crut avoir affaire à un vieil orang-outan. Mais, dans son visage, c'étaient ses yeux qui attiraient le plus l'attention. Immobiles. Inquiétants. Sombres comme la carapace d'un scarabée.

« Je suis Bill Munday. » Il souriait, mais c'est à peine si ses lèvres bougeaient.

Karl lui tendit la main. « Je suis Karl Kane, monsieur Munday. Que puis-je faire pour vous ? »

Munday serra la main de Karl avec un peu trop de conviction au goût de celui-ci. La paluche de Munday lui faisait penser à l'intérieur d'une dinde de Noël.

« J'espère que vous allez pouvoir me donner un petit renseignement, monsieur Kane.

– Pourquoi ne pas vous asseoir ? J'étais juste en train de feuilleter quelques lettres de menaces envoyées à un de mes clients par deux crétins. »

Munday prit une chaise et s'assit en disant : « On m'a dit que vous étiez le meilleur détective privé de Belfast, et le plus discret.

– Je ne discute jamais la vérité. » Karl cueillit une cigarette dans un paquet défraîchi posé sur son bureau et l'alluma à la longue flamme d'un Zippo avant de relâcher un nuage de fumée par les narines. Il en offrit une à Munday.

« Non merci. J'ai arrêté depuis longtemps.

– Tant mieux pour vous. J'aimerais pouvoir en faire autant, fit Karl en tétant à nouveau sa clope. Bien, que puis-je faire pour vous... monsieur Munday ? »

Munday déplia un journal dans ses grosses mains et s'arrêta à la page quatre. « Vous avez lu cette histoire de cadavre découvert au Jardin botanique, hier, à côté du musée ? » dit-il en tendant le journal à Karl.

Karl se concentra sur la page. « Il me semble avoir entendu quelque chose là-dessus, à la radio », mentit-il, plus intéressé par le résultat des courses, vingt pages plus loin, ou par la rubrique nécro, page treize, où il trouvait des nouvelles de ses clients défectueux. « Vous voulez une tasse de café ?

– Noir, avec quatre sucres. »

Karl appuya sur le bouton de l'interphone : « Naomi ? Deux cafés. Noir avec quatre sucres pour M. Munday.

– Quoi ? ! répondit Naomi d'une voix offensée. Je suis une secrétaire – qui n'a pas été payée depuis deux semaines, d'ailleurs –, pas une boniche. Tu peux te mettre ton café où je pense et le faire toi-même !

– On dirait que la machine à café est momentanément en panne, marmonna Karl en relâchant vivement le bouton de l'interphone. Ce cadavre du Jardin botanique ? C'est quoi, exactement ? »

Munday approcha sa chaise du bureau et chuchota : « J'ai besoin que vous me trouviez le plus possible d'informations. Qui est-ce, comment il est mort. Le truc habituel. »

La cigarette se figea un bref instant à l'entrée de la bouche de Karl, avant de reprendre son périple normal. Il aspira une bouffée et la relâcha d'un souffle de dragon. « Le truc *habituel* ? Je n'ai pas *l'habitude* de voir des gens entrer dans mon bureau pour me poser ce genre de questions *habituelles*, monsieur Munday. »

Un sourire forcé s'étala sur le visage mal rasé de Munday. D'une des poches intérieures de sa veste, il sortit une enveloppe qu'il posa sur le bureau. Elle n'était pas bien épaisse, mais Karl savait que la minceur pouvait parfois cacher la plus grasse des rémunérations.

« Voilà cinq cents, monsieur Kane. Il y aura cinq cents de plus une fois que j'aurai mes renseignements. Dans la plus grande discrétion, bien sûr. » Munday approcha l'enveloppe d'une manière cruellement tentante des doigts avides de Karl.

Une enveloppe pleine de bonnes nouvelles ? Et puis quoi, ensuite ? Deux cents, non, seulement cent pour ces sacs à merde de Dick and Dick ; cent pour cette ingrate de Naomi ; cent pour cette escroqueuse de compagnie de téléphone, et le reste pour la partie de poker de ce soir...

« Je ne jure que par la discrétion, répliqua Karl en empochant rapidement l'enveloppe.

– Parfait. Je resterai en contact, dit Munday en se levant.

– Vous avez un numéro de téléphone, au cas où j'aurais besoin de vous joindre ?

– Je sais où vous trouver », fit Munday en refermant doucement la porte derrière lui.

Quelques secondes après le départ de Munday, la porte se rouvrit. « Alors ? demanda une Naomi rayonnante en entrant dans la pièce la main tendue. Mes gages, s'il te plaît, merci beaucoup. »

Karl prit un air dégoûté. « J'ai horreur qu'on écoute aux portes pendant que je traite mes affaires. Tu en prends cent et tu me prépares une tasse de café.

– Je nous en fais deux et tu m'invites à déjeuner au Nick's Warehouse.

– Allez savoir où est passée la loyauté... » fit Karl en tendant à Naomi ce qu'il lui devait depuis un bail.

En retour, il reçut le genre de baiser qui laisse entrevoir

d'ultérieures promesses. « Je vais chercher nos manteaux. Je meurs de faim. »

Karl attrapa le journal et scruta l'article à la recherche de détails sur le cadavre. Les informations sur le corps étaient sommaires, au mieux quelques spéculations. Le seul détail crucial était ce qui manquait : le sexe.

Le cul de Karl recommença à le faire souffrir.

2

Récit d'une nuit de cauchemar, hiver 1966

> Aucun de ceux qui, comme moi, évoquent le plus mauvais de ces demi-démons apprivoisés qui habitent le cœur humain et cherchent à se débattre avec eux ne peut s'attendre à sortir indemne de la lutte.
>
> Sigmund Freud, *Cinq psychanalyses*, « Dora, analyse d'un cas d'hystérie »

Le jeune garçon se glissa hors du lit, dans son pyjama trempé. Pendant dix bonnes secondes il se tint debout, emprunté, les jambes écartées, avant de laisser tomber son vêtement mouillé, le corps hérissé par la chair de poule.

L'odeur d'urine commençait à se répandre dans la chambre pendant qu'il cherchait désespérément quoi faire. Les draps ? Comment pourrait-il s'en débarrasser sans révéler son acte honteux à ses parents ?

Ce n'était pas son père qui lui causait du souci, mais bien sa mère. Elle n'accepterait aucune excuse, persuadée qu'elle était que les excuses ne conduisaient qu'à encore plus d'excuses et encore plus d'actes honteux. Si seulement son père, son grand allié, était à la maison au lieu de se trouver en mer pour encore deux semaines…

Pour dire la vérité, il savait parfaitement qu'il n'aurait pas dû être si goulu la veille au soir avec la limonade qu'il avait chapardée dans le frigo. Maintenant, Dieu le punissait pour avoir été voleur et gourmand. Tous ces pauvres gosses africains avec leurs gros ventres gonflés qui cachaient qu'ils mouraient de faim... Sa mère lui faisait toujours voir ces horribles documentaires pendant qu'il essayait de manger son dîner en se tordant les oreilles au propre comme au figuré. « Tu vois ? Tu vois la chance que t'as ? Si tu continues à pécher, Dieu te fera ressembler à un de ces pauvres gosses. Retiens bien ce que je te dis... »

L'armoire de la chambre d'amis était pleine de draps frais, mais cette chambre donnait directement sur celle de ses parents, à l'étage au-dessus. Il évalua le problème, calcula les possibilités et les facteurs de risque. S'il pouvait seulement se sortir de ce terrible péché, il promettrait à Dieu de ne plus être gourmand, d'arrêter de pisser au lit comme le sale petit garçon paresseux que sa mère l'accusait d'être et il se mettrait à aimer sa mère comme il aimait son père. Promis.

Avec précaution, il ouvrit la porte de sa chambre. Un bruit léger mais accusateur s'échappa des charnières. Il s'immobilisa. Rien. Scrutant attentivement les ombres environnantes, angoissé par leurs formes sombres, il continua d'avancer, courageusement, malgré tout. Pieds nus, il glissait le long du mur en retenant son souffle.

Dehors, la pluie commençait à tambouriner comme des clous sur du fer-blanc, étouffant en même temps tous les bruits qu'il fit au cours de son périple dans les escaliers. Dieu lui donnait un coup de main, c'était maintenant sûr.

Encore quelques pas et il pénétrerait à l'intérieur de l'espace interdit de la chambre parentale. À sa gauche, l'armoire et ses draps frais l'attendaient patiemment. Le butin était à sa portée. Tu peux le faire, *pensa-t-il.*

Soudain, un son à vous glacer le cœur flotta dans l'air jusqu'à ses oreilles. Le bruit sourd de la télé de la chambre de ses parents ? La porte était entrouverte et laissait passer un rai de lumière épais comme une tranche de margarine.

Faufile-toi rapidement. Vite. Elle n'entendra pas. Dieu a

allumé la télé. Tu ne vois pas ? Il a considéré ta promesse. C'est un Dieu bon. Fais juste gaffe à honorer ta part du marché en étant un bon garçon. Autrement…

La lumière dure et violente d'un éclair fendit la nuit. Le garçon sursauta et son cœur se mit à bondir à l'intérieur de sa poitrine. Sur ses gardes, mais sans mollir, il avança et passa la porte en retenant son souffle.

La tranche de margarine atteignit son visage. Il la sentait, brûlante, contre sa peau, l'attirant vers elle comme un lapin pris dans la lumière des phares.

Sans le vouloir, il jeta un coup d'œil à travers l'interstice de la porte. L'obscurité de la chambre n'était brisée que par les lumières intermittentes lancées par la télé. Accablé, il vit sa mère sur son lit, étendue sur le dos, nue, sa poitrine croulant comme des sacs un peu mous. Il pouvait aussi voir ses tétons dressés, et cette partie plus secrète couverte de poils. À la fois horrifié et honteux, il ne pouvait détacher son regard, attiré par quelque force invisible et démoniaque. Je vais aller droit en enfer pour ça. Je le sais maintenant. Et elle aussi.

L'écran de télé scintillait dans ses yeux, dansait sur la peau de son visage comme la projection d'un film sur un écran. Les yeux du garçon refusaient de croiser les siens, comme si elle était en train d'accomplir quelque chose de secret, quelque chose de mauvais, de sombrement interdit.

« Maman ? » chuchota-t-il, mais les mots ne se formèrent que dans son imagination.

Tout à coup, dans un éclair de lucidité, tout lui apparut. Du sang. Les traces brunes là où il avait séché dans les lignes de sa main ; rouges sur ses doigts comme du vernis à ongles écaillé ; du sang qui coulait de sa gorge tranchée, brillant et menaçant.

Sa bouche s'ouvrit comme celle d'une grenouille. Son estomac se souleva. Il recula en titubant, agité d'un violent tremblement, les dents claquant comme des castagnettes.

« Tout va bien, mon petit ? » fit une voix venant d'un

coin de la chambre. Le propriétaire de la voix était un grand type à la figure graisseuse et aux yeux de fou. Il avait l'air d'un bébé très étrange – un bébé qui serait sorti de sa mère beaucoup trop tard. Il était nu et tirait doucement sur sa bite pour en ôter des filaments de chair, comme s'il n'avait aucun problème dans ce monde sombre et sanglant. « Tu t'appelles comment, mon petit ? »

Soudain, le garçon ressentit l'oppression des ténèbres intérieures, si accueillantes pour les intrus, si généreuses pour les meurtriers.

« Viens ici, mon petit. Je veux te montrer quelque chose, quelque chose de magique et de merveilleusement mystérieux. »

Le garçon hurla et se précipita vers les escaliers pour chercher un abri. Son pied gauche ne put négocier la marche branlante en plein milieu de l'escalier. Il dégringola, la tête la première, les bras battant sauvagement en quête d'une prise. Il attrapa la rampe de justesse et se remit à courir en boitant légèrement.

L'armoire à repassage lui offrit un refuge. Tranquille. Si douillettement tranquille que c'est à peine s'il arrivait à respirer au milieu des ténèbres qui l'enveloppaient dans un cocon étroit. Il aurait bien voulu que son cœur cessât de lui marteler la tête. Sûr que l'Homme Nu allait l'entendre.

« Sors, mon petit, sors. Où que tu sois… Tu peux courir, mais tu ne peux pas te cacher… » chuchotait l'Homme Nu, près, très près. Si près qu'il pouvait sentir l'odeur de sa voix.

Le garçon retenait son souffle dans l'odeur de poudre d'amidon qui s'accrochait à la planche à repasser et le faisait penser à sa mère ; il se sentait terriblement seul et terrorisé.

Sans prévenir, la grosse jambe de l'Homme Nu écrasa la porte et faillit lui aplatir le visage.

« Tu m'as mis en colère, très en colère… » siffla l'Homme Nu en luttant pour dégager sa jambe, et ce fut à la seconde près la chance que saisit le garçon pour filer vers l'entrée.

Il parvint à la porte. Par chance, elle s'ouvrit facilement et sans protester. L'air froid et apaisant de la nuit enveloppa son visage et son corps entièrement nu. Il se sentit revivre. Les champs furent soudain en vue, rapidement remplacés par les arbres. Il se sentait pousser des ailes. Si seulement il parvenait à atteindre la ferme des McMullen, il serait sauvé.

Mais il ne parvint jamais jusqu'à la ferme. À la place, il sentit la coupure du couteau, et son sang se mêla à celui de sa mère.

Alors commença l'enfer, avec son cortège de ténèbres.

3

Mardi 9 janvier

La signification d'une proposition est déterminée par la méthode de sa vérification.

Moritz Schlick, *Philosophical Review*

Joseph Kerr descendit Bank Street pour entrer dans son pub, un des plus anciens de la ville.

De l'autre côté du comptoir, un kaléidoscope de bouteilles de whisky luisait comme un horizon de verre. Les reflets d'une enseigne au néon Guinness y projetaient des taches noires et blanches, un peu comme des silhouettes de décalcomanies.

À la droite du bar, une grappe de consommateurs se réchauffait auprès d'une flambée crépitante de tourbe et de bois. La suie obscurcissait les fenêtres du bar. La conversation bourdonnait plaisamment.

Le barman, Paul, décapsula sans qu'on le lui demande une bouteille de Heineken et l'assortit rapidement d'un verre. Il ne versa pas la bière, il posa simplement le tout devant Joseph.

« On se les gèle, dehors, remarqua Joseph malicieusement, les yeux tournés vers les frileux qui sirotaient leur alcool chaud. Tu devrais dire à ces types de laisser passer un peu de chaleur, qu'on puisse nous aussi en profiter. »

Une blonde assise seule dans l'un des trois box sourit

timidement avant de détourner les yeux quand le regard de Joseph croisa le sien.

« Paul ? fit Joseph avec un mouvement de la tête.

– Quoi ?

– C'est qui, la dame dans le box ? »

Paul haussa les épaules. « Elle est déjà venue deux ou trois fois depuis un mois. Elle passe quelques coups de fil, boit son Drambuie et puis s'en va. Pas d'histoires, pas d'ennuis. Jolie petite chose, hein ? » Paul ricana. « Mais je jurerais pas que ce soit une dame.

– Quoi ?

– Je crois que c'est un tapin, murmura Paul.

– Conneries.

– Je peux les renifler à un mile de distance. Elle se sert probablement du pub comme base. Si Frank s'en aperçoit, il va la foutre dehors à coups de pied dans son joli petit cul. On ne peut pas se permettre que des prostituées salissent le nom de notre très chic établissement. » Paul cligna de l'œil avant d'ajouter : « On peut, maintenant ? »

Du coin de l'œil, Joseph pouvait voir qu'elle regardait encore dans sa direction.

« Apporte-lui un Drambuie, un grand.

– Vous jouez pas dans la même division, mon pote.

– Contente-toi de le faire. Y a un billet de cinq pour toi. »

Paul soupira, versa l'épais breuvage dans un verre avant de porter le tout dans le box.

Joseph matait la réaction de la fille dans le miroir. Elle sourit, mais secoua la tête. Paul rapporta le Drambuie intact.

« Je ne te ferai pas remarquer que je te l'avais dit, sourit Paul, en empochant le billet avant de retourner astiquer son comptoir. La prochaine fois que t'auras envie de me faire la charité, fais-le-moi savoir. »

Relevant le défi, Joseph rafla le verre du plateau et se dirigea vers le box. La femme était déjà debout, prête à partir.

« *Dram buidheach*, dit Joseph, tout sourire, en prenant l'accent écossais.

– Pardon ?

– *Dram buidheach*. L'expression gaélique pour "boisson qui fait du bien". Le Drambuie. On dit que ça porte malheur de refuser un Drambuie offert. »

Ça ne la fit que très légèrement sourire. « Merci, mais j'ai déjà eu ma ration de la journée. Peut-être une autre fois ? » Elle se déplaça et son parfum enveloppa Joseph, le prenant à la gorge.

« Pourquoi pas maintenant ? demanda-t-il avec un grand sourire.

– Je… j'ai… j'ai un boulot à faire.

– Okay. Parlons boulot, alors. »

Elle hésita. « Vous êtes culotté.

– Entre autres, répliqua Joseph en savourant les mots. Quels sont vos projets ? »

Une ride de colère en V se creusa entre ses sourcils. « Vous êtes flic ? »

Joseph éclata de rire haut et fort. « Putain, non. Je hais ces fumiers qui viennent fourrer leur nez là où ils n'ont rien à faire. »

Elle regarda le Drambuie, puis Joseph. « Un seul. C'est tout.

– C'est tout ce que je demande… ?

– Suzy », répondit-elle.

***

Joseph se réveilla, un goût de sexe plein la bouche. Il se sentait crevé. Son corps le faisait souffrir comme jamais. Seule sa bite semblait encore vivante, à moitié raide de pisse et de restes des giclées de la nuit précédente. Elle était encore gainée par la capote usagée fournie par Suzy.

« Où… où suis-je ? Oh… ma tête… » Il essaya de bouger, mais son corps refusait tout mouvement vu que ses mains et ses jambes étaient attachées au lit. Il avait les yeux chassieux, comme s'ils étaient couverts d'écailles de poisson. Lentement, le brouillard s'estompait ; ses yeux commencèrent à faire le point.

« Suzy… ? »

Son souffle s'alourdit dans sa gorge quand il la vit, assise sur une chaise, nue, qui le regardait. Son matou, Mac, était lové dans la douceur de sa toison pubienne. Elle caressait le chat lentement, affectueusement.

Un million d'astuces plus ou moins vaseuses traversèrent l'esprit de Joseph, mais, au moment de les sortir, un léger frisson lui parcourut l'échine. Tout à coup, il se sentit dans la peau d'un oiseau maté par un chat affamé, deux chats affamés. Sa queue encore emballée dans le caoutchouc se dégonfla très vite, comme si elle se retirait en elle-même.

« Ai-je été si mauvais… ou si bon ? » fit-il avec un petit sourire forcé. Ses yeux suivirent la mince cordelette qui liait chacun de ses poignets. « Putain, on a dû tirer le coup de notre vie, cette nuit ? »

Elle ne répondit pas.

Il commençait à faire un froid de canard dans la pièce, et Joseph prit tout à fait conscience de l'extrême bizarrerie de la situation. « Un peu serré, Suzy. Tu pourrais pas me détacher, maintenant ? J'ai du boulot. On trouvera plein de temps plus tard pour continuer à jouer et à rigoler. Okay ? »

Elle ne répondait toujours pas et se contentait de le regarder d'un œil plutôt inquiétant. Derrière elle, les photos des enfants de Joseph fixaient la scène de baise. Ils avaient l'air de le juger, ce qui le rendait encore plus mal à l'aise. Il détourna le regard.

« Qu'est-ce que ça veut dire ? » demanda-t-il. Et, soudain, il pigea la situation. Il avait envie de rire. Lui, Joseph, s'était fait prendre par le plus vieux piège du monde. « Okay, Suzy. Tu m'as eu. Tu m'as vraiment chopé avec le froc en bas des chevilles, hein ? » Il essaya de sourire. « Écoute, il n'y a pas grand-chose dans la maison. Je viens juste de sortir d'un sale divorce et ma femme a tout pris. »

Suzy caressa Mac, qui se mit à ronfloter comme un asthmatique. Ses yeux se firent paresseux. Il était sur le point de s'endormir.

« Suzy, mon amour, prends tout le fric que tu vois. Tu trouveras encore quelques billets dans ma poche. Prends-les, mais putain, détache au moins un de mes poignets avant de partir. Je dois aller bosser, je suis vraiment en retard.

– Tu vas dans ton pub local deux fois par semaine, le mardi et le vendredi. Tu prends de la Heineken, un verre, et tu aimes la verser toi-même.

– Quoi ? fit-il, intrigué. Et alors ? Tu m'as vu le faire la nuit dernière. C'est quoi l'affaire ?

– Mais tu n'as pas bu de whisky, la nuit dernière. N'est-ce pas ?

– Quoi ? Mais qu'est-ce que tu veux à la fin ?

– À l'occasion, tu accompagnes ta Heineken d'un verre de Johnnie Walker Black Label, sec et cul sec, parce que t'es un vrai mec. »

La seule façon de boire un Johnnie Walker Black Label, Paul, c'est cul sec jusqu'à la dernière goutte. Je suis un vrai mec, mon pote. Pas d'eau ou de glace comme pour les gonzesses…

« Qu'est-ce que… c'est quoi l'histoire, Suzy ?

– L'histoire ? Mais c'est toi, bien sûr, Joseph. »

Soudain, il décela une odeur dans la pièce. Du foin humide ? D'où est-ce que ça venait ?

« Okay, les meilleures plaisanteries ont une fin, Suzy. Prends ce que tu veux, mais fous-moi le camp d'ici. Je ne suis pas sûr que tu aies vraiment envie de jouer les psys avec moi. » Sous l'effet de la colère, il tira inopinément sur ses liens et la corde lui brûla la peau. « Putain ! Débarrasse-moi de ça, tout de suite ! » siffla-t-il, la voix menaçante.

Les yeux de Mac se rouvrirent soudain. Dérangé, le chat

sauta de sa niche tiède, atterrit souplement sur le sol et disparut derrière le lit.

« Tu as divorcé parce que tu étais infidèle. Tu as deux enfants, Lisa et Jack. Tu travailles à la prison depuis presque vingt-cinq ans. Tu es l'assistant du directeur. Tu espères que tu pourras devenir directeur. L'ambition et l'amertume te rongent de l'intérieur.

– Ah. Tu risques vraiment le tout pour le tout. Je t'ai probablement raconté tout ça cette nuit avant que tu drogues mon verre.

– Tu aimes jouer au golf le samedi, quand le temps le permet, et ensuite tu files à Bangor pour voir la femme avec qui tu entretiens une liaison depuis plus de quatre ans.

– C'est dans mes papiers de divorce, mentit-il, sentant sa confiance peu à peu s'éroder.

– Kathy McClinton. »

Il frémit en entendant le nom.

« Comment… comment tu sais pour Kathy ? Pour moi… ?

– Je sais tout sur toi depuis toujours, Joseph. J'ai connu tout de suite ton premier noir secret. Je sais qui tu es, *ce que* tu es.

– Je ne sais même pas de quoi tu parles, fit-il, toute trace de confiance entièrement disparue. Qui es-tu ? Pourquoi fais-tu ça ? Pourquoi moi ?

– Tu le sais. Réfléchis. Imagine la première réponse et les deux autres suivront comme la diligence suit les chevaux. »

Joseph fit un effort pour déglutir. « J'ai vraiment pas l'ombre d'un indice…

– Quel blagueur !

– Je peux pas…

– Bien sûr que si. C'est pas comme le disque dur d'un ordinateur, Joseph. Tu ne peux pas te contenter de l'effacer de ta mémoire. Ça te hante, quelle que soit la dose d'alcool que tu ingurgites pour le chasser. N'est-ce pas ?

– Je… » Il n'arrivait plus à entendre sa propre respiration.

S'était-elle arrêtée ? Son visage était en feu. Des vers, des vers chauffés au rouge comme des tisonniers se frayaient un chemin dans ses veines, montaient de ses chevilles et s'attaquaient vicieusement à ses os.

« Il faut que tu me détaches… Je peux plus respirer… » Une crise de panique commençait à le submerger.

« Tu vas à l'église, tu demandes pardon à Dieu même si ce n'est pas contre Dieu que tu as péché. N'est-ce pas étrangement pervers ? Imagine par exemple que je tue l'un de tes enfants, et que je… »

Joseph sentit son corps se raidir. Ses mots le faisaient suffoquer. « Laisse mes gosses en dehors de ça. »

Elle sourit, ce qui lui retourna l'estomac. Mac revint et frotta sa tête contre la cheville gauche de Suzy. Elle l'attrapa et le réinstalla au chaud contre sa féminité. Le chat se coucha en virgule et s'endormit.

« J'ai dit *imagine*, Joseph. Tu n'écoutes pas. Maintenant, sois attentif. *Imagine* que je tue un de tes enfants. Disons Lisa, la jolie petite qui ressemble tant à sa mère. Est-ce que c'est à Paul le barman que je dois aller demander pardon ? Bien sûr que non. Ce serait idiot. N'est-ce pas, Joseph ?

– Je… je peux plus respirer… quelque chose est en train de me ramper à l'intérieur… Ah ! Qu'est… qu'est-ce qui m'arrive ? »

Elle posa un doigt sur sa bouche. On aurait dit une mère demandant à son enfant de se calmer.

« Je vais être obligée de te bâillonner si tu paniques. Nous ne devons pas paniquer, n'est-ce pas ? »

Pendant que Suzy continuait son monologue, Joseph fut soudain frappé par ses doigts longs et délicats qui caressaient alternativement la fourrure de Mac et la surface de sa propre blondeur.

« Non… » dit-il finalement, en enfonçant ses ongles dans ses paumes pour calmer l'étrange acidité qui torturait son corps.

« Ça va, tu es un bon garçon. Prends juste une profonde inspiration. Laisse l'air sortir… lentement. Doucement… sans à-coups… voilà. C'est mieux, n'est-ce pas ? Bien. Maintenant, parlons, Joseph. Dis-moi ce que tu penses, juste au moment de ta vie où tu contemples tes regrets. »

Joseph ouvrit la bouche pour parler, mais il avait perdu le contrôle de sa langue. Quelque chose avait surgi dans ses tripes qui lui poignardait les boyaux comme une baïonnette. Ses boyaux se crispaient. Il se chiait dessus. Liquide. L'odeur était infecte, humiliante.

Le nez de Suzy se fronça légèrement. « C'est pas seulement ta merde qui pue, Joseph. Tu sens déjà le cadavre.

– S'il te plaît… s'il te plaît. Je t'en supplie… Ne me tue pas.

– Tu es déjà mort. Tu ne le sais pas encore, c'est tout. »

Une masse douloureuse se mit à grossir dans ses poumons, à monter vers sa gorge. Quelque chose lui déchirait l'intérieur, le mettait en miettes. Il essaya de maîtriser la douleur aussi longtemps qu'il le put, s'obligeant à ne pas respirer, à penser à autre chose. Ses côtes commençaient à rétrécir, emprisonnant son cœur de plus en plus fermement. Son corps tout entier était à présent résigné au fait que tout avait changé.

« Bientôt, la paralysie s'emparera complètement de toi, Joseph. Tu n'es pas enfermé dans une camisole, dans une de ces pièces blanches et insonorisées du pavillon psychiatrique de la prison où tu travailles, mais, à la fin, c'est la même chose. Ça a déjà commencé avec les réactions involontaires de tes tripes. Tu vas te vider de toute ta pisse pendant les prochaines trente à quarante minutes. La dessiccation va lentement s'amplifier, momifier tout ton appareil vital. Pour finir, tu ne pourras plus te servir de ta langue. C'est à ces signes que tu devras être attentif. Ensuite viendra le silence. Et la mort. Dans cet ordre. Mais uniquement si tu as de la chance. »

Il n'avait pas fait attention à tout cela, mais maintenant il était concentré sur chacun de ses mots. Il voulait se souvenir de tout pendant qu'il essayait désespérément de forcer son esprit à échapper à la panique.

Suzy jeta un coup d'œil à sa montre, alors qu'elle chassait doucement Mac de sa tiédeur en embrassant tendrement la fourrure de sa tête.

« Tu es un garçon adorable, n'est-ce pas ? Bien sûr que tu l'es… »

Le chat ronronnait de plaisir.

Joseph eut soudain l'impression que ses poumons s'imbibaient et fuyaient. Son pouls s'accéléra comme si le temps fonçait maintenant sans contrainte. Il sentait les battements de son cœur ralentir. Il essaya de parler, mais ses lèvres ne répondaient pas. Suzy, debout, consulta sa montre encore une fois. Elle s'avança près du lit. Regarda son visage, ses yeux. Vérifia son pouls. Elle posa Mac sur le lit à côté de lui, gentiment, presque avec amour.

Mac renifla d'un air soupçonneux la capote qui recouvrait le pénis mou et le foutre laiteux et épais qui transparaissait à travers le caoutchouc. Courageux, il la souleva du bout du museau, provoquant une fuite. Il lécha, goûta et se mit à ronronner, les yeux clos de satisfaction.

« Amusez-vous bien, les garçons », fit Suzy en fermant la porte.

4

Vendredi 12 janvier

Car la loyauté toujours fidèle
En perte ou gain a même zèle
Semblable au cadran bien tracé
Juste au soleil même éclipsé.

Samuel Butler, *Hudibras*

L'inspecteur Mark Wilson lisait un article du journal local concernant un procès pour meurtre dans la ville de Ballymena. Seul un léger durillon de comptoir venait gâcher la minceur impeccable de son corps. Ses cheveux coupés court comme ceux d'un officier de marine avaient la forme d'un fer à repasser. Cette coupe stricte mettait l'accent sur un visage salement grêlé non par des cicatrices d'acné, mais pas une cartouche de fusil tirée en pleine figure, de nombreuses années plus tôt.

Trois autres enquêteurs occupaient la pièce : Peter Cairns, le plus jeune de l'équipe ; Edward Philips, un vieux bourrin proche de la retraite ; et le bras droit de Wilson, Duncan « Bulldog » McKenzie.

Le crâne de McKenzie était rasé de si près que les rayons de soleil éteints qui parvenaient à percer la fenêtre miteuse rebondissaient dessus. Son corps n'était qu'un bloc de muscles, presque entièrement dédié à l'extraction de déclarations aux suspects réticents. Connu dans toute la police comme un flic « triple B » – *Big Brooding Bastard*[1] –, il adorait la violence, persuadé que le monde n'existerait plus sans elle.

Il tenait à la main un magazine porno en piteux état, une prétendue preuve pour le procès à venir d'un revendeur de Smithfield Market.

Toute l'équipe de Wilson partageait le souvenir commun d'une parano aiguë et leurs plaisanteries étaient faites de misogynie ordinaire mêlée à un tas de vannes politiquement incorrectes sur les races et les religions et à des sous-entendus cochons.

« Pourquoi est-ce qu'on tombe jamais sur un truc comme ça ? demanda Wilson sans s'adresser à personne en particulier, mais à qui voudrait bien l'entendre.

– Comme quoi ? répondit Cairns.

– Comme ça, fit Wilson en lisant à voix haute l'article en question : “Un homme de Ballymena a été condamné hier pour le meurtre de sa tante. Le tribunal a entendu comment James Copeland a jeté dans la rivière une valise lestée de cailloux contenant son corps.”

– Et alors ? La belle affaire ! On en a eu un tas du même genre, cette année, fit Cairns.

– Il a juste oublié d'enlever de la valise l'étiquette qui portait son nom et son adresse… »

La pièce fut soudain emplie d'éclats de rire.

« Qu'est-ce que tu peux attendre de Ballymena ? C'est le genre de truc que font tous ces chrétiens *burn-again* consanguins », marmonna une voix depuis la porte.

Wilson se retourna et lança un coup d'œil à Kane.

« C'est *born-again* et pas *burn-again*[2], Kane.

– Est-ce que ces modèles de vertu, ces bons chrétiens craignant Dieu de Ballymena, ne passent pas leur temps

1. Littéralement : « Gros salaud de mauvais poil ».

2. Jeu de mots entre *burn* (brûlé) et *born* (né). Les *born-again* sont une secte chrétienne constituée de chrétiens adultes repentis, comme G.W. Bush.

à incendier leurs voisins ? Et ça, quand ils ne sont pas occupés à frotter les gencives de leurs nourrissons avec du crack. » Sous les yeux de Kane, les cernes avaient la couleur du café froid.

« T'as vraiment une sale gueule, Kane. Et c'est un progrès, ricana Cairns.

– Eh bien, qui l'eût cru ? Cairns peut vraiment ouvrir la bouche sans que Bulldog lui fourre la main dans le cul, répliqua Kane du tac au tac.

– Va te faire foutre, Kane, répondit Cairns à voix basse.

– Le gamin ne fait que dire la vérité, Kane, approuva Philips. Trop de Hennessy, à première vue.

– Ne prononce pas ce nom. Il est sur ma liste de tabous, pour le moment. Cette nuit, j'ai pris une de ces marges !... Je le paie salement ce matin. J'ai le crâne en bouillie. Où est le café ?

– Tu ne trouveras aucune sympathie ici, dit Wilson. Toute cette gnôle absorbée aux petites heures en jouant les ados, c'est pathétique.

– Merci, papa, répondit Karl en s'approchant d'une vieille machine à café couverte de crasse et de graisse figée. C'est vraiment crado. Bande de feignasses. Et il paraît que c'est le produit de mes impôts ?

– C'est marrant, chaque fois que tu mets les pieds ici, ça se met à sentir la merde, fit Bulldog sans même lever les yeux de son magazine porno.

– C'est chouette de voir que tu progresses en matière de lecture, sourit Karl. La semaine prochaine on passera à *Dick and Dora*[1].

– Tu pourras jamais être un vrai flic, Kane, c'est pour ça que tu crois que tu y arriveras en venant ici te mêler aux vrais mecs. Quel espoir de merde, renifla Bulldog en

1. Manuels de lecture d'école primaire très populaires dans les années 1960.

retroussant avec mépris sa lèvre supérieure comme s'il sentait du lait tourné.

– Tes observations sont toujours aussi fines, Bulldog, dit Karl en élargissant délibérément son sourire. Quand je te regarde, je déprime en pensant à l'opportunité ratée que j'ai eue de devenir flic un jour. D'un autre côté, ta vue déprimerait n'importe qui.

– Toujours aussi grande gueule, Kane. Toujours aussi grande gueule. Fais gaffe qu'un jour elle te morde pas, en plein dans le cul.

– J'attends que ça.

– Ça suffit, vous deux », ordonna Wilson. Puis, fixant Karl, il laissa tomber son journal sur le bureau et dit : « Tu pourrais pas cesser une minute de faire tourner les gens en bourrique, Kane ? De toute façon, qu'est-ce que tu fous là ? Tu veux que j'essaie de jouer les intermédiaires entre Lynne et toi, une fois de plus ?

– Ça y est, le cirque est en ville ! Ta sœur est tout en haut de ma liste de mots tabous. Tu veux un bon conseil ? Si tu veux qu'elle te prête du fric, c'est le bon moment. Son voleur de soi-disant avocat vient de me mettre à sec. »

Wilson ricana. « Alors c'est pour ça que tu viens ici traîner ton chagrin ? Ils ont finalement réussi à extirper quelque chose de ton portefeuille ?

– Infamie, infamie, vous tous n'avez que cela pour moi, dit Karl dans une mauvaise imitation de Kenneth Williams[1]. Sois un pote et regarde ça. » Et il posa une liasse de PV impayés sur le bureau.

« Pourquoi tu prends pas le bus ou, à Dieu ne plaise, tes jambes ? dit Wilson en jetant un œil aux papiers. Ces contraventions valent plus cher que le tas de merde que tu conduis.

– Tas de merde ? Comment peux-tu être assis ici et

1. Acteur comique britannique (1926-1988).

prononcer un tel sacrilège ? Tu sais d'où elle vient, cette voiture ?

– C'est la Ford originale de la série télé *The Sweeney*[1], bien sûr ! rétorqua Wilson. On dirait plutôt une épave de chez Cassauto.

– La jalousie ne te mènera nulle part.

– Pas plus que ce tas de rouille, coupa Cairns en récoltant les rires du public. Elle en a plus au compteur qu'Apollo 13.

– Que peux-tu attendre d'un habitant de la Lune ? » ajouta Philips.

Ignorant les plaisanteries, Karl se servit deux tasses de café et les posa sur la table de Wilson. « Qu'est-ce que tu as comme infos sur le mort du Jardin botanique ? »

Wilson plissa le front. « Qu'est-ce qui te fait croire que c'était un homme ?

– Pari à 50/50 ? Intuition ? dit Karl en haussant les épaules. Ou peut-être que j'ai consulté une voyante. »

Wilson retira une feuille de papier d'un dossier sur sa droite et sirota son café en le lisant. « Mâle.

– Et ?

– Blanc…

– Très drôle, soupira Karl. Son nom ?

– M. Boule de Bowling. »

Éclat de rire général.

« Quoi ?

– Trois trous à l'arrière de la tête, continua Wilson. Ça ressemble à une boule de bowling. C'est comme ça qu'ils l'ont étiqueté à la morgue quand il s'est présenté à la porte.

– Ça veut dire que tu peux éliminer le suicide, railla Cairns. À moins que ce soit un contorsionniste masochiste.

– Il s'appelle Wesley Milligan, finit par dire Wilson.

– Depuis quand M. Wesley Milligan était-il là ?

– Sans doute une semaine, peut-être un peu plus. Y

1. Série télévisée policière des années 1970.

avait de l'herbe qui sortait de tous les trous de son corps. La communauté locale des animaux a dû penser que Noël était en avance et ils ont bouffé presque toute la viande et les os. Il n'en restait pas grand-chose. Plus d'yeux. Pas beaucoup de cervelle. Sans doute une friandise. »

L'estomac de Karl émit quelques gargouillis. « Merci pour ces détails intéressants.

– Demande pas si t'aimes pas les réponses.

– Pourquoi êtes-vous si méfiants, vous qui êtes si chaleureux d'habitude ? demanda Karl en trempant les lèvres dans son café pour la première fois. Dégueulasse, ce prétendu café. » Avec une grimace, il repoussa la tasse.

Wilson ferma les yeux avant de répondre. « Bon, à part le directeur de la police Finnegan qui va venir nous inspecter plus tard dans la soirée, ils nous ont collé une femme – une *constable* – pour compléter la brigade. Tu peux croire une ânerie pareille ?

– C'est choquant, dit Karl en hochant la tête. Que Dieu lui vienne en aide, au milieu d'une bande malodorante de flics trop gros, trop vieux et trop payés. Qu'est-ce que cette pauvre fille a bien pu faire pour être ainsi promue en enfer ? »

Wilson avala une gorgée de café avant de répondre. « C'est tout ce politiquement correct qui déconne. Le médiateur de la police dit qu'il faut rééquilibrer l'échelle des genres. Mes couilles. On nous demande de protéger le joli cul de recrues toutes fraîches. J'en ai rien à foutre de ce que raconte ce médiateur.

– Tu ferais mieux de protéger ton propre cul poilu, coupa Karl. Mon cœur saigne pour toi et pour le reste du gang des Keystone[1].

1. Allusion aux « Keystone cops », policiers lamentables des comédies produites dans les années 1910 par la Keystone Film Company de Nack Sennett.

– Laisse-moi te dire un truc, Kane, fit Wilson en pointant un index accusateur. Je me suis frayé un chemin jusqu'au grade d'inspecteur. De mon temps, c'étaient le boulot, le dévouement et les couilles qui te faisaient avancer, pas les nichons.

– Ne pas être juif, catholique ou pédé, ça aidait aussi », ajouta Karl.

Bulldog feuilleta bruyamment les pages de son magazine avant d'émettre un grognement sourd.

Le visage de Wilson se chiffonna. « Ces jours sont derrière nous. Rien ne marche plus comme ça. »

Fixant d'un regard appuyé les vieilles bouilles familières qui flemmardaient dans le bureau, Karl répliqua : « Vraiment ?

– De nos jours, il faut t'attendre à ce qu'une organisation féministe vienne hurler à la discrimination, dit Philips.

– Ça a dû être pénible pour toi, à ton époque, Philips.

– Quoi ?

– D'essayer de pas te faire bouffer par tous ces dinosaures.

– Ces bâtards de politiciens semblent avoir oublié qu'être un bon enquêteur, c'est être capable de comprendre et de répondre à différentes personnes et à différentes situations, coupa Wilson, le visage soudain rouge vif. C'est le genre de chose qu'on peut pas apprendre dans un livre ou en restant assis à son bureau en se mettant du rouge aux lèvres et de la poudre sur les joues. »

Au même instant, une jeune femme apparut à la porte. Grande, jolie, d'épais cheveux bruns rassemblés en un chignon militaire, elle lança un coup d'œil à Karl avant de regarder nerveusement Wilson.

« J'ai fini de classer les dossiers dans la salle des archives, monsieur.

– Bien. Cette cafetière a besoin d'un bon nettoyage. Un représentant des contribuables s'en est plaint aujourd'hui au cours d'une inspection à l'improviste. Occupe-toi de ça.

– Bien, monsieur.

– Et cessez donc de m'appeler "monsieur". J'ai horreur de cette merde condescendante. »

La jeune femme semblait un peu sidérée. « Monsieur… ?

Karl se leva pour se présenter. « Le chef est dans son humeur chaleureuse habituelle, constable… ?

– Lewis, Monsieur. Jenny Lewis.

– Vous pouvez m'appeler "monsieur" quand ça vous chante, constable Lewis ! » dit Karl en lui tendant la main droite et en laissant la gauche dans la poche de son manteau. Il lui sortit son laïus habituel : « Je suis Karl Kane, détective privé. Voici ma carte. »

Lewis serra la main de Karl, prit sa carte et y jeta un coup d'œil. « Merci… monsieur Kane.

– Vous n'allez pas tarder à vous apercevoir que la plupart de vos partenaires mâles ici présents soit ont de gros problèmes d'humeur, pour ne rien dire de leur odeur.

– Pas de racolage chez nous, Kane, dit Wilson d'un ton impatient. Il est temps de filer. Les vrais flics ont du boulot. Et ça vaut aussi pour vous, constable Lewis. Après avoir nettoyé cette machine à café, vous vous trouverez une chaise et un bureau dans la pièce à côté. Habituez-vous à elle et à la pile de dossiers qui vous attend. Nous attendons le chef Finnegan. Il vient inspecter vos talents culinaires. »

Le visage de Lewis vira au rouge. « Oui, monsieur. »

Juste au moment où Karl allait partir, un jeune flic entra en flèche dans la pièce pour transmettre un message à Wilson. « Monsieur, le cadavre d'un homme a été trouvé chez lui, en centre-ville. Les policiers du secteur suspectent un crime.

– Sa tête doit être posée à côté et son dos criblé de poignards pour que ces idiots suspectent quoi que ce soit, marmonna Philips.

– Apparemment, l'ex-femme de la victime est venue chez lui et a découvert le corps dans la chambre du haut, continua le jeune agent de police. Il devait la retrouver hier, mais il n'est pas venu au rendez-vous. La dernière fois qu'on l'a vu, c'était il y a trois jours, à son pub dans Bank Street en compagnie d'une blonde canon, peut-être une prostituée. Le barman rechigne à le confirmer, mais deux clients l'ont fait. »

Wilson jeta un coup d'œil rapide dans la pièce. « Bulldog ? Prends Cairns avec toi. Demande au barman de te faire la liste de tous ceux qui picolaient au pub à ce moment-là. Il ne prendra pas le risque de mettre en danger sa licence, en admettant qu'il reste ouvert longtemps après l'heure, sans compter les putes qui fréquentent l'endroit. Sois subtil.

– Tu demandes à Bulldog d'être subtil ? dit Karl en secouant la tête. Tu ferais mieux de lui expliquer ce que ce mot veut dire.

– Va te faire foutre, Kane, répliqua Bulldog en se levant et en jetant le magazine porno par terre.

– Serait-ce une proposition ? sourit Karl.

– Monsieur ? » coupa Lewis d'une voix tout excitée.

Wilson ferma lentement les yeux. « Oui, constable Lewis ?

– Est-ce qu'il serait possible que j'aille avec les inspecteurs McKenzie et Cairns ? Que je les aide à interroger le barman ? Peut-être qu'en tant que femme je pourrais lui faire baisser la garde ?

– Ça changerait probablement quelque chose dans son pantalon », railla Cairns.

Wilson rouvrit les yeux. « Quand j'estimerai que vous êtes prête à jouer les Jessica Fletcher[1] pour nous aider, constable, vous serez la première à le savoir. En attendant, soyez bonne fille et allez vous occuper de tous les dossiers dans la pièce à côté.

– C'est un peu dur pour elle, non ? demanda Karl quand Lewis eut quitté la pièce. Une des raisons qui attirent les

1. Héroïne de la série télévisée policière *Arabesque*, diffusée dans les années 1980-1990.

jeunes dans la police, c'est qu'ils espèrent prendre des risques. Des vieux chevaux de retour dans ton genre et celui de tes équipiers sont incapables de le comprendre. Quelqu'un devrait penser à mettre la plupart d'entre vous au pâturage.

– C'est fini, Sigmund ? Maintenant, si tu n'y vois pas d'inconvénient… fit Wilson en indiquant la porte d'un geste de la main.

– Tué par une pute ? ajouta Karl, en s'arrêtant à la porte. Question sexe, Belfast est devenue aussi chère que Dublin et Londres, de nos jours… »

5

Samedi 13 janvier

C'est le fatal vaisseau, Lycidas, c'est ce traître,
Construit en temps d'éclipse et gréé d'anathèmes
Milton, « Lycidas »

Expert dans la profession de cambrioleur, Andy Fleming s'était toujours considéré comme la *crème de la crème*[1] des entrepreneurs criminels. Venant de la vieille école qui professait que la valeur d'un cambrioleur se mesure à celle de son sac à outils – comme on le dit pour la carte de l'American Express, ne partez pas sans elle –, Andy sortit de son sac à malices une paire de lunettes à vision nocturne Bushnell. Il la sentait compacte et légère dans sa main.

La patience étant une vertu – mais, dans le cas d'Andy, aussi une nécessité –, il regarda en dessous de lui, depuis la position en surplomb qu'il occupait, la demeure séduisante mais quelque peu inquiétante avec son ombrelle d'arbres voûtés.

Venu de Dublin rendre visite à un vieux copain à Belfast, Andy était tombé par hasard sur la grande maison, un après-midi, il y avait deux semaines de cela. En demandant sa route à une station-service, il avait pris par erreur une route à gauche qui, paradoxalement, se révéla être idéale, car dix minutes plus au sud la maison était là, dans un

1. En français dans le texte.

secteur peu développé des environs de la ville, à un jet de pierre du site touristique de Cave Hill.

Croyant intimement en la chance, Andy s'était fait un plan mental de la bicoque, attendant que l'occasion se présente pour venir la surveiller et récolter toutes les informations nécessaires.

Il vérifia sa montre phosphorescente pour la septième fois – sept étant son chiffre porte-bonheur – et décida que le moment de frapper était venu. Presque minuit, il n'avait vu aucun mouvement dans le coin depuis au moins trois heures.

Rassemblant ses outils, il commença à descendre furtivement, à quatre pattes comme un chat, mais en ayant pris soin de se glisser une tablette de nitroglycérine sous la langue, dans l'espoir d'éliminer l'impression d'avoir un éléphant assis sur la poitrine. Au fil des ans, le stress de ce boulot lui avait bousillé la santé, et comme il avait peu de chance de bénéficier de prestations syndicales en matière de santé ou de retraite, il ne se faisait aucune illusion sur une carrière commencée si tard dans le grand jeu de la vie.

Son visage osseux se faufilant dans l'ombre, haletant d'impatience, Andy parvint près de sa cible, presque à la toucher, moins de deux minutes après avoir quitté son poste d'observation.

À côté d'un vieil arbre, un panneau indiquant DÉFENSE D'ENTRER était maladroitement fixé par toute une famille de clous rouillés.

Levant légèrement la tête, Andy apprécia très vite le défi qui lui faisait face. Mal dissimulé, un spot bleu indiquant la présence d'un système d'alarme était visible sur le mur de la maison.

Il sortit rapidement de son sac une petite bombe aérosol d'Elastoplast et s'aspergea abondamment les mains. En moins d'une minute, elles furent gantées d'un film transparent. Depuis qu'il avait trouvé par hasard cet ingénieux spray médical dans le magasin Boots de son quartier, Andy en adorait l'inventeur. Plus jamais de gants gênants pour Andy Fleming.

En veillant à ne laisser aucune trace, il coupa un bout de fil de fer et le façonna en forme de point d'interrogation, souriant à l'avance à l'idée de neutraliser l'alarme aussi facilement. La façon dont les propriétaires affichaient fièrement la présence de leur prétendu système de sécurité avait toujours étonné Andy. Si c'était pour dissuader les voleurs, lui, ça ne l'avait jamais dissuadé.

Parmi les trois types de cambrioleurs classiques qui parcourent les rues modernes – opportunistes, rôdeurs ou professionnels –, Andy se considérait fièrement comme le plus bel exemple de la dernière catégorie. Parmi les pros, deux genres tenaient le haut du pavé : les sauterelles et les snipers. Les sauterelles travaillent en équipe, mettent les maisons à sac et laissent la désolation dans leur sillage. Ce qui rend les sauterelles dangereuses, c'est qu'elles n'ont peur de rien. Il faut en effet de sacrés nerfs pour envahir calmement la demeure de quelqu'un et y rester jusqu'à ce qu'elle soit nettoyée à fond. Et c'est parce qu'elles ne craignent rien que les sauterelles peuvent être aussi des plus agressives quand elles sont prises sur le fait. Parfois, une rencontre inattendue avec une sauterelle peut se révéler mortelle.

Andy détestait depuis toujours les sauterelles parce qu'elles portent préjudice à la réputation de la profession. Un sniper comme lui, en revanche, s'était toujours considéré comme un criminel qui réfléchit et qui est là pour une raison spécifique, comme ce distingué voleur d'œuvres d'art représenté dans les films français. Andy adorait les films policiers français et se voyait lui-même comme une sorte de Robin des Bois, prenant aux riches pour donner aux pauvres, le pauvre étant Andy Fleming. Pour dire la vérité, son *modus operandi* se situait confusément entre sauterelle et sniper. Il n'employait jamais la violence, mais, plutôt que de se fixer un objectif précis, il était enclin à faire main basse sur tout ce qui lui paraissait sympa pendant le temps où il jouait les invités non désirés.

Il pêcha un petit portefeuille de cuir dans sa poche intérieure et, du bout des doigts, reconnut l'assortiment de crochets rangé à l'intérieur avant de se glisser vers l'arrière de la maison et sa grosse porte en acajou. Moins d'une minute plus tard, l'imposante porte s'ouvrit, sa résistance brisée par un tout petit crochet.

Andy se souhaita la bienvenue.

Dans la pénombre, la nature tentaculaire de la grande maison s'imposa soudain à lui. Il ferma les yeux sept secondes avant de les rouvrir lentement. Un vieux truc pour accommoder, ça marchait toujours. Et d'un pas alerte mais prudent, il grimpa au premier étage en remerciant le Seigneur et toute Sa Gloire pour l'épaisseur du tapis qui étouffait ses pas.

Sur le palier, une grande horloge de grand-père montait la garde, son tic-tac creux rappelant le bruit des gouttes de pluie sur un toit peu épais. Trois chambres à coucher et une salle de bains l'attendaient. Il commença par la salle de bains. Les gens se croyaient malins en y dissimulant les objets de valeur. Pots de crème à raser creux, fausses savonnettes, Andy avait tout vu en la matière, et avait tout fauché.

Deux minutes plus tard il sortait de la salle de bains, bredouille mais pas découragé, et entrait dans la première des chambres, attentif au moindre bruit.

Celle-là semblait destinée aux invités. Il jeta un coup d'œil avant d'entrer. Elle était vide d'occupants et d'objets de prix. Les deux autres ne valaient pas mieux. Elles étaient d'une propreté absolue, stérilisées de toute chaleur et de tout confort.

Loin de se sentir battu, le cœur d'Andy loupa un battement, comme s'il savait que l'étage suivant abritait tous les trésors.

Doucement... Prends ton temps...

Des sons étouffés sortaient de la première chambre du deuxième étage. Les bruits faisaient naître comme des petites chauves-souris nerveuses et impatientes au creux de son estomac. Il s'arrêta devant la porte, pressa l'oreille contre le bois froid.

Doucement... Tu les as déjà toutes entendues...

Les fines cicatrices d'une lumière sourde filtraient sous la porte. Il appuya doucement sur la poignée, entra et fut tout de suite attiré par le grand lit et la forme bosselée comme un sac charbon de bois qui reposait entre les draps.

Une femme ? Merde !

Le timbre du souffle de la femme endormie était doux et sonore, il faisait frissonner les oreilles d'Andy, l'obligeant à fixer, comme en transe, le corps paisiblement endormi. Les chauves-souris avaient disparu de son estomac, vite remplacées par des sortes de papillons érotiques.

C'était le talon d'Achille d'Andy : le voyeurisme. Une fois, deux ans plus tôt, il s'était presque fait choper à cause de ça. Mais peu importe la force avec laquelle il essayait de résister, comme les rats au joueur de flûte de Hamelin, il n'y parvenait tout simplement pas.

En l'étudiant dans la faible lumière de la pièce, Andy arrivait difficilement à estimer l'âge de la femme. De petits grains de beauté noirs ponctuaient le tour de ses yeux, semblables à des mouches sur un enfant mourant de faim. Des mèches de cheveux barraient son visage et reposaient entre ses lèvres comme des fragments de nid.

Non, murmura la voix de la raison dans sa tête alors que ses doigts touchaient délicatement son visage, débarrassant la bouche des cheveux, tendrement, comme l'aurait fait un amant. *Tu cherches à te faire prendre. Dégage. Prends le butin et fous le camp d'ici...*

La femme s'étira et un gémissement franchit ses lèvres entrouvertes.

Andy s'arrêta aussitôt de respirer, obnubilé par le souffle de la femme. Délicieux. Soudain, il sentit les graines d'une érection germer dans son pantalon.

« Oh… »

Oh, bien sûr.

La femme se tourna lentement sur le côté. La chaleur de son corps et son odeur féminine sortirent des draps, atteignirent ses narines et l'intoxiquèrent instantanément. C'en fut assez pour le rendre fou. Il en était sûr, positivement sûr, il pouvait sentir les légers effluves d'une eau de Cologne masculine traîner quelque part au milieu des autres fragrances mêlées aux résidus d'odeur de sexe.

Est-ce qu'elle a baisé plus tôt, juste avant que je n'entre ici ? Cette pensée acheva d'épanouir l'érection d'Andy.

Il se retira rapidement en s'engueulant pour ce comportement si peu professionnel, se remit au boulot en vitesse et fouilla le tiroir où la femme rangeait ses dessous. Les odeurs lui fouettaient le visage : boules de naphtaline, et ce parfum entêtant que les femmes plus âgées mettent pour se souvenir qu'elles ont été jeunes un jour.

Une Rolex d'homme en or, planquée dans une paire de chaussettes, le récompensa de sa peine. Le mari ? Était-ce la personne qu'il avait vue quitter la maison plus tôt dans la journée dans une voiture de luxe ?

Les tiroirs ne crachèrent plus rien d'autre. *Où peut-elle bien mettre ses bagues, ses bracelets et autres trucs de femme ?* Il n'y avait rien sur ses poignets délicats ni sur ses doigts. *Les friandises doivent être quelque part dans le coin. Les femmes n'aiment pas savoir leurs bijoux trop loin d'elles.*

Scannant rapidement la pièce, ses yeux tombèrent sur une série de photos encadrées, des portraits de famille pour la plupart mélangés à des vues de montagnes et de forêts. Andy rendit leurs sourires aux visages souriants ; un grand miroir lui renvoya le sien. Ce fut la photo d'une femme caressant un chien qui bloqua ce sourire.

Il ne reconnut pas la race. Un bâtard horrible à voir. T'imagines ces gros enfoirés baveux plantant leurs crocs dans ta chair ? Un frisson parcourut le dos d'Andy et fit un détour par sa bite, ce qui eut pour effet immédiat de dégonfler son érection. Andy n'avait jamais aimé les chiens et les chiens n'avaient jamais aimé Andy. *Où est ce putain de chien, maintenant ?*

Galvanisé à l'idée de l'Affreux Gros Enfoiré le chopant par les couilles et les serrant jusqu'à lui aspirer la vie, Andy hâta ses recherches et, maladroitement, faillit renverser une boîte à musique. Il injuria l'objet, jusqu'à ce qu'un tiroir s'ouvre et révèle une jolie famille de bagues serties de diamants, six en tout. Un collier garni de pierres précieuses leur tenait compagnie.

Chouette, chouette, chouette ! Les diamants, les meilleurs amis de l'homme ! Pas comme ces enfoirés de chiens...

N'étant ni cupide ni du genre à chier dans son propre nid, Andy était plus que satisfait de sa nuit. Il sortit rapidement de la chambre, se refusant de regarder une dernière fois la femme, laissant la tentation hurler dans le vide.

Sans un craquement, la marche de l'escalier moquetté supporta son poids et le conduisit vers le bas et la liberté.

Yelp...

Andy s'immobilisa brusquement et se mit à écouter le silence.

C'est quoi ce bordel ? Un chien ? Il tendit la main vers la poignée de la porte de la cuisine. Il ouvrit. S'avança. Même dans la lumière chiche, il pouvait distinguer les contours de la porte du fond à l'autre bout de la pièce. Encore quelques secondes et il atteindrait l'air froid de la nuit.

Yelp...

Le bruit venait du sous-sol. Comme un grattement suivi d'un *yelp*.

Retenant son souffle, Andy tendit l'oreille, mais ne put rien percevoir d'autre que le battement sourd de son pouls et de son cœur résonnant dans sa tête. Dans son esprit, ce salopard de chien grattait à la porte pour rentrer, lui déchiqueter les couilles et lui mâcher le cornichon jusqu'à ce qu'il n'en reste plus rien.

Mais pourquoi n'aboyait-il pas, au lieu de glapir ? *Le rusé salopard est bien dressé, voilà pourquoi. Il est en train d'essayer d'avertir son propriétaire sans alerter les intrus. Rusé enculé de merde.*

Yelp…

Juste au moment où Andy atteignait la porte du fond pour se libérer, ses oreilles réticentes déchiffrèrent le mot exaspérant. Ce n'était pas *yelp*, c'était autre chose, qui exécuta une gamme de doigts glacés le long de son échine. La lettre *h* remplaçait soudain la lettre *y*.

« *Help*[1]… »

Help ? C'est quoi ce bordel ? Dégage. Ignore-le. C'est un piège. Enfoiré de Gros Bâtard est planqué derrière la porte en attendant de venir te bouffer.

« S'il vous plaît… s'il vous plaît aidez-moi… » coassa une voix à peine humaine.

Andy sentit son estomac se dérober et son visage vira à la coquille d'œuf. À la base de son crâne, ses cheveux se mirent à danser la gigue. *Cours ! Dégage aussi vite que tu peux. Bordel, ils sont sur toi, Andy Fleming !*

Malgré toutes ses années d'intuition et d'expérience, Andy resta immobile à se demander ce qu'il allait faire.

T'es pas dingue, non ? Casse-toi !

C'est peut-être un pauvre gars en danger.

Si tu ne te tires pas tout de suite, c'est toi qui seras le pauvre type en danger.

Hésitant, il s'avança vers la cave. Au-dessus de la porte,

1. « Au secours ».

un fusil de chasse calibre 20 était accroché par deux simples clous. Andy abhorrait toutes les armes à feu, mais, dans certaines circonstances, il était tout à fait d'accord pour faire une exception. Les mains tremblantes, il décrocha maladroitement l'arme.

Il poussa délicatement la porte, glissa un coup d'œil prudent dans l'entrebâillement et recula en titubant à la vue du contenu de la cave. C'était rose, humide de traces rouges et sombres. Ça refila immédiatement à ce pauvre Andy une crise de frissons et de colique. Pourtant, l'atroce vision était moins dérangeante que l'horrible vérité : cela avait été humain, mais maintenant, totalement dépouillé, ça ressemblait à une carcasse dans un abattoir, massacré de frais et dégageant déjà la puanteur de la mort et de la pourriture. La puanteur atteignit rapidement les narines d'Andy et se fraya directement un chemin jusqu'à ses tripes retournées.

« Oh, Seigneur... » murmura-t-il avec un violent haut-le-cœur.

Sans prévenir, la créature tendit une main comme une griffe. La bouche de la chose laissait couler des sons, des sons affreux, gémissants, sans âme.

« Au secours... Ils sont fous... »

Ce ne fut qu'à ce moment qu'Andy remarqua la petite boîte posée soigneusement contre la cloison de bois à l'intérieur de la cave. Son œil bleu clignotait d'un air accusateur. Il aurait voulu rire de sa propre stupidité et de son arrogance, lui qui avait coupé les fils d'un leurre que n'importe quel amateur aurait repéré à plus d'un kilomètre.

Les flics ! Ils doivent déjà être en route. Ça fait combien de temps que cette alarme silencieuse hurle dans le poste le plus proche ? Merde ! Cinq ans de cabane à ton âge, Andy Fleming, c'est comme une condamnation à vie. Je t'avais dit de te tirer quand il en était encore temps. Il est encore temps. Cavale !

« Je suis désolé... dit Andy en s'éloignant vivement de

la monstruosité gluante. Je… Je ne peux pas vous aider. Je préviendrai les flics et l'ambulance dès que je serai sorti…

– S'il vous plaît… ne me laissez pas… s'il vous plaît. Vous ne pouvez pas me laisser seul avec eux. S'il vous plaiiiiiiiiiit… »

Andy tourna rapidement les talons et fila comme une flèche vers la sortie et ses espoirs de liberté. *Il faut que je sorte de là, loin de cette folie, de cette monstruosité.*

Il trébucha deux fois, parvint à peine à ouvrir la porte et se trouva confronté à son pire cauchemar.

« Pose ce fusil ! hurla un officier de police qui, l'arme au poing, braquait le visage transpirant et pétrifié d'Andy. Tout de suite !

– Vous ne comprenez pas. Il y a une chose couverte de sang…

– *Tout de suite !* »

Andy obéit et posa lentement le fusil sur le sol.

« Okay, okay. Voyez, j'obéis ! prononça Andy, incapable d'avaler la boule sèche qui lui escaladait la gorge. Mais si vous croyez que c'est moi le problème… Attendez de voir ce qu'il y a derrière la porte de la cave.

– Allonge-toi par terre, doucement et sans geste inutile. Parfait. Reste comme ça. Ne bouge pas un muscle. Ne parle pas. »

Andy ne voulait pas parler. Il voulait pleurer.

6

Mercredi 24 janvier

> Et comment ne trouver odieux
> Le diabolisme en l'homme, en Dieu.
>
> A.E. Housman, *Derniers poèmes*

« La ville semble bien paisible vue d'ici, tu ne trouves pas, Chris ? s'enthousiasmait Karl. Si j'avais de l'argent, je me ferais construire une maison juste à cet endroit. Pas toi ? »

Assis à la droite de Karl, Chris Brown regardait le paysage verdoyant qui entourait le magnifique château de Belfast. Engoncé dans une chaise roulante pour le reste de sa vie, il lui restait peu d'autres options que d'être assis. Des varices de rouille veinaient les rayons des roues. Dans la main droite, il tenait paresseusement une bouteille de vin bon marché. À moitié pleine ou à moitié vide, selon l'humeur de Chris. Assis docilement à côté de lui, se tenait Paisley, son basenji à pedigree.

« Tu travailles pour le putain de syndicat d'initiative, maintenant ? demanda malicieusement Chris. D'où je suis, ça ressemble à un étron vert géant. Tu connais cette publicité pour le maïs ? Ho ho ho, Étron vert ?

– Ton maître m'a l'air d'être aussi jovial que d'habitude. Hein, Paisley ? » Les oreilles du chien frémirent, mais le reste de son corps ignora Karl. « Cette créature doit boire au même robinet que toi. Elle a le même tempérament. »

Karl ouvrit un paquet de cigarettes, en fit jaillir deux

Wesley Milligan

et en offrit une à Chris. Les deux hommes se mirent à fumer en silence. Seul le gazouillis infatigable des oiseaux dans la forêt rivalisait avec le chuchotement lointain de la circulation.

« Bon, peux-tu me dire ce que tu sais sur un certain Wesley Milligan ? demanda Karl en brisant soudain le silence. T'as entendu quelque chose sur les raisons qu'on aurait pu avoir de lui loger trois balles dans la nuque ? »

Chris relâcha un peu de fumée à travers ses dents salement ébréchées. « Pas grand-chose. C'est plus comme quand je pouvais faire le putain de tour de mes vieilles planques, n'est-ce pas ? Personne ne veut connaître une balance, surprise, surprise.

– Écoute, je sais que…

– Arrête. Okay ? Ne vient pas me servir la vieille rengaine du je-sais-par-quoi-tu-passes. Pigé ? À moins, bien sûr, qu'on t'ait greffé récemment un fauteuil au cul.

– Pas récemment, admit Karl.

– Dans deux ou trois ans, j'aurai l'air aussi frais que ce monstre de Hawking, celui qui marche sur la Lune. Tout ce qu'il peut faire, c'est causer comme un putain de Dalek[1].

– Hawking ? Tu veux dire Stephen Hawking ? Il marche pas sur la Lune. Il a découvert les trous noirs.

– Trous noirs, trous poilus. Qui ça intéresse ? » Chris expédia nerveusement sa clope à moitié mâchée dans l'herbe, ignorant le panneau NE PAS JETER DE DÉCHETS. Des étincelles jaillirent dans toutes les directions. « Tu sais comment tous ces pourris m'appellent ?

– Non, mentit Karl. Comment ?

– Le Putain de Cafard à Roulettes. »

Karl secoua la tête d'un air faussement dégoûté. « Je croyais que c'était juste Cafard à Roulettes. J'ignorais qu'ils avaient ajouté Putain. »

1. Créature extraterrestre de la série télévisée britannique *Doctor Who*.

Chris se tourna, épinglant Karl du regard. Pendant une seconde, ses yeux furent ceux d'une bête ; le même regard qui avait autrefois terrifié ses victimes avant qu'il ne les descende d'une balle juste au-dessus du nez, à l'époque où il opérait comme tueur pour les gangsters locaux. Mais, aussi vite qu'il était apparu, le regard s'évanouit, comme s'il savait à quel point il avait désormais l'air ridiculement impuissant.

« T'es un mec marrant, Karl. Pas marrant comme Frank Carson, plutôt comme Tommy Cooper[1].

– La dernière fois que j'en ai entendu parler, Tommy Cooper était mort.

– Précisément… » fit Chris avec un sourire de serpent.

Comme il n'aimait pas le tour que prenait la conversation, Karl la détourna : « Ça te plairait d'aller manger quelque chose au Cellar ? » Il fit un signe de tête vers le château, avant d'ajouter rapidement : « Bien que, pour être honnête, j'aie entendu dire que la bouffe était dégueulasse.

– T'es toujours radin comme un passe-lacet, grimaça Chris. Je devrais te prendre au mot, rien que pour te voir pleurer.

– C'est injuste. Financièrement, c'est à peine si je peux respirer. Des avocats véreux et une ex-femme casse-couilles sont après moi. De plus, il y a quelques ronds pour toi dans l'affaire. C'est pas ce que j'appellerais être radin. » Karl avait l'air vraiment vexé.

« Ouais, *à court* me semble un peu plus approprié. J'ai dû dépenser toute l'indemnité de mon assurance pour un système de sécurité. Et je doute que ce que tu veux me filer puisse même me payer une tapette à souris. » Chris massait nerveusement son front têtu comme pour en faire sortir un génie.

1. Frank Carson : acteur irlandais de séries télévisées ; Tommy Cooper : comique et magicien anglais.

Karl connaissait le truc. Il attendit.

Le torse musculeux de Chris était une galerie de tatouages, le plus frappant, sur son avant-bras, représentant un squelette Heavy Metal qui jouait de la guitare. Vu de plus près, la guitare avait la forme d'une érection imposante qui jaillissait d'entre les jambes du squelette : un sac d'os avec la trique. Plus Chris faisait bouger son avant-bras, et plus le squelette avait l'air de lentement se masturber. « C'est ma seule façon de bander, maintenant », avait rigolé Chris quand il l'avait montré pour la première fois à Karl, deux ans plus tôt, peu de temps après la tentative d'assassinat dont il avait réchappé. Le rire, Karl l'avait noté, était vide de toute émotion.

« Bon, voilà ce que j'ai, dit Chris. C'est pas grand-chose, mais c'est plus que ce que ton salopard de beau-frère t'a probablement raconté.

– N'en faisons pas une affaire personnelle.

– Personnelle ? T'en sais même pas la moitié. Wilson est un des Sept Plus Grands Branleurs du monde occidental.

– Approuvé. Maintenant, on peut avancer, s'il te plaît ? »

Chris cracha un morceau de tabac. « Wesley Milligan était huissier avant de dégringoler jusqu'au dernier barreau, et de devenir maton. Il travaillait surtout à Woodbank, la prison mixte, il y a des années. J'ai causé à deux copines qui ont passé du temps dans ce trou du diable. Elles m'ont dit que c'était un infernal salopard. »

Silence.

Depuis un arbre voisin, un écureuil fouineur, la queue en point d'interrogation, observait les deux hommes.

« Et puis ? C'est tout ? Un enculé de maton ? C'est tout ce que t'as comme gros titre ? Allez, Chris. Tu peux faire mieux que ça ! »

Chris continua en soupirant : « Lui et quelques-uns de ses potes maquaient des détenues, les camées, et les louaient aux huiles de l'establishment pour des soirées privées.

– Quel genre d'huiles ?

– La collection habituelle d'ordures, politiciens, juges, membres du clergé… flics.

– Je suppose qu'il y a peu de tendresse entre toi et les susdits gentlemen et piliers de la société ?

– La plupart de ces sangsues devraient bénéficier d'une mort prématurée. T'as déjà vu un de ces bâtards rouler en voiture d'occasion ?

– Argument accepté. »

Karl se gratta le cul, en y enfonçant son doigt, et se demanda s'il pourrait surmonter sa répugnance à demander à un médecin d'aller inspecter la machine.

« Je ne suis pas en train de te chercher ni de t'offenser, Chris, mais tout ça sonne un peu forcé. La seule que tu aies épargnée, c'est Mère Teresa. T'es sûr que t'es pas en train d'épicer le tout, histoire de rendre l'information encore plus importante ?

– À prendre ou à laisser.

– Et dans le lot, t'essaies de me convaincre que les prisonnières étaient simplement relâchées chaque jour, et qu'elles revenaient de leur plein gré. Pourquoi elles ne disparaissaient pas purement et simplement, une fois dehors ?

– T'es un salopard tellement parano que ça te rend naïf », dit Chris. Il fit habilement pivoter sa chaise roulante et passa sur les orteils de Karl, provoquant une grimace sur le visage du privé. « Elles sont payées en petites quantités de H. Ça les rend aussi loyales que des pigeons voyageurs, elles regagnent le nid juste pour avoir leur fix. De plus, la plupart d'entre elles sont soi-disant étrangères – bien que ce qui a pu les inciter à atterrir sur ce bouton du cul de Dieu me dépasse.

– H ? Tu veux dire "héroïne" ?

– Non, je veux dire "Heureux putain de repas chez McDonald's". »

Les doigts de Karl quittèrent son cul pour sa figure et commencèrent à gratter un vieux bouton.

« Je suppose qu'il existe quelque logique tordue dans ce que tu me racontes, Chris. »

Chris emplit sa bouche de vin, se rinça les dents, avala, et tendit son bras pour que Karl puisse l'examiner. Salement balafré de traces d'aiguille et d'écorchures, on aurait dit la surface de la Lune. « La logique n'a pas grand-chose à voir là-dedans ; c'est juste une question de faits. Quand t'es accro un jour, tu le restes. L'addiction est une ombre qui te suit partout. Tu regardes derrière toi, elle n'est plus là. Sauf, bien sûr, qu'elle n'est jamais partie...

– Quel est l'endroit où ça se joue, maintenant ? Woodbank ?

– À cause de cette merde, ils ont dû se débarrasser de presque toute – sinon toute – la vieille garde. Un nouveau directeur du nom de George Hanna a été récemment élu, mais, en fait, l'endroit est dirigé par son premier officier, Lange. On m'a dit que le JPM était ce qu'il utilisait comme drogue.

– Le JPM ? C'est quel genre de drogue, ça ?

– Jeune Prisonnier Mâle. Il les aime costauds mais doux. Comme une saucisse trempée dans de la crème glacée.

– Très appétissant. Faut que je me souvienne de ne jamais me faire servir ce genre de spécialité. »

L'écureuil curieux regardait Karl le regarder. Écœuré, Karl remarqua qu'il se grattait vigoureusement les noisettes.

Karl sortit trois billets de vingt de sa poche, les étudia une seconde avant d'en refourrer un dans la chaleur de son manteau.

« Tiens. » Il tendit les deux de vingt restants à Chris.

Chris les prit sans compter. « Tu es trop généreux. Ça va m'aider à quitter Belfast pour m'installer au Portugal !

– Tu sais ce qu'on dit de Belfast ? C'est un endroit qu'il est facile de quitter, mais dont il est difficile de rester éloigné ! répondit Karl en regardant sa montre. C'est le moment d'y aller. T'es sûr que tu veux pas aller manger un morceau ?

– Non. Mon agenda est plein. C'est le rush. Trop de gens à rencontrer et à saluer. » Le sourire de Chris aurait pu peler un étron. Il prit une autre rasade de vin. « T'as fait ta bonne action de la journée, maintenant tu peux aller te faire foutre. »

La tristesse de Chris commençait à se frayer un chemin jusque dans la moelle de Karl, et parce que Karl s'était toujours considéré comme un homme ne se préoccupant pas très longtemps de ce qu'il considérait comme des situations débilitantes, il finit par se préparer à partir.

« Bon, j'ai quelques clients qui m'attendent au bureau, Chris. C'était une conversation intéressante…

– Putain oui, qu'elle l'était », dit Chris. Il pencha la tête en arrière, remplit sa gorge de vin, avant de fermer les yeux comme s'il se noyait.

« Tu bois et tu conduis ? demanda Karl en boutonnant son manteau jusqu'au cou.

– T'essaies de faire le malin ?

– Je suis assez malin pour savoir quand ne pas le faire.

– Pas besoin de permis pour un fauteuil roulant, que je sache.

– Qu'est-ce qui est arrivé à ta bagnole, celle que t'a donnée l'assistance sociale ?

– Ils me l'ont reprise.

– Pourquoi ?

– Je me faisais arrêter à tous les contrôles routiers. Disaient que j'étais tout le temps bourré et que j'étais dangereux derrière un volant. Mes couilles ! Juste une autre forme de harcèlement de la part de ces enculés.

– Je peux te ramener chez toi. »

Chris ignora l'offre. Il caressa la tête de Paisley.

Karl pensait à ce que venait de lui dire Chris.

« Quand tu dis “ils”, tu parles des flics ?

– T’as vraiment le chic pour poser des questions dont tout le monde connaît la putain de réponse, répondit Chris. C’était un avertissement. Ils sont terrifiés que je puisse dire quelque chose sur eux, sur leurs méthodes, dans mon livre.

– Ton *livre* ? » Soudain Karl ne fut plus du tout pressé de partir. « Je ne savais pas que tu écrivais un livre.

– C’est des souvenirs, fit Chris en hochant la tête. J’ai fini quelques chapitres.

– Tu as un éditeur ?

– Oui.

– Formidable… » La jalousie picotait la gorge de Karl. Il voulait la cracher, mais ça ne venait pas. « Qui ?

– Burger & Goldman. »

Salopards !

« C’est des gros…

– Ouais. *Regarde-moi, maman, au sommet du monde*[1]. Laisse-moi te faire une gigue, ou une roue arrière. »

Karl ignora les sarcasmes de Chris. Tout ce qu’il pouvait imaginer, c’étaient des exemplaires du livre de Chris en piles chez tous les libraires de la ville. En son for intérieur, Karl pleurait.

« Sérieusement, Chris, c’est génial.

– Génial…

– Tu as un agent ?

– Un agent ? C’est une autre blague ? Tu ne devrais pas employer ce mot dans mon entourage.

– Un agent littéraire, je veux dire.

– Non, l’éditeur est directement en contact avec moi. Il m’a demandé de faire comme si j’écrivais mes Mémoires. Je lui ai envoyé trois chapitres. Je bosse encore sur le reste.

1. *L’Enfer est à lui*, de Raoul Walsh : ultime réplique de James Cagney avant de mourir dans les flammes.

J'ai un paquet de feuilles qui s'entassent par terre. J'ai pas été capable de me concentrer, ces temps-ci. »

Incrédule, Karl hochait la tête en se demandant pourquoi *lui* n'avait jamais eu la chance que tous les autres enfoirés semblaient avoir.

« Je pourrais être ton agent, offrit-il. Ces éditeurs peuvent être de rusés salauds. J'en connais un rayon sur le monde de l'édition. » La dernière phrase sonnait un peu amère.

« *Toi*, tu connais quelque chose à l'édition ? dit Chris en faisant une grimace du genre me-fais-pas-rigoler.

– Beaucoup plus que tu ne l'imagines. Je peux puiser dans ma riche… expérience, pour faire avancer ta carrière. Tiens, voici ma carte, dit Karl en produisant une carte professionnelle.

– Pour quoi faire ? J'en ai déjà une.

– Envoie-la à Burger & Goldman. Ça les impressionnera. Ils vont comprendre qu'ils n'ont pas intérêt à te raconter des conneries, maintenant que tu m'as engagé comme agent. Je t'aurai aussi tous les contacts avec les médias dont tu auras besoin. »

Chris regarda la carte, puis il fixa Karl droit dans les yeux. « Pourquoi ai-je l'impression que t'en as plus envie que moi ?

– C'est une longue histoire.

– Je vais y penser. » Chris prit la carte et la glissa dans une pochette fixée sur le côté de son fauteuil.

« C'est tout ce que je demande, que tu y penses. Rien de plus, rien de moins, sourit Karl. Est-ce que tu as déjà un titre ?

– J'y ai pas vraiment pensé, pour l'instant.

– *Tuer pour vivre.*

– Quoi ?

– *Tuer pour vivre.* C'est un titre formidable, et je te le refile gratos.

– Quel mec ! fit Chris en hochant la tête. J'espère seulement que tu comprends qu'une fois que ça se saura, que j'écris un livre, tous ceux qui sont en affaires avec moi ne risquent pas d'être invités au bal de la police.

– J'ai horreur de danser avec les flics, toutes ces matraques en bois qui se balancent au rythme de la musique… De toute façon, attends avant que je commence. Il y a de vrais tueurs dans le monde de l'édition. Fais-moi confiance. »

Un sourire désabusé apparut sur le visage de Chris. « La dernière fois que j'ai entendu ces trois mots, quelqu'un m'a tiré six fois dans le dos. »

7

Lundi 29 janvier (après-midi)

Les chiens lâches aboient le plus fort.
John Webster, *Le Démon blanc*

Karl sonna, mais n'entendit pas le moindre bruit venant de l'intérieur ni de l'extérieur de la maison. Il frappa deux fois. Pas de réponse. Il attendit quelques secondes avant de recommencer.

« C'est quoi tout ce putain de bruit ! cria un jeune homme à l'air furieux en ouvrant la porte en grand. On achète rien. Maintenant dégage, avant que je me foute en rogne et que je te mette la main sur la figure, grand-père. »

M. Jeune en Rogne, remarqua Karl, était bâti comme un mur de briques. Il portait un tee-shirt graisseux et deux fois trop petit qui accentuait son torse à la Sylvester Stallone. Des tatouages lépreux de Popeye le marin couvraient ses avant-bras.

« Est-ce que ta mère est là ? demanda Karl d'une voix calme et professionnelle.

– Quoi ? » La figure de Jeune en Rogne se chiffonna légèrement.

« Ta mère ? Serait-elle... »

Sans prévenir, Jeune en Rogne balança un swing à la tête de Karl. Heureusement, les stéroïdes avaient ralenti Jeune en Rogne, et Karl esquiva facilement, attrapa le bras à mi-chemin, pivota doucement avant de le tordre dans le dos de son adversaire.

« Doucement, fiston, siffla Karl dans l'oreille percée d'anneaux.

– Sortons ! Tu vas voir une fois que je serai libre… Ahhhhh !

– Je veux que tu te calmes, fiston. Autrement, ton bras va faire route vers le nord. Pigé ? » Karl imprima une légère traction sur le bras.

« Ahhhhhh ! Enfoiré !

– Pigé ?

– Ou… oui ! »

Soudain, une femme déboula du hall, vêtue d'un peignoir blanc cassé qui laissait voir son décolleté. Ses cheveux étaient dissimulés sous une serviette nouée en turban, et sa peau luisait d'eau chaude et de colère.

« Thomas ! Arrête ça tout de suite ! Tu m'entends ? »

Thomas marmonna quelque chose à propos du bâtard qui avait commencé, en le prenant à l'improviste.

« Pouvez-vous le lâcher ? demanda la femme à Karl d'une voix insistante.

– Vous êtes sûre ? J'aurais vraiment horreur de voir les jointures de Thomas s'imprimer sur mon visage ciselé.

– Laissez-le », répéta-t-elle en croisant les bras d'un geste décidé, s'attendant manifestement à être obéie.

Karl sentit un mélange de talc et de shampooing se dégager de la femme tandis qu'il poussait Thomas en direction du hall.

Thomas se tourna rapidement et jeta un œil noir à Karl. En voyant son visage, celui-ci se dit qu'il contemplait l'image du désir de vengeance.

« Je ne voulais vraiment pas, Thomas, insista-t-il.

– Rentre, Thomas… S'il te plaît… Tout de suite, ordonna la femme dont le visage devenait de plus en plus rouge.

– C'est lui qui a commencé, Margaret, marmonna

Thomas en quittant le hall d'un pas nonchalant tout en laissant couler un flot de baratin de sa bouche : T'as intérêt à surveiller tes arrières, gros dur. J'oublie jamais un visage.

– Moi non plus, Thomas, mais dans ton cas je serais heureux de faire une exception.

– Qui diable êtes-vous et qu'est-ce que vous voulez ? » demanda Margaret en avançant vers la porte d'entrée et en rajustant son peignoir comme si elle se rendait soudain compte du spectacle qu'elle offrait à l'étranger importun qui se tenait sur son seuil.

Sortant une de ses cartes de visite, Karl la lui tendit. Elle la regarda, mais refusa de la prendre.

« Karl Kane. Je suis détective privé et j'enquête sur le meurtre de votre mari, madame Milligan. »

Visiblement énervée, Margaret rétorqua d'une voix glaciale : « Ex-mari. Et mon nom n'est plus Milligan, mais Boland.

– Désolé, madame… Boland, dit Karl en sortant un petit calepin noir. Serait-il possible d'entrer ? J'ai quelques questions à vous poser.

– Non, vous ne pouvez pas entrer. Et si vous avez des questions à poser, posez-les maintenant et partez. Il fait un sacré froid à rester là. »

Pas découragé, Karl ouvrit son carnet. « Est-ce que, à votre connaissance, votre ma… votre ex-mari avait des ennemis ?

– Vous êtes sérieux ?

– Tout à fait.

– Environ cinq cents.

– Ouh là !

– Des prisonniers. Des ex et d'autres qui sont encore incarcérés. Il était maton-chef, comme vous le savez sans doute. C'est pas une profession où vous vous faites des amis. Rien que des ennemis. »

Karl gribouilla rapidement quelque chose sur une page et

regarda Margaret. « Est-ce qu'il avait déjà reçu des menaces d'un prisonnier, à votre connaissance ? »

Elle serra les lèvres une seconde et les rouvrit. « Oh, il en a reçu ! Il les a toutes méritées, le salaud. Wesley Milligan était une brute qui adorait brutaliser, à l'intérieur de la prison comme au-dehors. » Elle se força à rire.

Karl croyait que c'était souvent d'un rire qu'émergeaient les vraies révélations. Il regarda Margaret Boland dans les yeux et vit immédiatement la prudence d'une femme marquée par les épreuves. « Je suis désolé d'apprendre ça… Margaret. » Il ferma son carnet. « Je crois que j'ai posé toutes les questions pertinentes dont j'avais besoin. Désolé d'avoir provoqué cette scène à votre porte. Prenez soin de vous.

– Attendez, dit-elle, de façon inattendue, en ouvrant grand la porte, mais en serrant toujours le col de son peignoir. Vous pouvez tout aussi bien entrer. Je suis sûre que vous ne diriez pas non à une tasse de thé.

– Ce serait parfait, sourit Karl. Ensuite, je file.

– Pas avant que je vous aie tout dit sur Wesley Milligan… »

8

Lundi 29 janvier (soirée)

There may be trouble ahead...

Irving Berlin,

« Let's Face the Music and Dance »

Après être rentré au bureau tard dans la soirée, Karl continuait à taper tout en racontant à Naomi sa rencontre avec Margaret Boland. « Bien sûr, tout s'est passé sans encombre jusqu'à ce que j'y mette mes gros sabots en lui disant que je croyais que Thomas la Rogne Blackburn était son fils.

– Tu ne pouvais pas savoir. La différence d'âge n'est plus un gros problème. Non ? Regarde-nous. » Elle lui adressa un grand sourire. « Pourquoi exactement son jeune amant a-t-il fait de la prison ?

– Homicide involontaire. Il a tué un compagnon de beuverie dans une rixe, il y a quatre ans. Il l'a tabassé à mort avec une bouteille de vin. La commission des remises de peine a estimé qu'il s'était réformé et l'a relâché, il y a trois mois. » Un sourire cynique naquit sur le visage de Karl. « Il est peut-être réformé, mais je n'aimerais pas tomber sur lui un soir dans une rue obscure. On dirait un lion en chasse, bourré de testostérone. Apparemment, quand il était en prison, il était en très bons termes avec un gentleman qui aimait tremper sa saucisse dans de la crème glacée.

– Quoi ?

– Rien. Juste une blague dégueulasse.

– Qu'est-ce que Margaret Boland t'a dit sur feu son mari ?

– Dr Jekyll et Mr Hyde. C'est comme ça qu'elle le décrit. Plus Hyde que Jekyll, en fait. Quand elle lui a dit qu'elle le quittait, il y a quelques années, il lui a fourré son flingue dans la bouche et a appuyé sur la détente en lui disant que la prochaine fois il y aurait une balle. Mais pourquoi se balade-t-elle d'un extrême à un autre ? D'un chef maton à un prisonnier ? Ça n'a pas de sens.

– La revanche ultime, sans aucun doute. À t'entendre, Wesley Milligan n'était pas l'être le plus chouette. Aussi bien mentalement que physiquement, il la maltraitait depuis des années. C'est sa façon de lui rendre la monnaie. Avec les intérêts. Elle a fait à fond le tour de tout ce qui représentait quelque chose pour lui. Quand on dit : "L'enfer ne contient pas assez de haine[1]", c'est un euphémisme. Si tu veux mon avis, elle a dû attendre que le salaud s'endorme, ensuite elle lui a coupé les couilles. »

Instinctivement, Karl se couvrit l'endroit en question en simulant une grimace de douleur. « Tu mâches pas tes mots, en tout cas. Tu ressembles au personnage d'un de mes romans non encore publiés.

– D'accord. C'est peut-être un peu extrême, mais elle aurait dû lui fourrer son flingue dans la bouche, vérifier que les chambres n'étaient pas vides, et tirer deux fois pour faire bonne mesure.

– Quelqu'un l'a flingué, et pas deux fois, mais trois. Où étais-tu, la nuit du crime ?

– Au pieu avec un vieux pervers de deux fois mon âge. Quand a-t-elle finalement trouvé le courage de quitter cet enfoiré ?

– L'année dernière, selon elle. En même temps que Thomas la Rogne est entré dans sa vie.

1. Citation tronquée de « *Hell hath no fury like a woman scorned* » (« L'enfer ne contient pas autant de haine qu'une femme délaissée »).

– Oh…

– Oh, bien sûr. J'ai pensé exactement la même chose quand elle me l'a dit. Très pratique. Apparemment, elle s'occupait d'un truc de charité, et on lui a demandé d'animer un atelier avec un groupe d'ex-taulards. Elle assure qu'elle était réticente au début, mais qu'elle a fini par y aller. Avant de s'en apercevoir, elle était sur son chemin de Damas, en l'occurrence la M1, en direction de la prison de Woodbank.

– Tu crois que son jeune amant est impliqué dans le meurtre de Milligan, que d'une manière ou d'une autre elle l'a manipulé ?

– Plus j'en entends sur Milligan, plus j'ai tendance à le détester, mort ou non. Est-ce que Thomas la Rogne est impliqué ? Ce n'est pas invraisemblable. »

Il remarqua soudain la grande enveloppe posée de travers contre une lampe, sur une table.

« Ça m'a l'air familier.

– C'est arrivé pendant ton absence. » À contrecœur, elle tendit l'enveloppe à Karl.

Trois chapitres de son dernier manuscrit, renvoyés, l'emballage d'origine à peine touché.

« Ça ressemble à un truc que ces salauds n'ont même pas pris la peine d'ouvrir, dit Karl en jetant l'enveloppe sur le canapé. J'ai du pot d'avoir une peau de rhino. »

Naomi l'embrassa gentiment sur la joue. « Ça aurait pu m'échapper. Sans compter qu'elle n'est peut-être jamais arrivée à destination ? Tu sais comment marche le service public. Tu te souviens de cette carte de Noël qu'on a reçue en juillet ? »

Karl sourit. « Tu es un amour, un filet qui me protège des chutes. Tu seras dignement récompensée. Mets ton manteau, ma chère, je te paie un verre. La rencontre avec Margaret Boland, doublée du refus de mon manuscrit, m'a laissé sur le flanc. Il est temps de se vautrer dans l'auto-apitoiement. Allons faire un tour au Billy Holidays. »

***

Considéré par la plupart des gens de Belfast comme le must en matière de bar gay et transsexuel, le Billy Holidays se trouvait près de l'entrée principale menant au célèbre Cathedral Quarter, près du centre-ville. Il était aussi à une minute à pied de l'appartement-bureau de Karl.

La nuit s'était soudain faite fraîche et silencieuse ; c'est à peine si l'on entendait le murmure de la circulation en arrière-fond. Les bordures disjointes du trottoir, que Karl et Naomi évitaient soigneusement, étaient en train d'être liftées par une équipe de nuit. Des flaques d'eau brillaient sur le macadam qui menait tout droit au Billy Holidays.

À l'extérieur du pub, un tableau noir gribouillé à la craie de couleur annonçait le menu des karaokés et des bingos à venir : *Chansons par Georgina Michael tous les mercredis ! Bungo Bingo ! Venez assister à nos bals du mardi et du jeudi réputés dans le monde entier – et entre les deux si vous êtes assez gonflés !*

La reine du Billy Holidays, une transsexuelle bien roulée connue sous le nom d'Ivana Tramp, était occupée à loucher avidement sur un jeune type immense bâti en athlète, sanglé dans des dentelles de cuir du plus bel effet.

« Naomi ! » flûta Ivana en se tortillant vers le duo. Ses hanches se balançaient de façon manifestement provocante, à la limite entre sex-appeal et intimidation physique.

« Salut, Ivana ! » Naomi sourit chaleureusement, en faisant mine d'embrasser Ivana sur les joues.

« Comment vas-tu, Ivana ? demanda Karl en faisant signe à un serveur derrière le bar.

– Je me sens comme une merde. Rien qui te concerne.

– Tu veux un verre ? continua Karl.

– Est-ce que les couilles de Hulk sont vertes ? rétorqua Ivana. On ne demande jamais, au grand jamais, à une dame si elle veut un verre. On demande qu'on le lui pose à proximité de sa gracieuse main pour qu'elle y réfléchisse.

– La même chose, je présume ? Vodka orange ? dit Karl.

– Non. Pas ce soir. Je vais prendre un whiskey, sec. Les transgressions sont autorisées au moins une fois par semaine. De plus, je suis lasse des habitués homosexuels qui s'imposent sans qu'on le leur demande, et qui cochent leurs victoires sur leurs huit centimètres de quéquette gracile. Leur cruauté devient vraiment trop comme celle des femmes – et je ne parle pas de celle présente, bien entendu.

– Bien entendu, sourit Naomi.

– Pourquoi tu n'essaierais pas un vrai mec pour changer ? On ne sait jamais… suggéra Karl avec un sourire ironique.

– *J'ai été* un vrai mec. Tu te souviens ? » répondit Ivana, glaciale. Puis elle se tourna vers Naomi : « Je ne sais pas ce que tu lui trouves, chérie. Il compense son manque de beauté par trop de vilaines cicatrices. Il devient chauve, plus très jeune et il a le sens de l'élégance d'Attila le Hun. »

Le sourire de Noami vira nettement à l'aigre. Une réplique vacharde vint aussitôt à l'esprit de Karl, mais il décida de la ravaler, conscient qu'il n'avait aucune chance de gagner une joute verbale contre la reine des reparties au vitriol.

Le serveur arriva, et s'en retourna aussitôt, sans pourboire. Ivana zieuta son tortillement et dit : « Frais, allumeur… et des jambes comme des anacondas.

– Comment va ta vie amoureuse, Ivana ? demanda Naomi.

– À un moment, chérie, je voyais plus de culs qu'une cuvette de chiottes. Maintenant, c'est moi les chiottes. Ça finit toujours par de la merde.

– Merci, Ivana, pour cette pensée si délicate, fit Karl en dégustant son brandy, avant de demander : Y a-t-il eu des nouveaux talents en ville, récemment ?

– Talents ? Ohhhhhhhh. Tu tisonnes ou tu prospectes ?

– Je ne fais que tâtonner, merci. Quelque chose d'inhabituel, d'étrange ? »

Ivana éclata de rire en désignant la salle bondée d'un large mouvement du bras. « *Étrange ?* Quel genre d'étrange veux-tu ? Tu ne devrais pas aller chercher trop loin.

– Je veux parler de visages nouveaux. Par exemple un beau travesti. Un peu musclé, probablement. En bonne condition physique. Prenant soin de lui, ou d'elle. Ayant une prédilection pour les hommes mûrs. Un peu solitaire. Il boit du Drambuie.

– Le coup parfait, exception faite de son goût pour les hommes mûrs. » La voix haut perchée d'Ivana transpirait l'ennui. « On dirait que tu cherches un *bone smuggler*[1].

– C'est quoi, un *bone smuggler* ? demanda Naomi en sirotant son Cuba Libre.

– Quelle adorable idiote ! Une drag queen, chérie !

– Non, répondit Karl en secouant la tête. Je ne crois pas que ce soit une drag queen qu'on cherche. Pas celui-là.

– Pourquoi tu poses pas la question à cet enfoiré de gestapiste, McKenzie ? ricana Ivana.

– Bulldog ? Quel rapport ? demanda Karl en sentant une inexplicable sensation de froid lui pénétrer l'estomac.

– Il était là dernièrement, à harceler tout le monde. Ce porc m'a même pelotée sous prétexte de chercher de la drogue, et ensuite il a eu le culot de me demander si je regrettais d'avoir remplacé ma viande et mes deux légumes par un sac. C'est vraiment un horrible crétin. Pourquoi est-il comme ça, Karl ?

– Je suppose que pour l'équipe de Wilson tout ce qui est efféminé est considéré comme répugnant, répondit Karl en haussant les épaules. Soutenir la virilité est essentiel pour qu'ils se sentent membres du Club des Durs. À ta place, je ne leur accorderais pas une seconde de mes pensées, Ivana.

1. Argot pour « personne pratiquant le sexe anal ».

Ils n'en valent pas la peine. Dis-toi bien ça. La prochaine fois qu'ils te font chier ici, passe-moi un petit coup de fil. Okay ? »

Ivana enroula ses bras autour du cou de Karl et lui planta un bisou humide sur la joue, en proclamant assez fort pour que tout le monde l'entende : « J'adore ce beau mec. Si seulement tous les hommes étaient comme lui, j'en serais resté un !

– Karl a raison. Ne laisse pas McKenzie t'ennuyer, fit Naomi en tenant la main d'Ivana. Les gens comme lui finissent toujours par recevoir ce qu'ils méritent. Pas vrai, Karl ? »

Karl commanda une autre tournée en ignorant soigneusement la question, persuadé qu'il était que les créatures comme McKenzie ne recevaient jamais ce qu'elles méritaient.

« Tu as déjà vu ce sale type sourire avec ses gencives tachées et ses dents pourries ? » continua Ivana en tremblant et en regardant autour d'elle, comme si elle s'attendait à ce que Bulldog débouche de la salle sombrement éclairée. « Sa sale gueule est comme une *piñata*, on devrait cogner dessus le plus souvent possible.

– Tout ton contraire, Ivana, fit Naomi. Tu es une belle personne, dedans comme dehors. »

Ivana adora le compliment, elle adoucit soudain sa voix et ses paroles pour se mettre à flirter en caressant la joue de Naomi. « Si seulement j'étais encore un homme, chérie. Les choses que je te ferais…

– N'en fais pas trop, Ivana », conseilla Karl en commandant une dernière tournée pendant qu'il en était encore temps.

Moins d'une heure plus tard, ils quittaient l'ambiance chaude et amicale du Billy Holidays pour une nuit de pleine lune. L'air froid était devenu venteux. Les rues, plus sombres, charriaient une impression indéfinissable de peur. Une peur que Karl avait appris à connaître depuis des années et qu'il ne sous-estimait pas. Au contraire, il la respectait.

« C'était une chouette soirée, n'est-ce pas Karl ? Je pourrais écouter Ivana toute la nuit. C'est une marrante, dit Naomi en se serrant contre Karl. Brrrrrrrr. Il fait un froid de canard. Je ne peux pas attendre d'être à la maison pour sentir un peu de cette chaleur virile m'envahir.

– Moi aussi. Si seulement je pouvais trouver un homme pour partager sa chaleur avec moi !

– Pour en revenir à la façon dont tu as décrit l'équipe de Wilson à Ivana, pourquoi au nom du ciel as-tu voulu un jour devenir flic, Karl ? Tu n'es pas comme eux, tu es même l'opposé.

– Tu ne vas pas recommencer avec ça, Naomi ? S'il te plaît…

– Nous ne sommes pas en train de nous disputer.

– Mais c'est comme ça que ça finit d'habitude, soupira Karl avant de fléchir. J'étais naïf, et j'ai probablement trop regardé *Kojak* à la télé, en me disant que les bons sont vraiment les bons, sans me rendre compte qu'ils peuvent aussi être les mauvais. Okay ?

– Qui est Kojak ?

– Maintenant tu me fais sentir mon âge. C'était un flic chauve qui avait toujours une sucette à la bouche et disait : "Qui prend soin de toi, beauté ?"

– C'est dégueulasse. On dirait plus un pédophile qu'un flic. Et ils passaient ça à la télé ?

– En *prime time*. J'ai un noir secret que je vais te confier, Naomi, mais tu dois me promettre de ne jamais le dire à personne. Promets-le-moi. »

Le ton de Naomi se fit sérieux. « Tu sais que je ne divulguerai jamais rien de nous deux, murmura-t-elle.

– Okay, mais si ça vient à se savoir, je suis foutu.

– Okay, fit-elle en hochant la tête.

– J'ai toujours voulu être Telly Savalas, mais avec des cheveux. Ça y est. Je l'ai dit, sourit Karl.

– Telly quoi ? Karl, combien de brandys t'es-tu tapés pendant que j'étais au petit coin ? »

Le mobile de Karl se mit à sonner dans sa poche.

« Qui peut bien appeler à cette heure de la nuit ? » Il sortit le téléphone, scruta l'écran et prononça avec beaucoup de difficulté : « "Y te mat. Fé gaf. Gare à ton Q. Fé confians à person." C'est un de ces putains de textes parasites, tout en charabia. J'ai pas la moindre idée de la façon dont on lit ces putains de trucs, et le brandy n'aide pas non plus.

– Laisse-moi voir ça », dit Naomi en prenant le téléphone des mains de Karl avec un sourire ironique.

Lentement, son sourire s'évanouit.

« C'est quoi, Naomi ? Un message cochon d'un admirateur mystérieux ?

– Un canular, probablement. Un de ces messages envoyés au hasard.

– Qu'est-ce que ça dit ? »

Noami scruta à nouveau l'écran et déchiffra le texte : « Ils te surveillent. Fais attention. Surveille tes arrières. Fais confiance à personne. » Elle frissonna. « Plutôt sinistre.

– T'inquiète. C'est probablement un ado boutonneux qui n'a rien de mieux à faire que de casser les couilles de ses contemporains, répondit Karl en plaquant un sourire sur son visage. Allez, viens. Rentrons chez nous et trouvons cet homme viril.

– Oui ? fit-elle en se serrant contre Karl. Faisons ça.

– *Qui prend soin de toi, beauté ?* dit Karl dans une belle imitation de Telly Savalas.

– Ne fais pas ça, Karl. C'est flippant.

– Tout ce qu'il me faut maintenant, c'est une sucette… »

9

Mardi 30 janvier

> Évitons d'imaginer le mal, quand nous savons qu'il y a tant de raisons de le rencontrer vraiment.
>
> Oliver Goldsmith,
> *L'Homme au bon naturel*

Le matin suivant, de bonne heure, le cabinet ouvrit pour son premier client de la journée.

« Karl ? M. Munday est là », dit Naomi. Souriante, elle était vêtue d'un tee-shirt bleu ciel portant les mots *Life Is Liberated As Long As I'm Medicated*[1] !, peints au pochoir sur un éclair.

« Tu es comme un requin, quand ça se met à sentir l'argent. Fais-le entrer », dit Karl avant de se moucher bruyamment. Ce matin, ses sinus s'étaient manifestés encore plus tôt que d'habitude.

Quelques secondes plus tard, Munday entra et, sans qu'on le lui ait proposé, s'assit.

« Bien ? Qu'est-ce que vous avez pour moi ? » demanda-t-il.

Karl retira un impressionnant paquet de feuilles du tiroir supérieur de son bureau. Il commença à résumer : « Le nom de l'homme est Wesley Milligan, ancien gardien de la prison de Woodbank. Il a quitté le service depuis à peu

1. « La vie est libre tant que je suis sous médication ».

près un an et a pratiquement disparu sans laisser de trace. Son épouse séparée, Margaret, déclare ne pas l'avoir vu ni avoir entendu parler de lui depuis tout ce temps. »

Karl leva les yeux du rapport pour jauger la réaction de Munday. Sans expression, exactement comme les pages du prétendu rapport de Karl. Il poursuivit : « La femme n'a manifesté que peu, voire aucune émotion à l'annonce de la mort de son ex-mari, si l'on en croit le rapport des officiers de police.

– Est-elle suspecte ? » rétorqua Munday.

Karl remarqua que le ton de la voix de Munday avait légèrement changé. « Pas *en soi*, mais la police "reste intéressée" par elle, selon un rapport que j'ai pu lire, illégalement et en prenant des risques, je m'empresse de l'ajouter.

– Noir et quatre sucres, c'est bien ça, monsieur Munday ? demanda Naomi en posant les tasses de café. Quelques biscuits digestifs pour vous aussi ?

– Merci », répondit Munday.

Quelques secondes plus tard, Naomi quitta la pièce sans cesser de sourire.

Buvant avec précaution son café fumant, Munday demanda : « Comment Milligan est-il mort ? Vous ne l'avez pas encore mentionné.

– J'y venais justement », répondit Karl en buvant son café à petites gorgées. La fumée chaude soulagea peu à peu ses sinus douloureux. Il lut la deuxième page. « Trois balles dans la tête, et un examen initial indique des signes de torture sur le corps. »

Munday, jusque-là stoïque, parut soudain un peu secoué.

« Ça va, monsieur Munday ?

– Quoi… ? Oh… oui. Oui, bien sûr » dit-il en se ressaisissant.

Il avala une lampée de café avant de produire ce que Karl attendait : une enveloppe. L'enveloppe. « Vous y trouverez les autres cinq cents, comme convenu. Comptez-les, si vous voulez.

– Je vous fais confiance », dit Karl en essayant désespérément d'estimer le contenu de l'enveloppe à travers sa fenêtre avant de la fourrer dans le tiroir. *On dirait que ça fait le compte.* Du moins l'espérait-il.

« Bien. C'est comme ça que toutes les transactions devraient se faire. Dans la plus solide des confiances. Maintenant, j'ai besoin de vous pour autre chose. Pas à titre gratuit, bien sûr. » Il sortit une enveloppe de sa poche intérieure. Toutefois, en comparaison de l'autre, celle-là semblait obèse. « Il y a mille livres à l'intérieur. »

Karl se sentit rougir légèrement. Ses sinus se dégagèrent d'un coup. Il espéra que son visage ne trahissait pas l'accélération de son rythme cardiaque.

« Je ne pense pas que vous allez simplement me demander la pointure de Milligan ? » railla-t-il, luttant férocement pour empêcher ses doigts de s'emparer de l'enveloppe. Il sirotait son café, les yeux en alerte au-dessus de sa tasse, surveillant Naomi restée sur le pas de la porte. Il lui lança un regard cinglant.

« Ces premiers mille n'étaient qu'un test, monsieur Kane, pour voir comment vous vous y prenez, dit Munday. De toute façon, j'aurais pu mettre la main sur toutes les informations que vous m'avez fournies, simplement en attendant qu'un journaliste couvre l'histoire en entier.

– Mais vous n'avez pas un luxe de temps, n'est-ce pas ? »

Un petit sourire apparut sur le visage de Munday. « Vous commencez à me plaire, monsieur Kane. Dans les dettes jusqu'au cou, mais assez de couilles pour jouer l'indifférence.

– Qu'est-ce qui vous fait croire que je suis endetté ? » Le cul de Karl se mit soudain à le démanger, mais il résista à la tentation de se gratter en face de Munday.

« Comme vous, j'ai mes sources. » Il regarda Karl dans

les yeux. « Vous êtes une personne très méfiante, monsieur Kane. J'aime ça chez un homme.

– On n'arrête pas de me dire ça. Heureusement que je ne suis ni parano ni susceptible.

– Au contraire, je pense que la méfiance est un signe de bonne santé. Ça garde le cerveau en alerte pour tout événement inattendu.

– Je vais essayer de m'en souvenir la prochaine fois que je sentirai venir l'infarctus. Bon, en quoi puis-je vous être utile ? »

Munday baissa la voix jusqu'à chuchoter : « Un homme a été trouvé mort il y a deux jours, chez lui. Incidemment, pas très loin d'ici, dans le centre-ville. Selon mes sources, la police pense qu'une prostituée est impliquée.

– Et… ?

– Je suis sûr que vous pouvez trouver le nom de la plupart, sinon de toutes les prostituées du secteur. »

Karl éclata de rire. « Vaut mieux que Naomi ne vous entende pas dire ça. Elle pourrait se faire des idées fausses.

– La prostitution n'est pas encore endémique à Belfast. Il ne peut pas y en avoir tant que ça opérant dans le centre-ville. J'aimerais avoir une liste des plus connues. »

La démangeaison se fit plus agressive. Karl se tortilla sur son siège en pensant au bien que lui ferait la fraîcheur de la crème anti-hémorroïdes.

– Vous n'êtes pas une sorte de personnage à la Charles Bronson, n'est-ce pas ? Cherchant à satisfaire une vengeance façon *Un Justicier dans la ville* ?

– Rien d'illégal, monsieur Kane, dit Munday avec un sourire. Je peux vous le garantir. L'homme assassiné était un de mes bons amis. L'argent peut faire avancer un peu plus vite la roue de la justice, je pense, pourvu qu'on s'appuie sur des faits. Et c'est ce que j'attends de vous. Des faits.

– Pourquoi n'allez-vous pas voir un de vos copains flics

– je veux dire, une de vos sources – pour obtenir des infos ? Ça vous coûterait sacrément moins cher. »

Les muscles faciaux de Munday frémirent. Une autre tentative de sourire ? « Je suis un grand adepte du secteur privé. »

Karl lui retourna sa tentative de sourire. « Bonne réponse. Quel était le nom de ce gentleman ?

– Son nom est – était – Joseph Kerr.

– Et Milligan ? C'était aussi un de vos amis ? »

Munday se leva de son siège et plongea son regard dans celui de Karl. « Je vous contacterai bientôt. »

Naomi attendit son départ pour foncer dans le bureau de Karl.

« Tu ne vas pas vraiment lui fournir cette liste, non ?

– En lisant sur ton visage, n'importe qui pourrait croire que je viens de perdre un billet de mille, au lieu d'en gagner un. » Et il se mit à fouiller son bureau pour trouver la crème anti-hémorroïdes.

Naomi croisa fermement les bras et déclara : « On aura d'autres clients. On n'a pas besoin de cet affreux.

– Au cas où ça t'aurait échappé, les factures me sortent du cul en même temps que le sang, répondit Karl en brandissant la crème vers Naomi.

– Les deux peuvent être étanchés. On peut faire gaffe à nos dépenses, si besoin est. Et au lieu d'éviter les médecins et de te comporter comme un gamin, tu pourrais aller te faire faire un bon check-up.

– Je croyais qu'en commençant cette relation nous avions décidé qu'il n'y aurait aucune complication.

– Faire correctement les choses n'est pas une complication pour les gens corrects, Karl.

– La plupart des filles qui tapinent sont connues de tout le monde à Belfast. C'est une petite ville, Naomi, au cas où tu ne l'aurais pas remarqué. Si Munday n'obtient pas la liste par moi, il l'aura par quelqu'un d'autre.

– Laisse-le faire. Je crois que ta première impression était la bonne, Karl. C'est une sorte de milicien.

– "Évitons d'imaginer le mal, quand nous savons qu'il y a tant de raisons de le rencontrer vraiment." Oliver Goldsmith dans *L'Homme au bon naturel*, cita Karl. Tu fais de Munday quelqu'un qu'il n'est pas. De plus, si quelque chose arrivait à l'une des filles, il serait le principal suspect. Il ne m'a pas paru aussi stupide que ça.

– Je pensais la même chose de toi », dit Naomi en claquant la porte derrière elle, laissant Karl seul avec le fric, ses pensées, un tube de crème et un cul qui soudain le démangeait comme un fou.

10

Lundi 5 février

> L'argent parle raison dans un langage que comprennent toutes les nations.
>
> Aphra Behn, *L'Écumeur*

« Qu'est-ce que c'est ? demanda Paul le barman.

– Ça m'a tout l'air d'un billet de cinq, répondit Karl en s'envoyant une gorgée de Hennessy alors que, de l'index, il poussait un billet de cinq livres dans la direction de Paul.

– Vous désirez un autre cognac *on the rocks*, monsieur ?

– Quelle est la façon la plus rapide d'être bourré ?

– Pardon ?

– Cognac *on the rocks*. Pensez-y. »

Le barman n'eut pas l'air impressionné du tout par l'humour de Karl. « Très bien, monsieur. Un autre cognac ?

– Ce billet de cinq est pour vous, mon ami. »

Le barman lui jeta un coup d'œil soupçonneux.

« À moi ? Pourquoi ?

– "À cheval donné, on ne regarde pas la bouche", comme disait Lester Piggott. Tout ce que je veux, c'est quelques renseignements sur la blonde renversante.

– La quoi ?

– La blonde renversante. Ce n'est pas comme ça que vous l'avez décrite ? »

Les joues de Paul se mirent à rougir notablement. « Vous

êtes un flic ? Écoutez, j'ai déjà dit à vos potes que je ne me rappelais pas grand-chose de cette femme.

– Je ne suis pas flic et c'est pas à mes potes que vous avez parlé.

– Vous voulez un autre brandy ou non, monsieur ? J'ai d'autres clients qui m'attendent.

– Vous ressemblez à Rick dans *Casablanca.*

– Quoi ?

– "De tout les bars à gin de toutes les villes du monde, il a fallu qu'elle entre dans le mien." »

Le visage de Paul se plissa d'étonnement avant de se fendre lentement d'un demi-sourire sarcastique. « C'est la pire imitation d'Humphrey Bogart que j'aie jamais vue ou entendue, et, croyez-moi, j'en ai entendu des mauvaises dans ma vie.

– Je n'aurais pas dû me raser ce matin. Je peux faire un Bogart correct dans la pénombre d'un sept heures du soir. » Sans cesser d'imiter Bogart, il fit : « "Joue-le encore, Sam. Au nom du bon vieux temps." »

Paul fit disparaître prestement le billet dans sa poche. « Comme je l'ai dit aux flics, la femme est venue ici quelques fois. Elle buvait du Drambuie. Elle se tenait à l'écart. Vous voyez ce que je veux dire ? Elle ne causait pas d'ennui. L'allure très classe. Vraiment très classe. » Paul jeta un coup d'œil par-dessus son épaule, examinant le bar de bout en bout, avant de regarder à nouveau Karl. « Mes gars disent que c'était une frimeuse. En fait, "femme de la haute" serait un meilleur terme. Frimeuse, c'est trop commun pour quelqu'un d'aussi distingué. »

Estimant que Paul était une personne crédible, Karl ne remit pas en cause le jugement du jeune homme. « Pensez-vous qu'elle connaissait la victime ?

– Joe ? Non. Joe était totalement hors course avec elle. J'ai même été choqué de les voir sortir d'ici ensemble. Joe n'était pas exactement Brad Pitt, si vous voyez ce que je veux dire.

– Je vois, sourit Karl. Qu'est-ce qui a pu l'attirer, si ce n'est cette laideur rugueuse ?

– Ça me dépasse ! fit Paul en haussant les épaules. Oh, ai-je signalé qu'elle était très musclée ?

– Quoi ?

– Musclée. Comme si elle s'entraînait sérieusement tous les jours. Elle avait l'air de pouvoir se défendre seule, si nécessaire. Du judo ou ce genre de truc probablement.

– Musclée… fit Karl en réfléchissant. Est-ce que ça aurait pu être un travesti ?

– Quoi ?

– Un travesti ? Ou même une transsexuelle ?

– Pas du tout ! C'était une vraie femme. » Paul avait l'air vraiment offensé. « Pour qui me prenez-vous ? Pour une espèce de pervers ?

– Je ne mets pas en doute votre virilité, Paul, je vous pose des questions que la plupart des flics ne posent pas. Je suppose que tous les verres ont été lavés…

– Vous pensez aux empreintes, hein ?

– Vous vous êtes déjà trouvé dans ce genre de situation. Effectivement, je pense aux empreintes.

– Oui, les verres ont tous été lavés. Les flics m'ont demandé la même chose. Ils espéraient trouver des empreintes sur tous les verres utilisés, mais on les lave tout de suite après usage. C'est un établissement très propre que je dirige, répondit fièrement Paul. Très hygiénique. »

Karl songea à un million de répliques tordues, mais décida de n'en sortir aucune.

« Des mégots de cigarette avec du rouge à lèvres, continua-t-il. Est-ce qu'elle a laissé quelque chose dans ce genre ? Un couteau ou une fourchette sur une assiette non terminée ?

– Les flics m'ont demandé ça aussi. Non, on a tout lavé…

– Tout de suite après usage. C'est idiot de ma part

d'avoir posé la question. On dirait que Bulldog maîtrise vraiment son boulot, après toutes ces années.

– Qui ?

– Personne. Juste une blague personnelle.

– Il y a bien une chose que j'ai oublié de signaler aux flics, maintenant que j'y pense.

– Oh ? »

Paul ne dit rien, mais sourit de toutes ses dents, comme s'il faisait de la pub pour un dentifrice.

« Oh ? répéta Karl en posant un autre billet de cinq sur le comptoir.

– Elle ressemblait beaucoup à une actrice, mais j'arrive pas à me rappeler laquelle. J'ai beau me mettre la cervelle en vrac… répondit Paul en empochant le billet.

– Bien, quand vous l'aurez reconstituée, votre cervelle, faites-le-moi savoir. Sinon, je reviendrai chercher mon bifton. Et souvenez-vous : s'il vous arrive n'importe quelle sorte de merde, je suis le type qui sort les gens de la merde », dit Karl en lui tendant une carte de visite avant de filer.

11

Lundi 12 février

La mort, il la connaît à fond.
Yeats, *Mort*

Le visage du médecin légiste Tom Hicks, reflété par l'écran de l'ordinateur, était d'un vert spectral. Karl voyait des chiffres de la taille d'une fourmi se bagarrer sur le visage de Tom et ses lunettes.

« Et notre sieur Kerr ? As-tu une idée de comment il est mort ? demanda Karl en parcourant le rapport d'autopsie. Il est dit, là, qu'il n'avait aucun hématome sur le corps. C'est quoi cette petite marque de morsure sur la figure ? »

Levant les yeux de l'écran, Tom fixa Karl pendant une bonne seconde. « Ça, ça vient de son chat.

– Quoi ? fit Karl en fronçant les sourcils.

– Quand son ex-femme est arrivée sur place, elle s'est rendu compte que son chat avait commencé à lui mâchouiller amoureusement la figure.

– Je ne serais pas étonné que ce soit son ex qui ait délibérément incité le chat à faire le sale boulot. Je hais les chats, donc tu n'obtiendras de moi aucune blague sur le bouffage de chatte. »

Tom secoua la tête impatiemment. « Grandis un peu, Karl, pour l'amour de Dieu. Tes gamineries sont la plupart du temps simplement ennuyeuses.

– Souviens-toi de l'école, quand nous étions à peine ados. Tu disais toujours ça.

– Je n'aime pas que l'on me rappelle cette époque, merci. »

Chalk Karl et Cheese Tom[1] étaient les meilleurs amis du monde depuis leur arrivée à l'école secondaire, tous les deux projetés dans les profondeurs angoissantes comme des bleus arrivant tout droit de leurs écoles primaires respectives. Tom le Binoclard avait longtemps attiré diverses hordes de voyous testant leur testostérone sur ceux qu'ils percevaient comme les membres les plus faibles de la jungle de béton. Manque de pot pour les brutes, Karl, le pote de Tom, n'était pas faible, et il n'y avait rien qu'il adorait plus que d'y aller à fond, distribuant cocards et shoots dans les couilles à ses adversaires sans se soucier de leur taille ni de leur force. Bientôt, le bruit se répandit qu'il valait mieux ne pas plaisanter avec Karl « Kuckoo[2] » Kane ni avec son meilleur ami, au point qu'ils devinrent connus sous les noms de la Tronche et l'Étron.

« La Tronche et l'Étron, sourit Karl. Je me suis souvent demandé quel petit malin avait trouvé ce surnom. Je parie que c'était cet enfoiré sournois de Milky Johnson… T'en penses quoi ?

– J'adorerais me plonger avec toi dans nos souvenirs d'enfance, mais si ça ne te dérange pas, restons concentrés. Nous ne sommes plus des gosses, du moins pour l'un d'entre nous. On peut continuer maintenant ?

– Tu parlais du chat.

– Ils ont trouvé un condom salement mâchouillé dans la gueule du chat mort. L'infortuné animal s'était étouffé.

1. Manière de dire à quel point Karl et Tom étaient différents : « *different as chalk and cheese* » (« comme le jour et la nuit »).

2. « Cuckoo » veut dire barjot.

– Un chat qui détruit les preuves. Wilson va probablement l'inculper d'obstruction à la justice.

– Phosgène.

– Drôle de nom pour un chat, non ?

– C'est ce qui a tué Kerr. Les tests toxicologiques devraient révéler des traces de phosgène.

– Du phosgène ? Qu'est-ce que c'est que ça ?

– Un produit chimique majeur qui sert à fabriquer des plastiques et des pesticides. Les nazis s'en servaient pour exterminer les juifs dans les chambres à gaz. C'est ce en quoi se transforme le chloroforme quand il est exposé à la lumière. En le refroidissant et en le compressant, on peut le transporter et le stocker. Il devient mortel s'il monte à une température de soixante-dix degrés.

– Puissante, cette merde, siffla Karl. Mais comment est-elle devenue mortelle ? D'où venait cette chaleur ? Selon ton rapport, la pièce était fraîche et les deux fenêtres principales étaient ouvertes.

– Je suis surpris par ton manque d'imagination.

– Quoi ?

– L'intérieur de la pièce était froid, mais pas le condom, fit Tom avec un clin d'œil coquin.

– Je ne vois toujours pas, admit Karl. D'où venait cette chaleur ?

– Ne sois pas modeste, Karl. Ça ne te va pas, soupira Tom. L'intérieur du condom était enduit de phosgène. Toute la chaleur nécessaire était là sous la forme du pénis chauffé par son vagin. Un peu comme un four.

– Tu ne peux pas dire “bite” et “con” comme tout le monde ? Ta terminologie ne fait que rendre les choses encore plus sales et horribles. Mais elle prenait de sacrés risques. Suppose que la capote se déchire !

– Il est évident qu'elle est du genre à prendre des risques, répondit Tom avec désinvolture. Le danger intensifie probablement son appétit sexuel et ses prouesses.

– Surtout quand le danger est aussi près de *l'os*[1] », ajouta Karl.

Ignorant la vanne, Tom revint à la lecture de son écran.

« Où peut-on trouver du phosgène ? demanda Karl, dédaignant les piètres tentatives d'indifférence de Tom. Ce n'est pas le genre de truc qu'on trouve à la supérette.

– Je n'ai pu trouver qu'un petit colis envoyé à la Queen's University, il y a six ans. Malheureusement, le peu qu'ils avaient a été détruit il y a quelques années par un étudiant imprudent.

– Les étudiants. Tu devrais les aimer. Donne-leur un volcan et ils viendront s'asseoir dessus.

– Ne parle pas si fort. J'ai un étudiant de la Queen's qui bosse ici en ce moment. Dieu sait ce qu'il fait quand je ne suis pas là...

– De la bonne vieille nécrophilie, sourit Karl.

– Tu ne dois pas aller à une course, une course de chevaux ou quelque chose du même genre ?

– Et l'odeur du phosgène ? Est-ce que la victime n'a pas senti quelque chose de suspect ? La pièce devait sûrement puer le phosgène à plein nez ?

– Pas nécessairement. Comme tu l'as remarqué, les fenêtres étaient ouvertes et le phosgène a une odeur tout à fait agréable de foin coupé qui peut passer inaperçue.

– On dirait une pub pour le parfum de Lynne.

– Je ne suis pas là pour écouter tes ragots sur Lynne. Elle est toujours mon amie.

– Tu étais mon témoin et le parrain de mes enfants. À qui va ta loyauté ?

– À vous deux. Satisfait ? répliqua Tom avec diplomatie.

– Quand on est assis entre deux chaises, on finit toujours par avoir mal au cul. Souviens-toi de ce vieux dicton plein de sagesse, la prochaine fois.

1. Jeu de mots sur *bone*, qui signifie à la fois « os » et « sexe masculin ». L'expression « *close to the bone* » signifie « dangereux ».

– Comment ça se passe pour Katie à Édimbourg, à propos ? demanda Tom, visiblement résigné à perdre sa journée de travail. Ça fait au moins un an que je ne l'ai pas vue.

– Ça se passe bien, elle est bien installée. Pour être honnête, j'étais un peu nerveux à l'idée de la laisser aller toute seule en Écosse. Mais non, elle m'a prouvé que j'avais tort. Elle est probablement autant en sécurité qu'ici.

– Et Lynne ? Comment va-t-elle ?

– Tu as vraiment l'art de gâcher une conversation agréable. Elle va bien, elle aussi, d'après ce que j'ai entendu, bien que je ne l'aie pas revue depuis notre séparation. La dernière fois que je l'ai vue, elle avait l'air plutôt fière d'elle.

– Avant que la conversation ne dégénère davantage, laisse-moi finir de lire ce rapport, répondit Tom en poussant ses lunettes vers le bout de son nez. Comme je disais, on a trouvé aussi quelques fragments de bâtons d'encens. Ils ont dû servir à camoufler toute odeur anormale qui aurait pu persister dans la pièce.

– T'en es certain ?

– Pas encore. Mais ça viendra. Une chose est sûre pour l'instant : Kerr n'est pas mort sans souffrir. En fait, sa mort a dû être atroce. Il a dû avoir des difficultés à respirer, puis des vomissements et de violentes diarrhées. Des particules de fluide blanc teintées de rose sur ses lèvres indiquent un œdème pulmonaire.

– Un œdème pulmonaire ?

– Du liquide dans les poumons, expliqua Tom d'un ton agacé. Sa pression sanguine a dû chuter à zéro. Suffocation. Crise cardiaque. Mort.

– Jolie façon de partir, dit Karl en hochant la tête. En toute honnêteté, je n'aime pas la manière dont cette affaire se développe. Je ne suis plus trop certain de vouloir continuer. Je devrais probablement la laisser aux soi-disant cracks de l'étage au-dessus. »

Il sortit un paquet de clopes de sa poche et en prit une.

« Il y a peu de chances que Wilson et son équipe de crétins résolvent quoi que ce soit, dit Tom d'un ton méprisant. Il y avait pourtant quelques bonnes nouvelles sur le condom.

– Quoi ? demanda Karl, oubliant d'allumer sa cigarette.

– Une petite ternissure. Heureusement, je vais pouvoir en tirer un peu d'ADN, répondit Tom en retirant la clope de la bouche de Karl comme un thermomètre. Fumer est mauvais pour ta santé. Tu es déjà assez désagréable à regarder tout habillé, je n'ai vraiment aucune envie de contempler ton cadavre bouffi et nu dans un futur proche. Tu ne ferais pas un beau macchabée.

– Qu'est-ce qui te titille avec la mort ? Même quand nous prenons un de nos rares verres, ta conversation finit toujours par y revenir. »

Tom ôta ses lunettes et frotta ses yeux larmoyants avant de répondre. « Pour ta gouverne, ma principale préoccupation avec la mort est le moment de transition. Une seconde tu es vivant, et la suivante tu es mort. Parti. Pour toujours. Poussière. Pourtant, paradoxalement, si tu écoutes les morts, ils te diront des choses que tu préférerais ne pas entendre. Tu serais très surpris de ce qu'ils me disent parfois.

– Ce n'est pas drôle, dit Karl avec le sentiment que quelqu'un venait juste de marcher sur sa tombe. Pas drôle du tout. »

12

Retour au cauchemar, 1967

Au cœur de chaque homme il y a un diable, mais nous ne savons pas que l'homme est mauvais jusqu'à ce que le diable soit encouragé.
James Oliver Curwood,
L'Instinct qui veille

Le procès de l'homme surnommé Bibendum par la presse à cause de sa ressemblance avec le Bonhomme Michelin dura moins d'une semaine. L'équipe de défense de Bibendum fit venir un psychologue clinicien, qui établit que même si l'accusé était coupable il ne pouvait être tenu pour responsable des accusations portées contre lui, car il avait une maladie mentale qui le privait de toute responsabilité.

Pour finir, comme principal et unique témoin, le jeune homme fut obligé de témoigner, de raconter sa partie du cauchemar et ce qu'il avait vu en épiant à travers un trou de la porte de l'enfer.

Le jeune homme n'avait pu comprendre ce qui s'était passé. Pourquoi devait-il revivre ce cauchemar ? N'avait-il pas assez souffert ? Pourquoi les adultes faisaient-ils une telle fixation morbide sur les plus sordides détails ? Ou peut-être voulaient-ils simplement comprendre comment un jeune homme, apparemment peu habitué à une telle proximité de la mort, s'était débrouillé pour survivre ? Peut-être le jeune homme n'était-il pas aussi innocent qu'il le proclamait… ?

Comme le garçon se présentait à la barre, les yeux de Bibendum le suivirent d'un bout à l'autre de la salle. Des yeux morts qui dissimulaient le sourire invisible collé sur son visage. Le garçon se souvenait parfaitement de ce visage corpulent, si désagréablement proche, sinistre et terrifiant, de l'odeur de la voix.

Le père du garçon lui avait dit que la justice triomphait toujours, et que les coupables étaient toujours punis. Son père lui avait dit d'être courageux.

Mais il n'était pas courageux. Les mots se figeaient dans sa gorge. Quand ils fondaient finalement sous l'effet d'un contre-interrogatoire, ils s'entrechoquaient comme des glaçons dans un verre sale : l'assaillant était chauve. Non, il avait quelques cheveux. Il était nu. Peut-être avait-il quelques vêtements, après tout. Il se servait d'un couteau. Ça ressemblait à un couteau. Ça aurait pu être des ciseaux, un rasoir peut-être…

L'avocat de Bibendum faisait passer le gamin terrifié pour un menteur ; un menteur avec une préférence pour les histoires fantastiques et violentes. Un menteur avec un secret à cacher. Il proclama qu'il était désolé d'entendre ce qui était arrivé au jeune garçon et à sa mère, mais c'était la justice et non l'émotion que l'on devait défendre.

Trop de doutes.

Trop de poids obscurs dans la balance de la justice.

Bibendum fut déclaré non coupable.

En rentrant chez lui ce jour-là, le garçon attendit que son père soit couché.

Après avoir ôté tous ses vêtements, il se glissa dans le manteau de sa mère morte et, d'un geste vif, se drapa dedans. Toute la nuit, il s'immergea dans la douceur et l'odeur de la peau maternelle, sentant tous les morceaux perdus se rassembler, des morceaux qu'il n'avait pas connus avant.

Enfin il pleura pour s'endormir. Ce fut la dernière fois qu'il pleura pour quelqu'un…

13

Mercredi 14 février (tôt le matin)

> J'ai vu des horreurs… les horreurs que vous avez vues. Mais vous n'avez pas le droit de me traiter d'assassin. Vous avez le droit de me tuer. Vous avez ce droit… mais vous n'avez pas le droit de me juger.
>
> Colonel Kurtz, *Apocalypse Now*

Minuit venait de passer et Chris Brown se réveilla en sursaut. Chris ne laissait jamais le sommeil l'engloutir tout à fait et il sentit que quelque chose n'allait pas dans la maison. C'était aussi perturbant qu'une mouche qui vient de vous atterrir sur le nez et se met à laper goulûment la sueur salée.

Quelqu'un dans la maison ?

Improbable. Non, impossible. Il avait dépensé tout son argent dans un système d'alarme super-sophistiqué. De plus, son fidèle, à défaut d'être légal, ami, un « Raging Bull » Magnum .41, se tenait dévotement à ses côtés en permanence dans la maison.

La conjugaison de tous ces éléments aurait dû le rassurer pleinement. Mais ce n'était pas le cas. Il était resté en vie parce qu'il se savait menacé. Chat échaudé craint l'eau froide.

Pendant quelques secondes atroces, il sentit les muscles de son torse faiblir, paralysés comme des bandes élastiques extensibles qu'on n'aurait pu ni étirer ni contracter. Et puis la force de la volonté reprit le dessus. Il retrouva le contrôle.

Tout en restant prudent, Chris se glissa sur le sol et sous le lit, la puissance de son torse massif maîtrisant le mouvement tout entier de façon aussi fluide que l'aurait fait un gymnaste russe. Quelques secondes plus tard, son corps mutilé avait disparu dans l'obscurité régnant sous le lit.

Là-dessous, les poils de la carpette étaient jonchés d'objets oubliés. C'était très étroit. Exigu et oppressant. Extrêmement poussiéreux.

Prenant maladroitement appui sur ses coudes, il surveillait le bas de la porte de la chambre, essayant désespérément de se concentrer sur le rai de lumière. Il se sentait seul – vraiment très seul –, vidé de tout ce qu'il avait déjà connu ou expérimenté.

Équilibrant soigneusement son flingue, il passa sa main gauche sur le corps métallique. La sensation était agréable. Presque.

Il attendit. Écouta...

Le rai sous la porte s'obscurcit. Puis s'éclaircit avant de s'obscurcir à nouveau.

Le revolver bien en main, Chris se força à respirer calmement.

Il ôta délicatement son doigt du pontet et le posa habilement sur la détente. À l'aide de son pouce, il arma l'énorme chien en étouffant le bruit avec sa paume. Il plia légèrement le doigt, appliqua une pression imperceptible sur la détente. Il pouvait sentir l'huile de l'arme et son odeur diffuse de cordite. Mieux qu'un parfum ou qu'une eau de Cologne. Plus digne de confiance que n'importe quel être humain, mâle ou femelle.

Les secondes devinrent des minutes. La poussière du tapis commençait à envahir sa bouche et ses narines. Il avait besoin d'éternuer, mais se contrôla encore par la seule force de sa volonté. Éternuer aurait été catastrophique. Ses yeux piquaient, mais il ne cillait pas. Un battement de cil pouvait entraîner la mort. Immobile, il fixait la porte. Elle bougea. Pas lui. L'avait-il imaginé ? Était-il en train d'halluciner sous son lit ? Étaient-ce les résidus du fix de la nuit précédente qui lui faisaient ça, qui affaiblissaient sa conscience, qui enflaient son imagination ? Possible.

Comme les minutes s'écoulaient, il se demanda s'il devait rester là, ou exercer un impitoyable châtiment. Finalement, il décida de rester immobile, craignant qu'une confrontation ne tourne à son désavantage.

La porte s'ouvrit. À peine. Assez sournoisement.

Chris vit des chaussures s'avancer vers lui sur la pointe des pieds, comme sur des charbons ardents. Des Hush Puppies. Des pompes de campeur. Il faillit en rire. Les Hush Puppies étaient bordées de merde de chien, comme si elles s'étaient chié dessus. Les Hush Puppies merdeuses s'arrêtèrent face à lui. L'odeur était insupportable.

Dans son champ de vision, c'est à peine s'il pouvait distinguer le canon mince et menaçant d'un fusil à pompe. Il n'était plus du tout conscient de sa propre respiration.

Soudain, de façon inquiétante, le canon disparut.

Il entendit brusquement une détonation assourdie et le matelas s'éparpilla en confettis. Elle fut aussitôt suivie par une autre détonation. Puis une autre. Trois en tout.

Les cartouches vides tombèrent sur le sol en rebondissant comme des dés brûlants. Même dans l'obscurité suffocante, Chris pouvait voir la fumée qui en suintait paresseusement.

Une autre détonation.

Le bruit du fusil avait bouché les oreilles de Chris comme s'il était dans un avion. Il ne pouvait plus entendre les détonations, mais juste leurs vibrations sur le sol. Il attendit les deux vibrations suivantes et fit feu. Ka-boum !

La balle du Raging Bull chopa l'intrus juste au-dessus de son genou gauche. Il se mit à gueuler comme un dingue avant de laisser tomber sa grosse saloperie de fusil. Pour ajouter à sa malchance, la bouche de l'arme de Chris avait mis le feu à son pantalon.

Le tueur blessé se mit à danser le be-bop en serrant son genou dévasté, tout en essayant d'éteindre le feu qui lui bouffait le pantalon. Il poussa un grognement et dégringola en face du lit, juste devant le sourire inquiétant de Chris.

L'intrus portait une cagoule, mais ses yeux découverts révélaient sa souffrance.

Courageusement, Chris rampa jusqu'à atteindre la cagoule, qu'il arracha, dévoilant du même coup le visage déformé par la douleur du tueur blessé.

« *Toi ?* siffla Chris. Putain ! J'aurais dû le deviner, espèce de tas de merde. » Un sourire conciliant rampait le long de sa mâchoire et le faisait soudain ressembler au témoin d'une exécution capitale.

Le Raging Bull fut armé une fois de plus, vite cette fois, la bouche pressée juste entre les yeux du tueur.

« Vas-y, enculé, cracha le blessé à la figure de Chris. *Fais-le !* »

Chris repéra l'autre tueur une demi-seconde trop tard. Instinctivement, il tenta d'esquiver au moment où le gros pétard du type lâchait trois bastos de suite. Kaboummm ! Kaboummm ! Kaboummm !

Les deux premières dum-dum manquèrent leur cible et se logèrent dans le tapis sous le nez de Chris. La troisième lui coupa l'oreille gauche au ras du crâne. Il n'émit pas le moindre son, mais, machinalement, se passa la main dans les cheveux. Ses doigts en ressortirent rouges et collants.

Putain…

Le tueur recula pour se rendre compte du résultat, avant de tirer deux autres bastos qui frappèrent Chris en pleine figure.

Pour Chris Brown, le monde inamical redevint froid et sombre.

14

Mercredi 14 février (matin)

> Au sommeil, au silence, aux ténèbres
> Dans la peine et le sang
> A.E. Housman, *Poèmes supplémentaires*

« J'ai pris rendez-vous pour toi, dit Naomi, debout dans l'embrasure de la porte, jaugeant la réaction de Karl. C'est mercredi prochain de bonne heure. Neuf heures pile. Le Dr Moore m'a dit de m'assurer que tu viendras, vu que tu as la sale habitude d'oublier. Je lui ai promis que tu serais là. D'accord ? »

Karl parcourait de la pointe d'un crayon une liste de chevaux dans le journal du matin, et s'arrêta au numéro six, Pretty Pickle. Il l'entoura et recommença à faire courir son crayon.

« Karl ? Tu as entendu ce que je viens de te dire ?

– Hein ?

– J'ai dit que j'avais…

– Je sais. J'y serai à neuf heures.

– Promis ? »

Karl étendit les jambes sur le bord de la table, sans cesser de crayonner d'autres gagnants potentiels pour la course de quinze heures à Newbury. Take No Prisoners. Il avait entendu du bien sur cette jeune pouliche. Il entoura vivement le nom d'un autre cheval. Lady Pride.

« Promis ? répéta Naomi, en se penchant sur le bureau pour mieux lui faire face.

– Quoi ? Bien sûr que j'y serai. Pour qui tu me prends ?

– J'aime autant ne pas répondre à ça. »

Le téléphone sonna et Naomi décrocha.

« Allô ? Ne quittez pas, je vais voir s'il est libre. » Elle donna un petit coup de coude à Karl en masquant le micro. « C'est Wilson.

– Dis-lui que je suis occupé.

– Il dit qu'il faut qu'il te parle, le plus vite possible.

– C'est toujours ce qu'il dit. Dis-lui que je suis avec un gros client d'Arabie Saoudite qui vient de se faire voler un cheval.

– Dis-le-lui toi-même, dit Naomi en posant le téléphone sur le bureau avant de quitter la pièce.

– Traîtresse. » Karl abandonna son journal et prit le téléphone. « Allô ? Quoi que vous vendiez, nous ne sommes pas acheteurs.

– Kane ? »

La voix de Wilson semblait fatiguée. Lasse.

« Pourquoi ai-je le sentiment désagréable que ce n'est pas un appel de courtoisie ?

– Je me suis dit que tu aimerais savoir que Chris Brown a été flingué raide, sans doute tôt ce matin.

– *Quoi !* » Les jambes de Karl retombèrent immédiatement du bureau, projetant du même coup son corps en avant.

« On dirait bien que quelques-uns de ses anciens potes l'ont finalement retrouvé. C'est très vilain, paraît-il. Il semble que la drogue soit aussi en cause. Un peu d'héroïne a été trouvé sur place. On dirait qu'il a cherché à doubler quelques dealers, à moins que son passé n'ait fini par le rattraper. »

Karl gardait le silence. Avait-il détecté un petit sourire satisfait dans la voix de Wilson ?

« Kane ? T'es toujours là ?

– Oui…

– J'ai horreur de te mettre dans l'embarras, mais j'ai besoin que tu fasses quelque chose pour nous. Tu es notre seule option.

– Les flics doivent être sacrément dans le besoin si je suis leur seule option. Pas plus tard qu'hier, il m'avait semblé entendre que je n'étais même pas assez bon pour être un flic.

– Tu rigoles ? C'était quand ? Il y a vingt ans ?

– C'est blessant, dit Karl, feignant d'être blessé.

– Oui. Ça se sent dans ta voix.

– Bon, maintenant que les choses sont claires, que puis-je faire pour notre police, commissaire ?

– On a besoin que tu te pointes au prétendu château de Hicks pour identifier officiellement le corps de Chris Brown. »

Un doigt glacé se posa sur la nuque de Karl. « *Quoi ?* Pourquoi moi ? Il a une grande famille. Pourquoi ne faites-vous pas appel à l'un d'entre eux ?

– Personne de sa famille ne s'est pointé, et on dirait qu'ils n'en ont pas l'intention. La honte, probablement. Tu le connaissais, non ?

– Pas si bien que ça, mentit Karl, les tripes en fusion.

– Assez bien, à ce qu'il semble. On a trouvé une de tes cartes de visite chez lui. »

Ça sonnait comme une accusation.

Pense ! Vite ! « Et alors ? Mes cartes de visite traînent partout. Ce sont des objets de collection. De toute façon, je suis avec un client au…

– Je n'ai pas le temps de plaisanter. J'aurais pu te traîner jusqu'ici et t'interroger pendant des jours. Au lieu de ça, je te demande une des nombreuses faveurs que tu me dois. Il faut qu'on se débarrasse de ce cadavre. Le chef Finnegan est en train de me souffler dans les bronches. D'après le son de sa voix au téléphone ce matin, il prend un intérêt personnel à tout ça. Bon, tu viens ou non ? »

Karl sentait toute l'impatience refoulée dans la voix de

Wilson. Le supplément de pression venait probablement du directeur de la police qui tirait sur un fil relié aux nerfs de Wilson – si ce n'était à ses couilles.

« Comment refuser quand c'est demandé si gentiment ? Donne-moi une heure », dit Karl en appuyant sur une touche pour couper la communication.

« Qu'est-ce qu'il se passe ? dit Naomi en jaillissant dans la pièce.

– Je voudrais vraiment que tu arrêtes d'écouter mes conversations téléphoniques. Je suis déjà assez parano sans ça. Chris Brown a été assassiné cette nuit. Flingué, apparemment par des dealers.

– Chris Brown ?

– Un homme au passé trouble. Beaucoup d'ennemis et peu d'amis. Il était aussi paraplégique.

– Un paraplégique ? Seigneur. Et ils l'ont flingué ? Quel genre de personne est capable de ça ?

– Le genre que j'ai toujours cherché à éviter.

– Des suspects ?

– Dix annuaires pleins, répondit Karl. Chris Brown aurait été un mauvais candidat question bons de réduction pour le paradis. Il a tué un nombre épouvantable de gens, à son époque. Larmes et chagrins ne faisaient pas partie de son vocabulaire.

– Quand même, je ne peux pas m'empêcher d'être désolée pour lui, malgré tout ce qu'il est supposé avoir fait.

– Rien de supposé là-dedans, Naomi. Des faits. De toute façon, tu te sentirais désolée pour le Diable s'il murmurait dans tes jolies oreilles l'histoire bien triste du jour où l'archange saint Michel lui a piétiné la queue, grommela Karl. La plupart des gens diront que Chris s'est fait son propre lit de mort et qu'il n'a que ce qu'il mérite. Il y a cependant un truc que je ne crois pas complètement.

– Quoi ?

– La théorie de Wilson sur des dealers arrivant de nuit pour exercer leur vengeance.

– Pourquoi ? Ça me semble plausible, d'après tout ce que tu m'as dit sur le bonhomme.

– Wilson dit qu'une quantité d'héroïne a été trouvée sur les lieux.

– Et alors ? Ça confirmerait l'histoire des dealers. Non ? »

Karl hocha la tête avec un sourire cynique. « Même avec le feu au cul, les pirates ne laissent jamais leur butin derrière eux… »

15

Mercredi 14 février (après-midi)

> Mort d'une balle ? Point final ?
> C'était la bonne chose à faire :
> Inguérissable était ton mal,
> Mieux valait l'emporter sous terre.
>
> A.E. Housman, *Un gars du Shropshire*

« Dieu merci, Hicks est au tribunal aujourd'hui, dit Wilson en accompagnant Karl et Cairns le long du couloir étroit. Nous n'aurons affaire qu'à son assistant. Un stagiaire. Drôle d'endroit pour un stage.

– Te voilà bien calme, Cairns, dit Karl en lançant un coup d'œil au jeune flic dont le visage était couvert d'une sale éruption. Bel érythème. On dirait que t'as eu une séance de baise non protégée avec Bulldog.

– Va te faire foutre ! jappa Cairns.

– Non, garde ça pour Bulldog, merci. En parlant de Bulldog, je suppose que ça doit être affreusement difficile pour un pantin de parler quand le ventriloque n'est pas là. Où est le loyal limier ?

– Qu'est-ce que tu as à toujours remonter les gens comme des pendules ? demanda Wilson.

– Si je le fais, c'est qu'ils ont une clef dans le cul », répondit Karl du tac au tac.

Des relents de désinfectant et de viande morte stagnaient dans l'atmosphère quand le trio entra dans le repaire de

Hicks. Malgré les deux verres de cognac qu'il s'était enfilés avant de venir, Karl paniquait à l'idée de rencontrer le mort.

Sitôt entré, Wilson adressa un signe de tête à l'assistant de Hicks. Le jeune homme retira le drap blanc et exposa ce qu'il y avait dessous.

« *Oh, putain…* dit Karl en reculant lentement. Quelle bouillie…

– Du calme, Kane, fit Wilson. Regarde bien. On doit en être sûr du premier coup.

– Ha ! Tu fais moins le malin maintenant, Kane, se moqua Cairns avec un rictus. J'te parie que t'as une clef plantée dans le cul.

– Ça suffit, Cairns, fit Wilson. Alors, Kane ? C'est ça ou c'est pas ça ? »

Les jambes décharnées, épaisses comme des brindilles et disposées en forme de Z osseux, étaient ramenées sur sa poitrine, comme s'il se protégeait de quelque chose. Il n'avait plus de visage. À la place, un fouillis de masses pulpeuses et de sang séché qui ressemblait à un hologramme de l'*Atlas anatomique du corps humain* de Gray. Le sang congelé formait comme un sceau par-dessus le trou béant qui aurait pu être un œil. Sous tout ce rouge, ce noir et ce bleu, la peau était d'un blanc transparent. Une lèvre protubérante et un morceau de menton étaient les seules preuves que ceci avait été autrefois un visage humain.

Karl avait envie de vomir.

« Alors ? s'impatienta Wilson. C'est lui ou non ? »

La puanteur de la mort s'infiltrait dans la gorge de Karl, étouffant toute respiration. Il fixa à nouveau le corps. Les muscles des bras du cadavre avaient disparu, mais les tatouages étaient toujours là, plus sombres, comme les dessins de ballons qui se vident de leur air. Le squelette Heavy Metal autrefois impressionnant semblait aussi menaçant qu'une hirondelle déplumée.

« Oui… c'est lui… pas le visage… les tatouages. Je reconnais les tatouages…

– T'en es sûr ?

– Tu commences à ressembler à un animateur de jeu télé, fit Karl en essayant de contrôler sa colère devant l'indifférence de Wilson. Je suis aussi sûr que possible. Okay, bordel de merde ? »

Wilson fit un signe à l'assistant. Le drap fut remis à sa place.

Quelques minutes plus tard, dehors, de retour à l'air frais, Karl lâcha : « Quand tu m'as dit qu'on l'avait flingué, je n'avais pas idée de *jusqu'à quel point* on l'avait flingué, le pauvre enfoiré.

– J'ai vu pire, et, si j'étais toi, je ne témoignerais d'aucune sympathie pour ce genre de gentleman, fit Wilson. Quand il ne se shootait pas à l'héroïne, il tuait des gens. N'oublie pas que Chris Brown a envoyé un paquet d'innocents sans leur permission dans cet endroit merveilleux. Il ne témoignait aucune sympathie pour ceux qu'il assassinait. »

Karl cracha de sa bouche le goût de viande morte. « T'es une vraie saloperie de brute. Ça doit vous couler dans le sang, à toi et à ta sœur.

– Cause pas sur ce ton au patron, Kane, fayota abjectement Cairns.

– T'as raison, répliqua Karl. C'est encore trop gentil. Et toi, sors ton pif de ma conversation. »

L'air de s'ennuyer, Wilson jeta un œil sur sa montre. « De toute façon, j'apprécie que tu sois venu. Ça m'épargne un tas de paperasse. »

Le visage de Karl vira au rouge. « De la paperasse ? Un type réduit en bouillie, c'est que de la paperasse ? T'épargner quelques papiers à remplir et faire plaisir à ton putain de patron ?

– Tu sais bien ce que je veux dire.

– Ouais. Je le sais trop bien.

– Écoute, si c'est tout, on va y aller », fit Wilson en resserrant les pans de son manteau.

Manifestement choqué par son attitude cavalière, Karl insista : « Tu as la moindre info sur ce qui lui est arrivé ?

– Pas grand-chose, fit Wilson en haussant les épaules. Les voisins ont entendu son chien aboyer à tue-tête. Puis plus rien. L'intrus lui a sans doute tranché la gorge. Quelques minutes plus tard, il y a eu ce qui ressemblait à une fusillade. Ils ont trouvé son corps sous le lit, criblé de balles. Il avait tant d'ennemis que ça va être difficile, sinon carrément impossible, de savoir par où commencer. C'était pas exactement une personnalité populaire. Mais ça, tu le sais déjà, ajouta-t-il en lançant un regard accusateur à Karl.

– Ça veut dire quoi, cette réflexion ?

– Tu sais ce que je veux dire. Tu n'aurais jamais dû t'associer avec des ordures comme Brown.

– On ne peut pas tous être des bourreaux, Wilson. Je ne suis pas juge, simplement un enquêteur privé qui tente de gagner sa vie et de se faire une place dans ce monde. Quelqu'un a besoin de moi ? J'essaie de le satisfaire, à condition qu'il puisse payer mes honoraires. Merde, si t'avais des ennuis, je pourrais même envisager de t'aider. »

Wilson hocha la tête et glissa les mains dans les poches de son manteau. L'air froid commençait à pincer. « Faut qu'on y aille. S'il arrive quelque chose, je te le ferai savoir. Mais n'oublie pas, c'est une route à double sens.

– Le renvoi d'ascenseur a toujours été ma devise chez les scouts, *Monsieur* », dit Karl en le saluant avec deux doigts.

Après avoir attendu que les silhouettes de Wilson et de Cairns aient disparu, Karl se faufila dans l'immeuble et remonta le couloir en sens inverse. Par bonheur, toutes les lumières avaient été éteintes, ce qui laissait à penser que le jeune assistant de Hicks avait sournoisement filé à la cafétéria dès le départ de son patron.

Quelques secondes plus tard, Karl pénétra à nouveau dans le

domaine de Hicks et chercha rapidement à repérer les affaires personnelles de Chris. Cinq longues minutes plus tard, il les dégotta par hasard, dans une boîte, pas très loin du corps.

Fouillant dans le carton, ses doigts palpèrent les vêtements. Un blouson Nike, roulé en boule, fut rapidement déroulé et fouillé. C'est là qu'il trouva une clef, espérant que ce soit la bonne mais paradoxalement terrifié qu'elle le soit, tout en se demandant pourquoi, par tous les diables, il s'impliquait dans ce merdier.

« Monsieur Kane… ? »

Saisi, Karl laissa tomber la clef et se tourna vivement vers la voix.

« Constable Lewis… ? Que… que faites-vous aussi loin dans les profondeurs du donjon ? » Son visage semblait en feu.

Jenny Lewis avait l'air aussi surprise que Karl. Elle tenait quelques feuilles de papier. « Je suis… dit-elle, je suis ici pour demander à M. Hicks s'il est d'accord pour que je fasse quelques photocopies. Notre machine est à l'agonie.

– Bon, vous avez ma permission, dit Karl, le cœur battant. M. Hicks est absent pour la journée. »

Jenny lui lança un regard étonné. « Et vous, que faites-vous là ? Je croyais que l'accès était interdit aux civils ?

– Pour dire la vérité, je ne suis pas tout à fait un civil. Disons, un borderline pseudo-flic. Ils n'ont pas encore trouvé exactement dans quoi me ranger. De toute façon, Wilson m'a demandé de venir ici aujourd'hui. Il n'y avait personne pour identifier le corps de Chris Brown. »

Jenny jeta un coup d'œil par-dessus l'épaule de Karl, vers le cadavre recouvert.

« Un épouvantable meurtre, monsieur. Ils sont tous en train d'en parler, là-haut.

– J'en suis persuadé. Les flics n'ont pas beaucoup de sujets de conversation, à part *Coronation Street* et *Emmerdale*[1].

1. Deux des plus anciens *soap operas* de la télévision anglaise.

– En toute honnêteté, ils ne semblent pas avoir beaucoup de sympathie pour Chris Brown. Ils font des plaisanteries sur la manière dont il a essayé de s'échapper avant de tomber en panne d'essence, dit Jenny d'un ton neutre.

– Très original. Quelle bande de malades ! Bien sûr, ils ne semblent pas se souvenir qu'ils le payaient comme indic. Un peu hypocrite, non ? »

Jenny répondit de façon ambiguë : « Je n'y ai pas beaucoup réfléchi. Je m'arrange pour ne froisser personne, là-haut. Je suis toujours *persona non grata* sur tout ce qui concerne les hommes. J'en ai assez dans ma gamelle.

– Ne le prenez pas mal, Jenny, mais je pense que ce que vous faites, être la seule femme ici, bref… à mon avis, ça demande des couilles. »

Elle rougit avant de rire nerveusement. « Merci, monsieur. Je crois que je vais essayer de m'en souvenir. »

Karl regarda brièvement sa montre. « Bon, il faut que j'y aille. Prenez soin de vous. Si vous avez besoin de quelque chose, vous avez ma carte.

– Oui… »

Karl sentit le regard de Jenny sur sa nuque pendant tout le temps qu'il lui fallut pour parcourir le couloir jusqu'à la sortie. *Respire doucement. Reste calme. Ne te retourne pas. Ne*…

« Monsieur Kane ! » cria soudain Jenny en courant frénétiquement vers lui.

Merde !

Karl s'arrêta et attendit qu'elle le rejoigne en essayant désespérément de contrôler sa respiration et l'expression de son visage. Il songea à un bon millier de mensonges. Les mit au point.

« Elle est à vous ? demanda Jenny. Je l'ai trouvée par terre.

– Quoi ?

– La clef. J'ai pensé qu'elle était à vous, ou peut-être à M. Hicks ? »

Merde merde merde !

« La clef ? Ah oui ! C'est la mienne. J'étais en train de me demander où je l'avais fourrée. Merci. J'ai la tête à l'envers.

– Moi-même, je perds tout le temps mes clefs. C'est très énervant », sourit-elle en la lui tendant avant de faire demi-tour.

Karl écouta le cliquètement de ses chaussures s'évanouir dans le néant, avant de se remettre à respirer, en se disant que ce n'était plus qu'une question de temps avant que ses imprudences ne le rattrapent et ne le fourrent dans la merde jusqu'au cou.

16

Mercredi 21 février (matin)

Le choix des mots ne devrait guère se prêter à l'envoi de messages d'ordre général.

Arthur Conan Doyle,
La Vallée de la peur

Une sueur froide et poisseuse suintait sur la peau du fondement de Karl. *Je me fous totalement de ce que les gens pensent. C'est vraiment humiliant d'avoir le doigt ganté de quelqu'un planté dans le cul.*

Il avait du mal à se concentrer, depuis longtemps, à cause des saignements. Une suite fréquente de coups de poignard, cette nuit par exemple, et il était sûr que s'il faisait bien attention il pourrait sentir que ça empirait, tranquillement, seconde après seconde. Il se rendit alors compte qu'il était temps de sortir la tête hors du sable – ou hors de son cul, comme Naomi l'avait plaisamment fait remarquer. Les réflexions de Naomi étaient devenues insupportables. Il n'avait plus d'autre choix, ou d'issue, que d'honorer le rendez-vous qu'elle avait pris pour lui la semaine précédente.

« Si vous ne vous détendez pas, je ne pourrai pas aller plus loin, protesta la voix lasse du Dr Jim Moore. Vous vous comportez comme un grand gosse, Karl. Maintenant, pour la dernière fois, relâchez vos fesses. Bien. C'est mieux.

– Combien de temps ça va prendre ? demanda Karl en se mordant la lèvre inférieure.

– Je suis en train d'essayer de me souvenir…
– Vous souvenir de combien de temps ça va prendre ?
– J'essaie de me souvenir du dernier tuyau que vous m'avez donné. » Le doigt de Jim s'enfonça plus avant dans le cul récalcitrant.

Pour Karl, ce doigt semblait être un train miniature complet passant dans un tunnel. Ses yeux pleuraient, ses doigts agrippaient désespérément le bord de la table d'examen.

« Un tuyau ? Qu'est-ce que vous voulez savoir ? demanda-t-il, les mâchoires crispées.

– Il court toujours. Vous m'aviez dit qu'il était archi-sûr. » Le doigt s'arrêta à la garde et y resta une seconde avant de tenter d'aller plus loin.

Karl le sentait gigoter dans son cul comme un ver curieux et vindicatif. Il était mal à l'aise. « Je suis certain… de ne pas avoir employé… le terme “archi-sûr”. Oh ! Qu'est-ce que vous fabriquez là-dedans, bordel, Jim ? Vous cherchez un trésor ?

– Lightning Streak[1].
– Quoi ?
– C'était le nom du cheval. Lightning Streak. »

Karl tenta faiblement de sourire mais n'y parvint pas. Ses sourcils se trempèrent de sueur. « Il devait avoir perdu son tonnerre, ce jour-là. Oh ! Faites gaffe à ce que vous faites avec ce doigt. Je sens même votre alliance, Hans Brinker[2] ! Ça fait comme un ralentisseur.

– Depuis quand avez-vous cette douleur autour de l'anus ?
– N'est-ce pas la septième planète en partant du Soleil ?
– Si vous ne voulez pas que j'y mette deux doigts, vous feriez mieux de me donner une réponse sérieuse, Karl.
– Quelques semaines… Peut-être quelques mois. »

1. « Éclair ».
2. Nom du jeune Hollandais qui sauva son pays en bouchant le trou d'une digue avec son doigt.

Jim laissa échapper un soupir de découragement.

« Quelques mois ? Et c'est seulement maintenant que vous venez me voir ?

– Que voulez-vous que je vous dise ? Si j'avais su que c'était si agréable, je me serais précipité tout de suite. Malheureusement, j'ai été occupé avec tous ces…

– Trop occupé pour penser à votre santé ?

– Ce n'est pas très grave. Arrêtez de faire une montagne avec des hémorroïdes[1], dit Karl.

– Amusant. Pas très malin, mais amusant. »

Un son étouffé envahit soudain la pièce. Le thème musical de *Deux cents dollars plus les frais*[2].

« C'est bizarre, fit Jim. Je ne me souviens pas d'avoir allumé la radio.

– Oh… désolé, répondit Karl. C'est l'idée que Naomi se fait de l'humour. C'est mon portable dans mon manteau. Laissez-le sonner.

– Ne soyez pas sot, dit Jim en attrapant le téléphone de Karl. Répondez. Avec un peu de chance, ça vous empêchera de pleurnicher pendant une minute.

– Allô ?… fit Karl. Bien, Naomi. Oui, je suis chez le bon docteur… Non, inutile que tu saches ce que je fais en ce moment… Quoi ? Ne sois pas idiote. Si tu ne veux pas le croire… Arrête… OK, d'accord. Ne quitte pas. » Karl, l'air embarrassé, tendit le téléphone à Jim. « Parlez là-dedans, s'il vous plaît. Dites à Naomi où je suis, mais pas ce que vous faites. »

Le doigt de Jim resta fermement fiché dans le rectum de Karl. « Allô ?… Oui, c'est bien Jim, Naomi… Bien sûr qu'il se conduit correctement… Oui, il jouit de chaque seconde, fit Jim avec un rire chevalin. Je suis sûr qu'il vous racontera

1. Jeu de mots intraduisible. *Pile* en anglais veut dire à la fois « monticule » et « hémorroïdes ».

2. Série américaine mettant en scène un détective privé.

ça par le menu, plus tard… Oui. Je vous en prie. Content de vous avoir parlé. » Jim rendit le téléphone à Karl.

« C'est pas drôle, Naomi. Écoute, je dois y aller maintenant. Quelqu'un est en train de frapper à la porte du fond… Humm. Je sais que tu m'aimes. Moi aussi. Bye, fit Karl en mettant fin à la conversation. Les femmes… Elles me veulent toutes, Jim.

– Quelle adorable personne. Si soucieuse de vous. Où l'avez-vous rencontrée ?

– Au pub John Hewitt. J'étais venu écouter deux écrivains locaux donner leurs précieux conseils pour être publié, mais ça s'est terminé par la conférence la plus merdique que j'aie jamais entendue. Je me suis bourré à mort. J'ai cogné sur un des écrivains, qui m'accusait de troubler la séance, et…

– Ce que vous ne faites jamais, bien sûr.

– Bien sûr. Bref, Naomi arrivait en touriste de Derrybeg…

– Ah, magnifique Donegal.

– Vous voulez entendre l'histoire ou pas ?

– Continuez, je vous en prie.

– Elle a entendu un des barmans appeler la police et m'a escorté dehors, en bonne Samaritaine qu'elle est. Le reste, comme on dit, appartient à l'histoire.

– Et c'est ainsi qu'elle est tombée sous votre abominable pouvoir.

– Je me suis contenté d'ouvrir les bras et elle est tombée dedans. Ça, plus mon charisme, mon allure et mon fric. Et si ce n'était pas… » La musique de *Deux cents dollars plus les frais* retentit à nouveau. Karl regarda l'écran de son mobile. Un texte crypté : *Tu dor ? Ouv T yeux. Ou é le Kbo ?*

« Pas encore toi ! »

Penché par-dessus l'épaule de Karl, mais l'index toujours fermement en place, Jim demanda : « Comment pouvez-vous lire un truc pareil ?

– Qu'est-ce que ça peut vous faire ? Vous m'avez pris ma virginité, alors maintenant ne vous mêlez pas de mes affaires, dit Karl en raccrochant. On en a encore pour longtemps… ? Ahh !

– Voilà, c'est fait. Vous pouvez vous rhabiller, répondit Jim en retirant le doigt incriminé sur lequel se trouvait un petit morceau de selle sanglante.

– Alors ? Vous en pensez quoi ? s'enquit Karl en se tortillant pour remonter son pantalon.

– Vous présentez tous les symptômes classiques d'une crise d'hémorroïdes, mais juste pour être tranquille, je vais envoyer ce prélèvement pour analyse.

– Quoi ? Pourquoi faire tant d'histoires ? Tout le monde a des hémorroïdes, non ? » Il souriait, mais ses tripes faisaient des bonds.

« Bien sûr, les hémorroïdes sont très fréquentes. La plupart des crises vont et viennent assez rapidement. Mais je prends mes précautions pour le cas où ce serait autre chose.

– Genre cancer ? » fit Karl. Malgré lui, il avait réussi à prononcer le mot maudit, et en dépit de toutes ses fanfaronnades machistes, c'était un mot terrifiant à entendre dans sa bouche.

« Ne soyons pas négatif, Karl. Pendant ce temps, je veux que vous commenciez un régime riche en fibres et que vous fassiez de l'exercice régulièrement. Ça veut dire marcher le plus possible, pas traîner dans ce vieux tacot.

– Faites gaffe.

– Si tout ça ne marche pas, il me reste quelques options : mettre de petits élastiques autour des hémorroïdes, ce qui les fera se ratatiner et disparaître…

– Vous êtes sérieux ? Moi, en train de marcher avec des élastiques dans le cul ! Il n'est pas question que je…

– Ou bien je pourrais leur injecter une substance qui les fera se rabougrir. Ça s'appelle la sclérothérapie. Ou, inversement, je pourrais couper le tout, habituellement sous anesthésie générale.

– Vous adoreriez ça, n'est-ce pas ? Ça m'apprendra à vous refiler un tocard aux courses !

– Heureusement, j'aurai les résultats dans à peu près une semaine. En attendant, je veux que vous arrêtiez de fumer.

– Arrêter ? dit Karl en secouant la tête. Je doute de pouvoir arrêter de fumer juste comme ça. Et si on commençait la semaine prochaine ? Ces derniers jours ont été très stressants, Jim, et je dois assister à des funérailles vendredi.

– Je veux que vous preniez ça au sérieux, Karl, autrement ça pourrait être à vos propres funérailles que vous assisterez. Vous devez arrêter de fumer. Tout de suite. C'est un ordre, pas une suggestion. Je vais vous commander des patchs de nicotine. Ça vous aidera à abandonner la cigarette.

– Les patchs, c'est pour les jeans ou les froussards.

– C'est un début. En attendant, *plus de tabac*. Je vous verrai la semaine prochaine. »

Dans la rue, Karl réexamina le mystérieux message. *Tu dor ? Ouv T yeux. Ou é le Kbo ?* Il chercha l'expéditeur. « Numéro inconnu » fut la réponse. Le message l'avait mis mal à l'aise, comme quelque chose de menaçant dans un angle mort.

Il s'installa dans sa voiture et alluma la radio. En regardant dans son rétro, il repéra la silhouette qui lisait le journal à l'arrêt de bus, de l'autre côté de la route.

« Le service des bus doit être nul. C'est toi que j'ai vu il y a plus d'une heure, avant d'aller me faire examiner », marmonna-t-il pour lui-même.

D'où il était garé, il lui était difficile de discerner si la silhouette était mâle ou femelle.

Il démarra. Fit demi-tour et passa lentement devant l'arrêt de bus. Le temps qu'il y arrive, la silhouette était partie. Seules les pages du journal hâtivement abandonné voltigeaient dans les airs comme les ailes cassées d'une mouette.

17

Mercredi 21 février (après-midi)

Souviens-toi, homme, que tu es poussière, et que tu redeviendras poussière.

Genèse 3,19

« "Tu t'es endormi ? Ouvre tes yeux. Où est le chien ?" dit Naomi, traduisant le message sur le mobile de Karl.

– Tu es sûre que c'est bien ça qu'il dit ?

– *Tu dor ? Ouv T yeux. Ou é le Kbo ?* répéta Naomi. *T*, c'est "tes". C'est évident.

– Évident ?

– *Ouv T yeux*, ça veut dire "ouvre tes yeux".

– Suis-je bête de ne pas l'avoir compris.

– Si tu cessais tes sarcasmes, tu pourrais le déchiffrer tout seul.

– OK d'ac.

– Très drôle ! fit-elle avant de continuer. *Ou é*, c'est "où est", et *le Kbo* ça veut dire "le chien". "Tu roupilles ? Ouvre tes yeux. Où est le chien ?" Voilà ce que ça veut dire en langage texto.

– Qu'est-ce que c'est que cette merde ? Ça n'a aucun sens. J'ai même pas de chien, dit Karl en s'affaissant sur le canapé, physiquement et mentalement vidé après sa rencontre avec le doigt inquisiteur de Jim.

– Ça pourrait être un spam, suggéra Naomi.

– Un quoi ?

– Un spam. C'est facile à faire. On t'envoie un texto, ta curiosité est la plus forte, tu réponds et on te facture la communication au prix fort. C'est un vieux truc. Tu n'as pas répondu, au moins ?

– Comment pourrais-je répondre à ça, alors que je ne comprends même pas ce que cet enfoiré veut dire, putain ?

– Hé ! C'est toi qui m'as demandé de le déchiffrer. Tu te souviens ? Pas la peine de t'en prendre à moi. »

Karl ferma les yeux, respira très fort avant de souffler lentement.

« Désolé… » parvint-il finalement à dire.

Naomi s'assit à côté de lui et prit ses mains dans les siennes. « C'est moi qui suis désolée. Je sais que tu as eu une séance stressante chez le médecin, mais au moins c'est terminé. Est-ce que ça n'en valait pas le coup, juste pour ta tranquillité d'esprit ?

– Oui, approuva Karl, tu avais raison d'insister. Dieu merci, Jim pense que ça ne sera pas pire de m'asseoir tous les jours sur mon cul habituel.

– Je ne veux pas que tu parles comme ça de ton cul. Je suis très amoureuse de lui, pour être honnête. » Elle l'embrassa gentiment sur la joue. « Tu m'as vraiment tout dit sur ta visite au toubib ? Tu n'as rien ? Juste des hémorroïdes ?

– J'aime t'entendre parler comme ça. *Hémorroïdes.* Personne d'autre ne le dit comme toi, fit Karl en se forçant à sourire. Maintenant, fin de la conversation sur mon cul. C'est tabou pour le reste de la journée, merci d'avance. »

Le mobile se mit à sonner.

Naomi s'en saisit et répondit :

« Allô ? Oh ! Oui, Katie. Ton père est là. Ne quitte pas. »

Le visage impassible, elle tendit le téléphone à Karl.

« Katie ? Comment va mon petit bout de femme à Édimbourg ? fit Karl avec un lourd accent écossais.

– Tu es encore avec *cette* femme, papa ? accusa la voix de Katie à l'autre bout du fil.

– Et je t'aime aussi, mon petit amour. Comment ça va à l'école ?

– C'est pas une école, c'est une université, et je fais des trucs à chier.

– Arrête d'être grossière. Tu sais que tu n'es autorisée qu'aux gros mots ne dépassant pas une lettre. »

En dépit de sa voix initialement frondeuse, Katie laissa échapper un petit rire, et le visage de Karl s'éclaira, soulagé.

« Ne cherche pas à prendre à la rigolade une situation sérieuse, papa.

– OK. Je vais essayer. Bon, pourquoi appelles-tu ? Mais je te préviens, si tu dis le mot "fric", je hurle.

– Fort comment ?

– Combien ?

– Cent. »

Karl hurla très fort et fit sursauter Naomi.

« Si c'est de pennies dont tu parles, Katie, je vais vendre quelque chose et t'envoyer l'argent pour tes cinquante ans. »

À l'autre bout du fil retentit un rire si fort qu'on pouvait l'entendre passer à travers le téléphone.

« Ne ris pas, Katie. Je suis sérieux.

– Je t'aime, papa.

– Même pas la moitié de ce que je t'aime. À l'adresse habituelle ?

– Oui.

– Je t'envoie ça demain matin à la première heure. OK ? Oh, Katie ?

– Oui.

– Reste à l'écart de ces Écossais. Je n'ai aucune confiance dans des types qui portent des jupes.

– Je t'aime, papa », répondit-elle en riant.

Le bruit de ses baisers mit fin à la conversation.

« Katie t'envoie toute son affection, dit Karl avec un demi-sourire.

– Je sais. J'ai pu percevoir tout l'amour dont sa voix était chargée.

– Donne-lui du temps, Naomi. Elle est jeune, déchirée entre sa mère et moi. Ça ne doit pas être facile pour… »

La sonnerie de la porte du bureau retentit.

« Seraient-ils incapables de lire qu'on va passer à table ? demanda Karl.

– Allez. Descendons. Tu ne gagneras jamais ton premier million en évitant le boulot. »

En descendant l'escalier, Naomi vit clairement la silhouette râblée contre la partie dépolie de la porte d'entrée, et constata que la pancarte PARTI DÉJEUNER était tombée de son clou.

Elle ouvrit la porte en s'excusant.

« Je suis désolée, en principe nous…

– Bonjour, Naomi, fit Bill Munday avec un bref signe de tête. Ne vous excusez pas. J'étais dans le coin et je me suis dit que je pouvais faire d'une pierre deux coups. Est-ce que M. Kane est disponible ?

– Installez-vous dans son bureau. Il sera à vous dans une ou deux minutes », répondit Naomi en abandonnant Munday sur le seuil.

Il entra dans le petit bureau et s'assit. Moins d'une minute plus tard, Karl apparut par une porte latérale, suivi par le bruit d'une chasse d'eau.

« Ah, monsieur Munday. Comment allez-vous par cette journée inhabituellement tiède ?

– À propos de chaleur, j'ai senti une certaine froideur chez Naomi, d'habitude si amicale.

– Vous savez ce qu'on dit ? Si vous voulez quelqu'un qui sourie tout le temps, achetez-vous un canard.

– Elle est très bonne, monsieur Kane. Je vais m'en souvenir pour la resservir à mes copains canards.

– Je crois que vous avez loupé un morceau en vous

lavant ce matin, dit Karl, désignant son front en souriant. Il y a une grosse tache noire sur votre front. »

Les traits de Munday se figèrent soudain. Son regard devint noir. « *Memento homo, quia pulvis es, et in pulverem reverteris.*

– “Souviens-toi, homme, que tu es poussière, et que tu redeviendras poussière”, sourit fièrement Karl.

– Votre latin est parfait.

– C'était ma matière favorite à l'école, dit-il avant que la révélation ne le frappe enfin. Attendez une seconde. Aujourd'hui, c'est le mercredi des Cendres, non ? Bien sûr que oui ! Je me demandais pourquoi Naomi me bourrait de toutes ces crêpes[1], hier. Moi qui croyais que c'était pour mon sex-appeal.

– Vous ne devriez pas vous moquer de la rédemption et du repentir, monsieur Kane. Ils pourraient bien venir frapper à votre porte, un de ces jours. » Le visage de Munday se détendit légèrement. « Qu'est-ce que vous avez pour moi ? »

Karl sortit une enveloppe du tiroir de son bureau et la poussa vers lui en disant : « Je crois que c'est à vous. »

Un faible sourire apparut sur le visage de Munday, mais il disparut aussitôt qu'il eut ouvert l'enveloppe.

« De l'argent ?

– Comptez-le. Tout y est.

– Pourquoi ?

– Je me fais peut-être vieux, mais je ne crois pas que dresser une liste de filles qui travaillent puisse mener à quelque chose de bon. J'espère que je ne vous ai pas offensé, mais c'est comme ça.

– Je croyais vous connaître. Manifestement, j'avais tort.

– On est deux. Je pensais me connaître, moi aussi.

– Vous êtes sûr de vous ? Dans votre situation, c'est un paquet d'argent que vous refusez.

1. Le Mardi gras précède le mercredi des Cendres.

– Ou un paquet d'emmerdements que j'évite. Et puis, vous partirez un peu plus riche que vous n'êtes entré.

– Et ça vous laisse plus pauvre, dit Munday en empochant l'enveloppe.

– Non. Pas en fin de compte. Au revoir, monsieur. Ça a été… intéressant. »

Naomi attendit que Munday soit parti pour entrer dans le bureau.

« Satisfaite ? demanda Karl.

– On va le savoir très vite, sourit-elle. J'ai remis la pancarte PARTI DÉJEUNER à la porte. Solidement, cette fois. Allons nous fourrer sous les draps… »

18

William McCully

Mercredi 21 février (soir)

Ceux dont l'âme est mère de tous les crimes
sont faits pour être mauvais toujours
Sophocle, *Philoctète*

Tard dans la soirée, la circulation à Belfast commençait à diminuer, rendant la conduite à moitié supportable, quand la Mercedes de William McCully se gara dans le parking privé, à deux rues de la prestigieuse Odyssey Arena[1]. La plupart des travailleurs urbains étaient rentrés chez eux, créant des oasis de calme dans les rues environnantes. Dans moins de deux heures, ce serait de nouveau la folie, avec les gens revenant en masse pour s'amuser et savourer le goût douteux de l'équivoque : la vie nocturne florissante de la ville et son bas-ventre épicés par la drogue et la prostitution.

Juste comme il sortait de sa voiture, un étalage aveuglant de lumière apparut, jouant son rôle de metteur en scène de l'impressionnant quartier du front de mer. En hiver, il y avait quelque chose de magique dans cette heure de la soirée, se dit McCully en se laissant guider sur le chemin de son appartement par les lumières dorées emballées dans des lanternes ventrues.

L'appartement de deux pièces – bien que parfaitement situé – était resté mystérieusement invendu pendant presque

1. Centre commercial et de loisirs de Belfast.

six mois. Des rumeurs à propos d'un refuge pour sans-abri qu'on devait construire deux rues plus loin avaient fait capoter une vente, bien que des copains aux pattes bien graissées à la mairie lui aient assuré qu'ils s'arrangeraient pour que le permis de construire du refuge ne soit jamais accordé.

Dix ans plus tôt, il aurait été impossible de vendre un appartement à un prix aussi exorbitant. Le coin avait été aussi mort que l'habituel cadavre flottant sur l'eau grasse et polluée de l'odorante rivière Lagan. Les rats eux-mêmes fronçaient le nez et fuyaient l'endroit. À présent, là où il n'y avait autrefois que crasse et abandon, de nouveaux bâtiments et lieux publics innovants s'étaient développés, donnant au quartier un aspect cosmopolite et une confiance tardive dans les performances économiques de la ville. Même le fleuve, semblait-il, coulait en sentant la rose au lieu de la charogne.

McCully jeta sur l'appartement un dernier coup d'œil, vérifiant que tout était parfaitement en place pour le client, un M. Peter Stapleton, artiste millionnaire et excentrique.

Il était presque cinq heures et, comme convenu, la porte d'entrée fit entendre son timbre harmonieux.

« *Vendre vendre vendre…* » chuchotait McCully quelques secondes avant d'ouvrir la porte. « Monsieur Stapleton ! Entrez, je vous en prie. »

Prévenu au téléphone par le secrétaire de Stapleton de l'aphéphobie de l'artiste, McCully réprima à grand-peine l'envie de lui serrer la main.

« Il fait toujours aussi froid ? » demanda Stapleton en claquant ses mains gantées sur ses cuisses.

Il ne fait pas froid du tout, se dit McCully, légèrement perplexe. *Mais j'aurais dû brancher le chauffage. Erreur numéro un.*

« Euh, cet hiver a battu des records en ville, répondit-il. En principe, il ne fait pas aussi froid. Mes excuses pour ne pas avoir mis le chauffage, monsieur. J'aurais dû y penser. »

Stapleton agita légèrement l'une de ses mains gantées.

« Pouvons-nous procéder à la visite ? Et, je vous en prie, ne soyez pas si formel. "Peter" suffira.

– Oui… oui, bien sûr… Peter. »

McCully traversa le hall spacieux, suivi par Stapleton, pour entrer dans la grande salle de séjour qui ouvrait largement sur le front de mer.

Au grand soulagement de McCully, Stapleton semblait impressionné.

« Superbe vue sur l'Albert Clock. Comme les temps ont changé… commenta-t-il en regardant par la fenêtre.

– Une vue magnifique, c'est vrai », l'encouragea McCully.

Le quartier de l'impressionnante tour Albert Clock, située près des quais, était autrefois mal famé en raison de la présence des prostituées qui faisaient leurs affaires avec les marins de passage. Maintenant, le plus louche des visiteurs de la vieille pendule était un clown maniaco-dépressif ou un jongleur déséquilibré sur ses échasses, chaque fois que le cirque s'arrêtait en ville.

« Vous connaissez *Odd Man Out*[1], ce classique du cinéma joué par James Mason, qui avait l'Albert Clock comme décor principal ? demanda Stapleton.

– Vraiment ? » répondit McCully en montrant son intérêt. Il examina d'un air narquois la grande horloge, comme s'il s'agissait d'une peinture abstraite qu'il essayait d'interpréter. « Rien de tel que les lumières de la ville la nuit, Peter. Magnifique. Pour être honnête, j'ai failli acheter cet appartement pour moi. Cinq minutes de voiture jusqu'à l'aéroport, cinq minutes à pied jusqu'à la gare… » L'argumentaire de vente de McCully coulait parfaitement. Il sentait de bonnes vibrations émaner de ses arguments et s'apprêtait à conclure la vente.

Soudain, tout se cassa la gueule.

1. Film de Carol Reed (1947). Titre de la version française : *Huit heures de sursis.*

La douleur fut atroce, incroyablement atroce, et elle provoqua chez McCully des spasmes à secouer les os. Il sentait sa peau brûler, il l'entendait grésiller comme du bacon sur une poêle bien graissée.

La douleur. Oh Seigneur, la douleur...

Chaque molécule de son corps explosait à la vitesse de la lumière.

Heureusement, l'obscurité vint et, bientôt, il ne se soucia plus de la douleur.

19

Jeudi 22 février (tôt le matin)

> Il y a une sorte d'horreur qui peut être instillée dans l'esprit aussi bien par des apparences naturelles que par des descriptions verbales, et qui, bien qu'elle vous glace le sang et suscite une frayeur momentanée, n'est pas vraiment déplaisante et peut même être agréable.
>
> James Beattie,
> *Dissertations morales et critiques*

Le corps dépourvu de sensations de McCully s'agitait faiblement à mesure que sa vision passait de l'obscurité complète à une sorte de lueur jaunâtre. Quelque chose de caustique lui assaillait les narines. Il fronça le nez et secoua violemment la tête. Des sels ? La puanteur était suffocante.

« William ? Réveille-toi, William. » On lui asséna une paire de gifles qui claquèrent comme des coups de cravache. « Réveille-toi donc, grosse feignasse. Allez, debout ! » Deux gifles supplémentaires.

Son environnement se brouilla et devint indistinct. Quelqu'un s'était agenouillé devant lui et le regardait droit dans les yeux. Les traits de la personne étaient onduleux, presque caoutchouteux. Il ferma les yeux très fort, les rouvrit, essaya de faire le point. Une femme ? Elle avait l'air d'une junkie qui a méchamment besoin d'un fix. Il essaya de bouger, mais il avait les mains attachées derrière le dos. Ses chevilles aussi étaient liées.

« Oh… mon cou… » La douleur était intolérable. Il avait l'impression que quelqu'un se tenait debout sur son cou et l'écrasait lentement.

« Laisse-moi voir », dit une voix.

Il sentit des doigts toucher la tache de peau à vif sur son cou.

« Oh, ça fait mal ? Vraiment ? C'est rien, rien du tout. Ça ressemble à un gros suçon. Tu vas pouvoir frimer auprès de tes potes. Tu aimes frimer, n'est-ce pas, William ? » Il y avait comme un rire dans la voix féminine. Pas joyeux. Sinistre. « En fait, tu as pris plus de voltage que je ne l'avais prévu. C'est à cause de l'électricité statique de la moquette, ça en a rajouté une secousse. Il y a généralement paralysie après le choc, mais, dans ton cas, ça a disparu très vite.

– Qu'est-ce que… qu'est-ce que ça veut dire ? Où est Peter ? Qu'est-ce que vous avez fait de lui ? »

Son regard s'assombrit. « Il n'est plus avec nous. Concentre-toi plutôt sur ta propre situation, pas la sienne.

– Vous… vous l'avez tué, hein ? Pourquoi ? Qu'est-ce qu'il vous avait fait ? Qu'est-ce que tout ça veut dire ? »

Elle ne répondit pas, se contenta de l'étudier, et dans ses yeux planait un air de prédateur d'une froideur troublante.

« À boire… Pourrais-je avoir au moins un peu d'eau… s'il vous plaît ?

– Humm, finit-elle par marmonner, mais sans faire le moindre geste pour satisfaire sa demande. Plus tard, peut-être. Si tu es sage, William.

– Que voulez-vous de moi ? »

Elle lui posa doucement un doigt sur les lèvres.

« Première règle, William : pas de mensonge. Les mensonges font paraître petit. Les mensonges sont punis, la vérité est récompensée. » De son sac, elle sortit un appareil, pas plus gros qu'un téléphone mobile. « Technologie japonaise.

Formidable, tu ne trouves pas ? King Zapper, ça s'appelle. Il y a quelques années, c'était encore gros comme une brique. Maintenant, regarde-moi ça. Pas plus gros qu'un portable. Capable d'abattre un taureau en un tiers de seconde. » Pour confirmer ses dires, elle appuya sur un minuscule bouton vert. Une langue fourchue bleu cobalt surgit de l'appareil diabolique avec un grésillement menaçant. Elle l'approcha du visage de McCully, et le caressa avec, comme si elle le rasait.

« S'il vous plaît… » Instinctivement, il s'écarta du King Zapper.

Sans mollir, elle le fit passer rapidement sur le bord de ses lèvres, puis sur les lèvres elles-mêmes.

Il ferma les yeux. Le King Zapper bourdonnait. William grinçait des dents en attendant la décharge.

« Ouvre les yeux, William. »

Il obéit à contrecœur.

« Bien. Pourquoi fermez-vous toujours les yeux, vous les hommes ? Ça n'adoucit pas la douleur. Peut-être essayez-vous d'échapper à l'inévitable ? Voici donc la règle numéro deux : les yeux grands ouverts. Ferme-les sans autorisation, et tu auras droit à un baiser sur les couilles. Pas de ma part, bien sûr. De celle de King Zapper. »

Elle l'approcha encore. McCully pouvait sentir le sale goût de l'électricité dans sa bouche. On aurait dit du cuivre humide. Ses dents se mirent à claquer. La sueur lui dégoulinait sur le visage, et sa terreur augmenta à l'idée que ça le rendrait encore plus conducteur si le King Zapper venait à le toucher.

« C'est parfait. Je sais que nous n'aurons plus à utiliser ce vilain King à nouveau », murmura-t-elle de façon rassurante en pressant un bouton rouge. Le King se mit en sommeil.

« Qui… qui êtes-vous ? Qu'est-ce que vous me voulez ? » La voix de McCully sonnait comme du fer-blanc.

« Quelques informations. Rien de plus. Ensuite, je te laisserai vaquer à tes occupations. Qu'en penses-tu, William ? »

Il essaya de hocher la tête, mais son cou était trop douloureux.

« Quel genre d'informations ?

– C'est de ça que je veux entendre parler », l'encouragea-t-elle en sortant une grande enveloppe d'un attaché-case en cuir posé sur le sol. De l'enveloppe, elle exhiba une série de photos en noir et blanc. En dehors de quelques éraflures sur les bords, les photos avaient l'air plutôt en bon état, pour leur âge.

« Je veux que tu les étudies, soigneusement. Réfléchis avant d'ouvrir la bouche. Je connais déjà les réponses. C'est simplement pour tester ta crédibilité. »

Dehors, l'Albert Clock sonna trois coups. Tôt le matin, la ville sommeillait en paix.

McCully scruta la première des photos qu'elle avait en main. Un groupe de jeunes hommes rassemblés sans ordre particulier, certains sur leurs fesses, d'autres debout, raides, dans ce qui semblait être une tache de terre noircie. Le groupe ressemblait à de curieux suricates.

« Tu reconnais quelqu'un ? » demanda-t-elle.

Il examina la photo de plus près, intrigué par la question. « Non… Je ne pense pas… »

Elle remplaça rapidement la photo par la suivante. Même groupe d'hommes. Poses légèrement différentes. Plan rapproché. Photo plus claire. Un seul membre du groupe était debout et semblait regarder directement l'objectif, d'un air de défi, une moue légèrement étonnée gribouillée sur le visage.

« Alors ?

– Non, je suis désolé… Je n'en reconnais aucun. Qu'est-ce que… ? »

Ses mains bougèrent si vite qu'elles en étaient floues. Le King lui frôla l'entrejambe.

« Ahhhhhhh… Putaiiiiiin ! » Un million de coups de

pied dans les couilles. Une odeur de vêtement brûlé se répandit dans la pièce.

« Heureusement pour toi, William, ton pantalon a pris la plus grande partie de la secousse, sinon tu aurais été émasculé sous mes yeux. » Elle lui frôla le front.

« Aaaaaaaaaaaahhhhhhhhhhh !

– Malheureusement, ton front ne porte pas de pantalon. Je t'avais prévenu qu'il ne fallait pas mentir », dit-elle en retirant sa main. Les dents du King avaient laissé un horrible tatouage sur le front de McCully. Une petite volute de fumée bleue planait sur l'empreinte atroce. L'odeur de chair brûlée envahissait tout l'espace. « Maintenant, à cause de ton mensonge, tu portes la marque de la bête. Ne mens pas, William ! Le mensonge fait frire. Compris ?

– Oh, mon Dieu, mon Dieu… aidez-moi, s'il vous plaît… j'ai mal… » murmura-t-il à l'agonie, au bord de l'évanouissement, craignant de tomber dans les pommes, puis priant pour que ça arrive.

– Ne perds pas conscience. Si tu le fais, j'ai les moyens de te réveiller, William. Des moyens pas vraiment marrants. Ne t'é-va-nouis-pas ! » dit-elle en scandant les derniers mots en mesure, comme si elle les avait déjà prononcés ainsi de nombreuses fois auparavant. « William ? Tu m'entends, William ?

– De l'eau… à boire… s'il vous plaît… j'ai mal…

– Je m'occuperai de ta douleur plus tard, dit-elle en produisant la troisième photo. Maintenant, revenons à notre projection privée. Cette fois, laisse ton esprit revenir en arrière. Ouvre cette porte que tu as laissée fermée trop longtemps. Je suis ici pour t'aider à affronter tous les monstres de ton passé. » Sa voix s'était faite soudain plus douce, presque maternelle.

La photo montrait un jeune homme brandissant ce qui semblait être des chiffons, et bien que la photo ait été prise en noir et blanc, les bords sombres des chiffons avaient la forme révélatrice du sang séché. Plus sombre que la plus sombre des ombres. Deux autres hommes semblaient fixer les chiffons en ricanant férocement.

McCully sursauta soudain, pas à cause du King, mais des voix qui lui flottaient dans la tête. *Tu manques d'estomac, Basil ? Regarde ce qui en reste à l'intérieur, bien que je ne sache pas trop ce que tu pourrais en faire...*

« Je... » McCully essaya de parler, mais sa langue était devenue ingérable. « Je... oh mon Dieu... »

Elle hocha la tête gentiment. « Ça va. Ça va. Prends ton temps, William. Il n'y a plus d'urgence maintenant. Tout va bien se passer. » Elle se rapprocha et posa ses mains sur son torse douloureux. « Là... doucement... là... doucement... doucement. Tu te sens un peu mieux, maintenant, non ? »

En dépit de la douleur atroce dans son cou et sa tête, il hocha la tête. « Oui...

– Pauvre homme. Garder tout ce poison enfermé en toi comme dans une bouteille, et le laisser fermenter pendant toutes ces années. Ça n'a pas dû être facile. Tu as dû sacrément souffrir. Tu as dû avoir envie toute ta vie de te sentir propre, mais tu ne l'as jamais fait. Je comprends ton supplice, la façon dont tu l'as rationalisé. »

Il hocha la tête à nouveau. Ses mots pleins de compassion lui faisaient venir les larmes aux yeux.

« J'ai mal... S'il vous plaît...

– Tu seras débarrassé de la douleur dans une minute. Promis. D'abord, j'ai besoin que tu répondes à une dernière question, d'accord ?

– Oui... oui... Tout ce que vous voudrez.

– Je connais le nom de tous ceux qui figurent sur ces photos. Ce que je veux que tu me confirmes, c'est celui de la personne qui n'y est pas.

– Je... Qu'est-ce que vous voulez dire ? »

Elle saisit le King sur le sol et lui traça le Z de Zorro sur la figure. Sa peau se mit à grésiller.

« Aaaaaaaaaaaaaahhhhhhhhhhhh !

– Chuuuuut. On ne va quand même pas déranger les voisins, si ?

– Ahhhhh ! J'ai mal. Mon Dieu, j'ai mal… S'il vous plaît, éloignez ça de moi. Je vous en supplie. S'il vous plaît…

– Pourquoi ne veux-tu pas m'écouter ? Toute cette atroce souffrance aurait pu être évitée. Si tu es encore méchant, William, je te défigure pour la vie. Tu dois respecter mes questions.

– S'il vous plaît… Je… je veux vous aider. C'est juste que je ne comprends pas ce que vous me demandez.

– Hum. » Elle l'étudia un instant. « Okay. Je crois que tu veux vraiment aider à corriger cette terrible erreur. Donc, essayons une dernière fois. Quel est le nom de la personne qui ne figure pas sur la photo ? Pas celui des macaques, mais celui du grand singe, celui dont vous dépendiez tous. »

Tout ce que William désirait, c'était fermer les yeux. Il était si fatigué. Il fit une dernière tentative :

« Il me tuera si je vous le dis. »

Elle le contempla avant de regarder au loin, vers la mer. Quelques secondes plus tard, ses yeux revinrent vers lui. « Tu as ma parole. Je ne lui permettrai pas de toucher un seul cheveu de ta précieuse tête. C'est promis. Maintenant, chuchote-moi le nom à l'oreille. Personne d'autre n'entendra, promis ! »

Avec un gros soupir, il lui murmura le nom à l'oreille. Elle écouta intensément. Ferma les yeux. Reprit son souffle. Ouvrit les yeux. Elle avait changé. « En dépit de tout ce que tu as fait, il y a un peu de bon en toi. Ne permets à personne de dire le contraire, William. »

Il hocha la tête en signe de remerciement. « Merci… » Un air de soulagement se répandit sur son visage. Si toutes les confessions se terminaient aussi bien…

Sans un bruit, elle glissa ses mains dans son sac et en

sortit un objet. Un pistolet. Petit, mais il semblait massif dans ses mains menues.

« Oh putain, non… » Il essaya de fermer les yeux.

« Ouvre les yeux, William. Ne sois pas trouillard. C'est le terminus. Tout le monde descend. »

Il rouvrit les yeux à contrecœur. Il avait envie de vomir.

De la main gauche, elle fixa un réducteur de son qui rallongea le pistolet. Le petit flingue était maintenant tout à fait impressionnant.

Le visage de William perdait rapidement ses couleurs, se saignant lui-même à blanc pendant qu'il fixait l'arme et son horrible prolongement.

Elle pressa doucement le canon contre son torse. Métal froid contre peau moite. « Il est temps de payer la note, William.

– S'il vous plaît… Je… »

Son attention fut détournée une seconde et se focalisa sur autre chose. « Tu crois en ça ? » demanda-t-elle en attrapant du bout du canon la médaille d'argent qui pendait au cou de McCully.

« C'est mon… saint Christophe. Un cadeau de ma mère, Dieu ait son âme.

– Crois-tu en ça, je te demande. »

Il avait les lèvres comme du papier de verre et il essaya de les lécher. Pas de salive.

« Oui, murmura-t-il d'une voix rauque. Je crois… »

Elle lui arracha violemment la médaille du cou et regarda les morceaux de la chaîne s'éparpiller sur le sol.

« Pile ou face ? fit-elle.

– Quoi ?

– Pile ou face. Tu choisis, dit-elle en plaçant la médaille sur son pouce.

– Je ne comprends pas ce que vous voulez dire…

– Pour un type supposé intelligent, tu m'as l'air d'être facilement dans le potage, William, dit-elle en secouant la tête. Si tu ne comprends pas maintenant, tu ne comprendras jamais. Ta chance de comprendre est tombée en poussière. Je vais choisir pour toi. Si ton saint tombe sur face, tu vis. Simple, rien de bien compliqué.

– S'il vous plaît…

– Plus de s'il vous plaît. »

Elle expédia la médaille dans les airs.

Il la regarda tourner dans un flou argenté. Il retint son souffle quand elle tomba sans bruit sur la moquette, à quelques centimètres de ses pieds. Sa position l'empêchait de voir de quel côté elle était tombée. Son cœur résonnait dans sa tête. Une odeur de banane pourrie et d'oignons piquants flottait dans la pièce ; l'odeur tangible de la peur.

Sans se presser, elle examina le résultat.

« Il t'a tourné le dos, William. »

Ses mots résonnèrent comme un coup sourd dans tout son corps. Le souffle commençait à lui manquer.

« Je vous en prie. Je vous supplie de m'épargner. Vous n'êtes pas obligée de faire ça.

– Si. C'est écrit. C'est le bon moment et c'est toi qui l'as choisi. Je ne suis que l'instrument de ton choix et je le mène à sa conclusion heureuse, pour nous tous. »

Il frissonnait, pas à cause du froid, mais parce que son corps avait fini par reconnaître instinctivement ce qu'il n'avait pu qu'imaginer sans vraiment le comprendre, quelques minutes plus tôt.

« S'il vous plaît…

– Un mot répété trop souvent perd de sa saveur, William. Il devient vide. »

Se sentant vaincu, son arrogance et sa vieille rage reprirent rapidement le dessus. « Va te faire foutre ! Va pourrir en enfer !

– Une imprécation qui te va comme un gant, William. »

Dehors, on entendait un tohu-bohu de bruits divers : l'avertisseur d'un taxi en maraude ; le tonnerre lointain d'un train se dirigeant vers Belfast Central qui faisait vibrer le plancher moquetté de l'appartement ; une mouette déroutée qui criaillait pour trouver son chemin.

« Allez-y, alors. Vous n'avez jamais eu l'intention de me libérer, n'est-ce pas ? Répondez-moi, sale pute menteuse ! »

Elle ne répondit pas et, en se taisant, elle disait tout. Elle tira là où le prêtre avait laissé la tache sale de son pouce, douze heures plus tôt.

20

Mardi 27 février (matin)

> Nulle oraison funèbre aucun discours soudain
> Ne vint de ce grand mort illustrer la poussière
> Mais en le regardant une courte prière
> Tout en pensant au triste lendemain.
>
> Charles Wolfe, *L'Enterrement de Sir John Moore après La Corogne*

Karl savait d'expérience que toutes les cérémonies funéraires sont plutôt longues et sinistres, mais celle-ci était minimaliste et froide à l'extrême : un curé indifférent lisant une brève oraison funèbre ; six spectateurs se poussant du coude pendant que deux journalistes prenaient des photos pour l'édition du soir. Karl se doutait bien qu'aucun des spectateurs n'était membre de la famille de Chris. Plus probablement quelques vampires morbides qui s'accrochaient à la mort de quelqu'un de tristement célèbre. *Si un homme était jugé au nombre de ceux qui viennent pleurer à ses funérailles…*

Cette soudaine illumination, ce pardon qui pouvait se révéler être une vraie saloperie quand on finissait par faire les comptes, ne faisait qu'accroître l'humeur dépressive de Karl.

« Quelle terrible vie que la tienne, pauvre salopard. »

Même le temps qu'il avait fallu – plus d'une semaine – pour que les obsèques soient finalement autorisées par les autorités avait semblé à Karl plein de mesquinerie mêlée d'une touche de vengeance. *On n'a pas eu les couilles de te donner des coups de pied quand tu étais vivant, Chris Brown, mais on est vraiment sûr de pouvoir le faire maintenant...*

Posté un peu à l'écart, Marty Harrington, propriétaire d'une chaîne de funérariums – Heavenly Harrington's – qui quadrillait toute la ville, regardait sa bande de fossoyeurs déposer le cercueil de Chris dans le trou qu'ils avaient ouvert. Il avait l'air assez content de leur performance. Quelques minutes plus tard, il fit signe de remettre la terre au fond de la fosse.

Remarquant les piètres tentatives de Karl pour passer inaperçu, il se dirigea vers lui en traversant l'herbe grasse, avec un peu trop d'impatience au goût de Karl.

« Tu viens à la partie demain soir, Karl ? demanda son adversaire aux cartes.

– Avec un peu de chance. Je verrai ce qui se passe avant de m'engager.

– Je ne savais pas que toi et Chris Brown étiez copains. Je ne savais même pas qu'il en avait un seul, continua Harrington. Un jour il était le roi du château, le jour d'après une épave dans les douves. Il a tué plus de gens qu'il n'y en avait à son enterrement, et encore, deux d'entre eux faisaient partie de mon personnel. Au moins, ça m'aura fait un peu de pub. Qu'est-ce t'en penses ? »

Était-ce à cause de son humeur, peut-être, ou juste à cause de la dépression soudaine produite par l'enterrement de Chris, toujours est-il que Karl s'éloigna dans un silence furieux, ignorant délibérément Harrington et son sourire. Il se sentait coupable, comme si sa propre apathie avait joué un rôle dans la mort de Chris, et soudain il se rendait compte qu'aujourd'hui la vie était en train de jeter un très sérieux coup d'œil à Karl Kane, de juger sa valeur...

***

Moins d'une heure plus tard et à deux rues de l'adresse visée, Karl sortit de sa voiture et remonta le col de son pardessus afin d'empêcher le nœud coulant d'un vent glacé d'enserrer son cou. Des tas de feuilles mortes couvraient les rues comme des croûtes mal guéries. Le bruit de ses chaussures, en les écrasant, lui rappelait son enfance, quand il jouait avec son père dans le parc.

Il gomma rapidement ces pensées de son esprit, et poussa une porte déglinguée qui menait au petit jardin de la maison adjacente à celle de Chris.

Il sonna une fois, puis une autre, mais n'obtint pas de réponse. Il frappa à la porte principale. Pas de réponse, bien qu'il pût déceler un mouvement à l'intérieur. Il lorgna à travers la boîte aux lettres et fut rapidement récompensé par un hurlement. « Foutez le camp de cette putain de porte avant que je vous lâche les chiens au cul, espèce d'enfoiré de voyeur !

– Je veux juste vous poser une ou deux questions sur votre voisin, répondit Karl.

– D'accord ! Ça le fait. Venez pas dire qu'on ne vous a pas averti ! »

Karl battit rapidement en retraite, s'attaqua à la maison voisine et gratta à la porte.

À son grand soulagement, la porte s'ouvrit.

« Oui ? » demanda un homme en chemise et jean crasseux, un journal fiché sous le bras comme le bâton d'un sergent-major. L'odeur de chou bouilli planait partout. Ça puait comme de la merde de bébé.

« Je me demandais si vous pourriez m'aider.

– Ça dépend, n'est-ce pas ? Seriez-vous perdu ? demanda l'homme, ses épais sourcils en accent circonflexe.

– Non, je ne suis pas perdu. En fait, c'est à propos de votre voisin, Chris Brown.

– Chris Brown ? » Le visage de l'homme se crispa en un nœud charnu. « Il se faisait appeler Jim Cusack, cet enfoiré.

Personne dans le coin ne savait que c'était un putain de mouchard de la police. On était infestés par un rat et on ne le savait pas. C'est un de vos potes ?

– Euh… non. Pas exactement. » Dans sa tête, Karl entendit un coq chanter trois fois. « Je me demandais si vous aviez entendu quelque chose d'inhabituel la nuit du meurtre. »

Un vigoureux « Allez vous faire foutre ! » accueillit cette question, et Karl se retira juste à temps pour éviter que la porte ne lui écrase le nez.

Il essaya plusieurs autres maisons avec des résultats semblables, tous exprimant leur colère à l'idée qu'un lépreux social sans sa clochette ait eu l'audace de se cacher dans leur quartier.

« Il a eu ce qu'il méritait, marmonna la vieille dame à l'air angélique du numéro dix-huit, dont les cheveux fraîchement permanentés ressemblaient à une barbe à papa en folie. Et tous ses amis devraient avoir la même chose », suggéra-t-elle en souriant comme un couteau bien affûté. Seules ses fausses dents paraissaient vraies.

Elle regarda Karl partir, et il sentait son regard sur son dos comme il se dirigeait vers la maison de Chris.

Des morceaux de ruban de la police, SCÈNE DE CRIME – NE PAS FRANCHIR, étaient restés collés sur la porte d'entrée. Karl les arracha en passant.

Il fit jouer dans la serrure la clef dérobée en priant pour qu'elle soit la bonne.

Elle l'était.

Une fois à l'intérieur, il repoussa rapidement le battant et s'y appuya en soufflant. Il tremblait. *Casser et entrer. Dans quoi t'es-tu fourré ? Wilson adorerait te trouver ici ! Qu'est-ce qui se passerait s'il savait ce que tu te prépares à faire et qu'il soit dehors à t'épier ? Merde. Explique-moi ce que tu fous là, Karl, mon pote…*

L'appartement était cliniquement vide. Pas de plantes.

Pas de peintures. Pas d'obstacles. Rien de physiquement tangible à associer à une présence humaine ; une prison virtuelle à l'intérieur d'une prison. Les rares meubles mal assortis qui restaient semblaient là par hasard.

Des taches sur le lino immaculé attirèrent son attention. Il se pencha, les examina. Rondes, elles avaient la forme et la taille de lentilles optiques. Du sang ? De la rouille ?

Il sortit un couteau d'un tiroir de la cuisine et s'en servit pour découper une toute petite lamelle de lino, avant de la glisser dans un morceau d'essuie-tout.

Plus loin, sur le sol de l'entrée, des restes de merde étaient incrustés dans des traces de chaussures. Karl les suivit à l'envers, jusqu'à la cour. Le petit enclos était rempli de crottes de chien que recouvraient les dernières mouches de février. Du sang édulcoré d'eau traçait une ligne paresseuse jusqu'à un caniveau. On l'aurait dit dessinée par le crayon d'un enfant.

Dans un coin de la cour, de profonds sillons s'imprimaient parfaitement dans une merde de chien écrasée. Karl se pencha et les étudia. Des traces de chaussures.

« Tu as marché dans la merde et le sang de Paisley, qui que tu sois, et tu as rapporté le tout dans la maison. » La merde de chien et toutes ses réponses ne lui laissaient que des questions dans la tête.

Conscient du temps passé, il retourna rapidement vers la maison, se tint à nouveau dans l'entrée en se demandant s'il avait loupé quelque chose. Il jeta un coup d'œil vers l'évier de la cuisine ouverte. Il avait la gorge comme du papier de verre. *J'ai soif.*

Il décida finalement de ne pas boire dans la maison. Il ne le sentait pas. C'était comme voler le mort.

Sans perdre de temps, il se dirigea en vitesse vers la pièce qu'il redoutait le plus. La chambre à coucher. Une porte beaucoup plus substantielle l'y attendait.

Elle était entrouverte, et lui foutait les jetons. Il la poussa de la pointe du pied. La pièce apparut soudain tout entière comme une photo sans profondeur et sans ombres.

Même depuis l'angle peu favorable, il pouvait voir d'épaisses taches de sang maculant le centre du lit. Les coulées de sang avaient tracé leur chemin et s'étaient coagulées dans un affreux gâchis, avant de former une barrière contre le mur opposé. Sa couleur anormale ajoutait au surréalisme croissant du moment. Cela rendait Karl étrangement mélancolique.

Il s'accroupit, scruta le dessous du lit et le regretta aussitôt quand un cafard de la taille d'une prune lui déboula sur la figure, ses pattes rouges encore gluantes.

« Saloperie de bestiole ! Dégueulasse saloperie puante… » Il avait horreur de l'admettre, mais l'apparition soudaine de l'insecte l'avait troublé encore davantage. On voyait encore des particules de chair et d'os sur la moquette. L'une d'elles ressemblait à un morceau d'oreille. Ça lui donna envie de gerber. Il se demandait pourquoi il y avait deux différentes sortes de traces de sang. Une sous le lit ; l'autre plus près de la porte. *Qu'est-ce que c'est que ce putain de bordel ?* Le sang sous le lit était d'un noir épais, sombre. Mort. L'autre avait un aspect brillant, un peu huileux. Vivant.

Un survivant ?

Il se releva et se mit à scanner la pièce dans l'espoir de trouver ce qu'il était venu chercher en premier. Le placard ne révéla rien de précieux ; idem pour la garde-robe avec ses deux boîtes en carton et une autre en métal. Un miroir mural dans l'autre coin de la pièce lui renvoya son reflet. Son visage – livide, exsangue – le regardait d'un air mécontent. Quelque chose lui trottait dans la tête. Quelque chose d'étrangement perturbant. Il lui fallait sortir de ce cauchemar, vite. Non, pas vite : tout de suite.

À deux doigts d'abandonner, Karl fit demi-tour et, par pur hasard, remarqua le truc blanc enfoncé comme un pan de chemise dans le dossier du fauteuil roulant. Il posa la main sur le fauteuil, délicatement, en imaginant sentir la chaleur du corps de Chris. D'un geste vif, il dégagea une liasse de papiers cachée dans le compartiment dissimulé à l'arrière du fauteuil.

Dans un placard, il trouva un sac de supermarché Tesco vide et fourra les papiers dedans.

Il sortit de la chambre, ferma la porte avec soin en se rendant soudain compte qu'en dépit de ses pensées moralisatrices il était en train de voler le mort.

Alors qu'il s'apprêtait à se diriger vers la porte d'entrée, il trouva soudain le hall tout assombri. Quelqu'un serait-il en train de l'observer à travers les vitres dépolies ?

Merde !

Ce quelqu'un appuyait vraiment sur la poignée. La porte vibra faiblement. Le bruit rouillé de la boîte aux lettres qu'on ouvrait lui arriva directement dans les tripes. Il pouvait voir des doigts passer à travers la boîte. Un visage le fixer.

Oh putain...

Les veines bourrées d'adrénaline, Karl fonça vers la porte de derrière, tout en sachant que, selon toute probabilité, quelqu'un attendait qu'il se précipite dans ses bras. Il entendit le bois et le verre de la porte d'entrée éclater. On criait un nom. Le sien ?

Oh putain !

Si on avait dit à Karl qu'il était capable d'escalader un mur de trois mètres en quelques secondes, il se serait pissé dessus de rire. En sautant dans sa voiture, il ne riait pas. Et pour ce qui était de pisser, c'était exclu.

21

Dimanche 25 février

> Il y a dans la passion pour la chasse quelque chose de profondément implanté dans l'âme humaine.
>
> Charles Dickens, *Oliver Twist*

Le père de Sean Harrison lui avait enseigné l'art de la chasse ; la pression douce du doigt sur le métal ; son pouvoir et sa force. Ce qu'il ne lui avait pas appris, c'était le coup de pied de mule du recul qui l'avait expédié à un mètre, sur le cul, l'épaule aussi douloureuse que si elle avait été arrachée de son corps. « Ça, seule l'expérience peut te l'enseigner », avait rigolé son père en l'aidant à se relever du sol boueux.

Seule l'expérience...

Aujourd'hui, des années plus tard, par un dimanche matin lugubre, Sean regardait son propre fils, Robert, se préparer pour le baptême du feu, et voyait l'excitation se mêler à l'angoisse sur le visage du jeune garçon âgé de neuf ans.

Le père et le fils étaient tous deux équipés d'une sérieuse tenue de camouflage, comme s'ils se préparaient à entrer dans une zone salement dévastée par la guerre au lieu d'une réserve de chasse bien balisée. Imprimé sur la veste de Sean, on pouvait lire : THE BUCK STOPS HERE[1] !

1. « Les cerfs ne passeront pas ! »

« Est-ce que ça fait mal, papa ? » murmura Robert d'une petite voix aiguë. Le fusil qu'il tenait fermement contre sa poitrine lui donnait l'air d'un nain.

Sean considéra les paroles de son fils pendant un instant. « Pas à toi. Au cochon, peut-être, mais seulement si on ne l'abat pas du premier coup. Nous devons l'abattre du premier coup. Sinon, c'est nous qui aurons des problèmes. Compris ? »

Robert hocha la tête consciencieusement. Il déglutit avec difficulté, sa petite pomme d'Adam ressortait comme un œuf de rouge-gorge.

À la droite de Sean, le cours d'eau s'écoulait en un grand ruban noir de silence, lisse comme de l'huile. Seul un petit clapot troublait cette perfection. Les arbres projetaient leurs ombres noires sur ses berges. Plus haut, le fleuve séparait la zone de chasse en deux, tout en enserrant une bande de terre où des carcasses d'appareils ménagers étaient infestées par la puanteur du fumier arrivant du zoo voisin. On disait que de drôles de choses se passaient la nuit, le long du fleuve. Des bruits bizarres. Des odeurs étranges. Des bandes de chiens sauvages devenant enragés...

À l'origine, le fleuve n'avait pas de nom. C'était devenu une décharge pour articles ménagers et animaux morts. Et puis un poète local la baptisa *Apothetae*. Ce ne fut que plus tard dans sa vie que Sean comprit la signification de ce nom.

Sean et Robert commencèrent à s'enfoncer dans la forêt sans faire le moindre bruit. Le soleil radieux de l'après-midi perdait de son éclat à mesure qu'ils avançaient. Une brise bien établie dispersait les odeurs de poisson mort, et l'herbe boueuse descendait en épais tapis de gadoue le long des berges.

Tout à coup, Sean entendit quelque chose bruire dans l'épaisseur des bosquets et des feuilles mortes. Derrière eux, un bruit sourd et régulier leur parvenait du sous-bois. Le bruit monta, s'évanouit, monta à nouveau, comme quelqu'un soufflant dans une bouteille vide. Sean sentit ses cheveux se dresser sur sa nuque.

« C'est rien. Je crois que ce n'est qu'un chien », dit-il d'un ton rassurant. Il ne reçut aucune réponse de Robert, dont le visage livide était figé comme un masque.

Quelques secondes plus tard, Robert chuchota : « P'pa… c'est en train de nous surveiller…

– Quoi… ? » Dans un sursaut, le regard de Sean perçut quelque chose loin dans le ventre de la forêt. Un mouvement quasi indiscernable – repérable uniquement à sa texture – l'aida à accommoder sa vision. Les yeux d'un sanglier, féroces et noirs comme du charbon. Perçants. Inquisiteurs.

Depuis combien de temps nous regardes-tu ?

« Il se fiche de nous, p'pa.

– Ne sois pas bête, Robert. Tous les sangliers ressemblent à ça. » *Tu te fous de nous.* Le sourire suffisant du sanglier lui donnait l'impression d'être un intrus.

Les défenses de la bête étaient tordues en une sorte de courbe diabolique. Elle restait immobile. À l'affût. Pour quelque inexplicable raison, son calme délibéré effrayait Sean.

Un poisson sauta hors de l'eau, brisant le silence inquiétant.

« Doucement, Robert… Doucement… » Sean sentait son cuir chevelu se hérisser, tous les poils de son corps grésillaient d'électricité statique. La tension de sa nuque se propageait dans sa colonne vertébrale, durcissant ses muscles comme de l'argile sèche.

« Que… que veux-tu que je fasse, p'pa ? » demanda Robert d'une voix incertaine.

Sean lécha ses lèvres sèches. « Relève lentement ton fusil. C'est bien. Doucement et calmement. Pas besoin de se presser… »

Les yeux noirs du sanglier étaient injectés de sang. La couleur flanquait les foies à Sean.

Il y a quelque chose qui ne va pas chez ce sanglier, sa taille, son comportement, son espèce de mépris arrogant. On dirait qu'il joue avec nous. Et puis, aussi vite qu'elle était apparue, la sinistre créature disparut.

« Il est parti, p'pa, dit Robert d'une petite voix soulagée. Il est parti.

– Oui, fit Sean avec un sourire feint. Mais restons vigilants. On va traverser la rivière et suivre le courant pendant un moment. Ensuite on pourra… » Soudain un bruit lui coupa la parole. Le bruit du silence. Pas même un oiseau. Il se rendit soudain compte avec terreur que la bête s'était arrêtée quelque part dans la forêt et épiait leurs mouvements.

Est-ce que t'es en train de nous sentir, de nous renifler ? Enfoiré… T'es où, putain… ?

Sans prévenir, le sanglier fit une embardée, propulsé à une allure incroyable par la puissance de ses muscles.

Pris par surprise, Sean tâtonna comme un amateur à la recherche de son fusil et s'aperçut que la sécurité était enclenchée.

Merde !

Le cochon l'avait repéré. Tuer le plus dangereux en premier ; détruire ensuite ce qui reste.

Maladroitement, Sean réussit enfin à ôter la sécurité, et visa depuis la hanche. Son doigt n'atteignit jamais la détente. L'impact de la bête fut comme celui d'un train de marchandises.

« Noooooooooooooooooooooon ! »

***

« P'pa, p'pa ! » sanglotait Robert en secouant le corps inerte de son père.

Étourdi, Sean essayait de chasser le brouillard épais qui avait envahi sa tête. Son visage, autrefois rubicond, avait la couleur d'un drap de lit. « Robert… ? Est-ce que tu vas bien ? Depuis combien de temps je suis dans les pommes ?

– Je… je l'ai eu, p'pa ! Je l'ai eu…

– Quoi ? Bon Dieu… » Étendu aux pieds de Robert, le sanglier le fixait, les yeux noirs éteints et la gueule débarrassée de son rictus. « Tu… tu l'as fait… Tu l'as fait, Robert ! Mon Dieu… tu l'as fait… »

Sean se releva lentement. Son corps était endolori comme après un énorme coup de pied. Il embrassa Robert. « Je suis désolé, fils. Je n'aurais jamais dû t'emmener ici.

– Je l'ai tué, p'pa ! Mon premier cochon. Je l'ai tué.

– Et quel cochon ! » Il essuya rapidement la morve et le sang qui coulaient de son nez avant d'essuyer les larmes sur le visage de Robert. « Maintenant, j'ai besoin que tu ailles ramasser du bois. Je vais éventrer la bête sur place. Inutile d'emmener toute cette merde et cette pisse avec nous.

– Mais… tu ne veux pas que je le fasse ? Hier, tu m'avais dit que ce serait à moi de le faire. »

Sean sourit. « Je vais faire celui-là pour toi. Tu l'as gagné. Haut la main. Vas-y maintenant, mais sois prudent. Fais bien attention à tous les bruits. »

Robert cessa de retenir son souffle. Visiblement soulagé, il courut chercher du bois.

Au plus profond de lui-même, Sean savait qu'il n'aurait pas dû en faire une histoire personnelle, mais il ne pouvait s'en empêcher. La bêtc rcspirait tranquillement. Un air de défi luisait à nouveau dans son regard.

« Normalement, je devrais abréger tes souffrances en te tranchant la gorge, monsieur Sanglier. » Il sortit un couteau de chasse, se vit dans le reflet et n'aima pas ce qu'il voyait. « Mais je veux que tu souffres. » Il posa le couteau sous la gorge du sanglier et, délibérément, l'enfonça lentement dans la chair.

Un couple de colombes jaillit d'un arbre et le fit sursauter, augmentant encore sa colère.

« Hurle, tu veux bien ? Hurle et je le ferai vite. »

La créature se contentait de le regarder sans émettre un son.

« Gueule donc, espèce de salopard, comme tu m'as fait crier en face de mon fils. Gueule ! » Dans sa frénésie, il ne put éviter les éclaboussures de sang de l'animal. « Hurle, putain de toi… Hurle… »

Les secondes et les minutes s'écoulèrent. Sa fureur s'apaisa. Épuisé, Sean regardait le contenu éparpillé des tripes de la bête comme si elles sortaient d'un putain de « bandit manchot » à Vegas. Il se souvint de la fois où il avait trouvé un nid de guêpes dans l'estomac d'un sanglier – quelques guêpes luttant encore pour survivre dans ce bordel sanglant.

Il s'agenouilla pour examiner de plus près les objets relâchés par les boyaux de l'animal, se servant de son couteau pour les séparer des intestins gluants. La carcasse d'un oiseau figurait dans la soupe *du jour*[1]. Le reste du menu était constitué principalement de légumes et de plantes spongieuses : racines, baies et tomates. Un navet sauvage, férocement mâché, pour ajouter du goût.

« Tu n'as rien à envier aux soi-disant cuisiniers célèbres de la télé, monsieur Sanglier », sourit-il, soulagé de sentir que ses nerfs avaient retrouvé leur place. Et, aussi soudainement que le sourire était apparu, il s'évanouit.

Le sanglier venait de se remettre à sourire avec suffisance, le défiant encore une fois, une espèce de rire dans les yeux, des yeux qui contrastaient vivement avec les trous sanglants visibles dans le navet sauvage.

1. En français dans le texte.

22

Mardi 27 février (après-midi)

Si vous avez un beau cadavre frais, allez le cherchez !

Mark Twain, *Le Voyage des innocents*

Deux jours plus tard, Karl entra dans le bureau de Tom Hicks. Le légiste semblait perdu dans son monde de mort, penché au-dessus d'une table métallique. Des morceaux de viande stationnaient dessus comme dans la vitrine d'un boucher.

La puanteur du lieu était intimidante. Même les textures qui, normalement, ne retiennent pas les odeurs étaient totalement écœurantes. L'imagination de Karl commençait à construire des trucs qu'il aurait mieux fait d'éviter.

À contrecœur, il se courba en avant pour cacher son abattement.

« Je déteste parler mal des morts, mais c'est vraiment un cadavre affreux, Tom. »

Sans même lever les yeux sur Karl, Hicks dit : « Un cochon. Un sanglier sauvage pour être précis.

– Je ne savais pas que tu faisais dans les animaux.

– D'habitude, non. Celui-ci a été abattu il y a deux jours par deux chasseurs. Un père et son fils. Quand le père s'est mis à l'éventrer, il en a eu plus que ce à quoi il s'attendait. »

D'un signe de tête, il désigna la sphère incomplète couverte de sang posée sur l'autre table.

Karl recula prudemment de la zone de combat. « C'est quand même pas ce que je pense ? demanda-t-il.

– Une tête mâchée et salement abîmée ?

– Oui...

– Faux. C'est une demi-tête mâchée et salement abîmée ! corrigea Tom. Avec deux mains et un pied gauche.

– Que s'est-il passé ? Les cochons se sont mis à envahir les cimetières pour bouffer les morts ? »

Tom fit non de la tête. « J'en doute. Aucun cimetière dans un rayon de six kilomètres autour de la réserve de chasse. C'est trop tôt pour le dire, mais je pense que je vais trouver que ces types ont tous rencontré une mort plutôt violente.

– Ces types ? fit Karl en fronçant les sourcils.

– Les mains. Elles sont dépareillées. Les deux ont été amputées chirurgicalement. »

L'estomac de Karl se transforma d'un coup en boisseau de puces.

« J'espère qu'on ne va pas se trouver devant un putain de cinglé jouant à Burke et Hare[1] dans le coin, Tom.

– Rien ne me surprend plus. Les gens ont arrêté d'être des humains.

– Ce sont des mains d'homme ? C'est sûr ?

– À en juger par leur taille, les poils sur les doigts, et cetera, j'en suis certain à quatre-vingt-dix-neuf pour cent. J'aurai le dernier un pour cent dans deux heures.

– C'est ce que j'aime chez toi. Ton humilité et ton manque de confiance en toi. Qu'est-ce que c'est que ce bout de métal à moitié rongé ? demanda Karl en désignant la table d'à côté.

1. Allusion à deux pourvoyeurs de cadavres pour l'université d'Édimbourg, au dix-neuvième siècle.

– Je travaille dessus. J'ai pas eu le temps d'y penser beaucoup. Mon assistant ne s'est pas pointé ce matin. Malade, qu'il prétend. Les morts s'alignent ici, en attendant d'être traités, et il se plaint d'avoir le nez qui coule. Dehors à faire la fête, sans doute. J'aurai un mot à lui dire quand il reviendra.

– Lâche les rênes quelques minutes. Tu as l'air crevé. Tu veux un café ?

– La machine ne marche pas. Manque un fusible, ou je ne sais quoi. Cet assistant est inutile, et encore, quand il veut bien être là.

– Je vais faire un saut à la cafétéria. J'en ai pour une minute. Qu'est-ce que tu veux manger avec ?

– Heu ! Je n'apporte jamais de nourriture ici, et si tu veux mon avis, tu ferais bien d'en faire autant, soupira Tom. On a aussi trouvé un cheveu blond et un poil pubien…

– C'est absolument dégoûtant, grimaça Karl. J'ai toujours dit que la façon dont elles cuisinent, là-haut, laissait franchement à désirer. Pourquoi ne portent-elles pas des filets sur les cheveux et sur le pubis ?

– Arrête de plaisanter là-dessus, dit Tom, manifestement choqué. Les deux sortes de poils ont été trouvées sur la scène du crime de Kerr.

– Je savais bien, vu mon humeur matinale, que ça allait être une journée très productive. J'espérais que…

– Malheureusement…

– Je déteste quand tu dis ça.

– … malheureusement, le poil pubien n'a ni follicule ni racine. Je doute fort qu'il contienne assez d'ADN pour qu'on puisse faire une quelconque comparaison.

– Je le savais. Juste au moment où tu t'apprêtes à faire un break…

– Toutefois…

– Toutefois… ?

– Paraphénylènediamine et tétrahydro-6-nitroquinoxaline.

– Vraiment ? Tu en es certain ? fit Karl, l'air étonné.

– Arrête d'être irrévérencieux.

– Moi ? C'est toi qui bredouilles un galimatias incompréhensible, genre Mary Poppins sous LSD. C'est quoi tout ça, en termes de profane ?

– Paraphénylènediamine et tétrahydro-6-nitroquinoxaline sont deux des nombreux ingrédients des colorants pour cheveux et perruques. Une analyse chimique montre que ce cheveu blond faisait partie d'une perruque.

– Chouette, sourit Karl.

– "Chouette" n'est pas le mot que j'emploierais en parlant d'un meurtre.

– Non, bien sûr que non. Je veux dire que ça me donne un angle. Ce n'était pas par hasard. C'était prémédité. Elle le connaissait probablement, elle savait quelque chose sur lui. Wilson croit qu'ils se sont rencontrés par hasard, et le barman aussi.

– Wilson ? C'est un maître de l'ineptie. Qu'est-ce qu'ils y connaissent, lui ou quiconque de son équipe, en la matière ?

– Un pacemaker, ou ce qu'il en reste.

– Quoi ? demanda Tom d'un air légèrement étonné. Qu'est-ce que tu as dit ?

– J'ai juste trouvé ce qu'était ce bout de ferraille, dit Karl. C'était un pacemaker. »

À l'aide d'une fine baguette, Tom repêcha la pièce. L'examina. Hocha la tête. « Tu pourrais bien avoir raison. Ça ressemble à un reste de pacemaker, maintenant que tu le dis. Une de nos victimes devait avoir de sérieux problèmes cardiovasculaires.

– À condition qu'il appartienne au même propriétaire qu'une des deux mains. Sinon, tu aurais affaire à trois individus, pas à deux. »

En faisant un bruit avec son nez, Tom admit que la théorie de Karl était possible. « Possible. Mais hautement improbable.

– Ils ont un code individuel, non ? Le nom du fabricant ? Quelque chose qui peut conduire à leur propriétaire ? Je l'ai lu dans un journal médical, il y a quelques semaines.

– Arrête de te vanter. Tu ne m'as toujours pas dit les raisons de ta visite.

– Tu es un enfoiré encore plus parano que moi, Tom. Tu sais quoi ? J'étais venu regarder mon génie de meilleur copain au travail.

– Arrête tes conneries. Qu'est-ce que tu veux ? »

Karl sortit un morceau d'essuie-tout de sa poche et le tendit à Tom.

« Il y a deux échantillons de sang là-dedans. L'un d'eux – le plus épais – est plus que probablement celui de Chris Brown, si mon intuition est bonne. C'est le plus petit des deux qui m'intéresse. Ça peut être aussi celui de Chris, ou bien de quelqu'un d'autre.

– S'il te plaît, ne me dis pas que tu es allé sur la scène de crime chez Chris Brown ?

– D'accord, je ne dirai pas que je suis allé sur la scène du crime chez Chris Brown. Voilà. Tu te sens mieux ? Maintenant, peux-tu faire ça pour moi ou non ? Si tu ne peux pas, ne t'inquiète pas, parce que, si j'étais dans tes godasses, je ne le ferais probablement pas non plus.

– Tu connais le tarif pour entrer sur une scène de crime et prélever des preuves ?

– Des preuves ? Ces enfoirés les ignorent, Tom. Tu veux voir l'endroit ? C'est un désastre. Ça ne te rend pas un peu méfiant qu'ils aient fait venir ce branleur de Nolan à ta place ?

– Nolan ne fait que son boulot. Le chef Finnegan l'a mis sur cette affaire parce qu'il voulait des résultats rapides pour les médias. Quand Finnegan te dit de sauter, tu demandes à quelle hauteur.

– Que les médias et autres conneries du même genre

aillent se faire foutre ! Ils savaient que tu aurais fait un putain de boulot minutieux. Voilà pourquoi.

– Doucement. Calme-toi. T'es en train de virer au pourpre. On dirait que tu vas faire un infarctus. Putain, mais qu'est-ce qui t'est arrivé, dernièrement ?

– Ce qui m'est arrivé ? Essaie la culpabilité. Des pleins seaux de culpabilité.

– La mort de Brown n'a rien à voir avec toi, si c'est ce que tu te reproches. C'est le style de vie qu'il avait choisi. Pense à tous les gens qu'il a assassinés pendant des années. Je ne crois pas qu'il ait ressenti la moindre culpabilité à leur égard.

– Que veux-tu que je te dise ? Que tu as probablement raison, vu que tout le monde a l'air de me chanter le même cantique, mais il y a quelque chose que je dois me sortir de la tête, Tom. Tu peux m'aider ou non ?

– Tu es en train de t'enfoncer dans un trou dangereux, un trou dont tu ne pourras peut-être jamais sortir. Tu comprends ça ?

– Juste comme le trou où gît Chris Brown ?

– Okay. Fais comme tu veux. J'analyserai l'échantillon pour toi. Content ?

– Merci, mon vieux pote. Je parie que tu détestes m'avoir comme meilleur ami en ce moment.

– Casse-toi et va faire un check-up, le plus tôt possible. Je crois vraiment que tu es sur la mauvaise pente d'une catastrophe majeure de santé. Tu ne finiras peut-être pas comme Chris Brown, mais je ne peux pas exclure le fauteuil roulant… »

manence, Karl », dit Naomi depuis le lit avec un regard désapprobateur. À ses côtés étaient posées quelques pages du dernier manuscrit de Karl.

« Vraiment ? Alors, faut croire que je suis dans un intervalle. Sois un amour et épluche-moi un de ces sacrés trucs. C'est pire qu'un Piège à Doigts Chinois. Le temps que tu en décolles un, tu as tellement les nerfs à vif qu'il te faut d'urgence une putain de cigarette !

– Qu'est-ce que Tom voulait ? demanda-t-elle en sortant du lit avant de détacher adroitement l'envers collant du timbre récalcitrant. Tu vois comme c'est facile avec un peu de patience ?

– C'est parce que tes doigts n'ont pas de rides, et que tu n'as jamais fumé en vraie fille honnête que tu es.

– C'est ce que j'étais avant de te rencontrer. »

Après s'être collé le patch sous le bras, Karl consentit à répondre : « Un homme a été retrouvé mort, il y a une semaine. Et ils viennent juste de découvrir que c'était un maton qui avait détourné de l'argent des caisses de la prison.

– Pourquoi dit-on toujours "détourné" ? Pourquoi ne dit-on pas simplement "volé" ?

– Parce que, ma chère, on ne parle pas mal des morts. De plus, le pauvre type avait au moins une de ses mains tranchées. Je pense qu'il était assez puni, tu ne crois pas ?

– Ses mains... oh ! répondit-elle avec un léger frisson. Tu crois que quelqu'un de la prison est en train d'envoyer un message à l'extérieur ? C'est ce qui se passe quand on pique dans la caisse, non ?

– Tu commences à m'effrayer, Naomi. Tu lis dans mes pensées. Passons à quelque chose de beaucoup plus important. Comment écris-tu "confidentiellement" ? C'est "den" ou "dan" ?

– Tu es écrivain et tu ne sais pas écrire ? ! Tu devrais te servir du traitement de texte de l'ordinateur du bureau, au lieu de ce tas de ferraille. » Naomi retourna se coucher et s'installa contre une pile d'oreillers. Elle prit le manuscrit et se remit à lire.

« Je sais écrire, mais pas "confidentiellement". C'est ma dyslexie, ma vieille Némésis, qui revient me shooter dans les dents.

– Tu ne m'avais jamais dit que tu étais dyslexique.

– Bon, disons qu'il peut m'arriver d'être partial, voire négligent avec certains faits, concéda Karl, les doigts planant sans relâche sur le clavier de sa machine à écrire. Et, pour ta gouverne, ce n'est pas un tas de ferraille, mais une Royal Quiet Deluxe portable. »

Naomi le regarda comme s'il se payait sa tête. « *Quiet ?* Je ne vois pas ce qu'il y a de calme, là-dedans. Ça fait un bruit de pic-vert métallique.

– Sais-tu que des chefs-d'œuvre ont été écrits sur des machines similaires ?

– Benny Hill ?

– Hemingway. Le maître.

– J'ai entendu dire qu'il était aussi un maître en matière de sexe, sourit Naomi.

– Tu ne penses donc qu'à ça ?

– C'est que je ne peux pas m'en empêcher. Tu es si sexy dans ces boxer-shorts avec ton zizi qui pointe son nez derrière le rideau.

– Je sais. C'est un spectacle affriolant.

– Et si je te disais que j'aime un homme en boxer-short ? Ou peut-être, que j'aimerais un certain homme hors de son boxer-short.

– Et si je te disais que je suis du mauvais côté de la quarantaine, à un poil de la cinquantaine ?

– T'as un corps de trentenaire.

– J'aimerais bien.

– Moi aussi. »

Karl ne put s'empêcher de sourire. « Tu devrais avoir

honte de me distraire comme ça. Ce sourire sexy m'a donné la crampe de l'écrivain.

– J'espère que ce n'est pas la seule crampe qu'il t'a donnée, fit Naomi en tapotant le lit d'un geste engageant.

– Naomi Kirkpatrick ! Je n'en crois pas mes oreilles, sourit Karl.

– Je sais. C'est choquant. Alors, amène tout de suite tes fesses par ici si tu veux pas m'entendre jurer vraiment.

– Aie pitié. Mes vieux os sont crevés, Naomi. Pour de bon.

– Du moment qu'il y en a un qui fonctionne, ce sera parfait. Allez. Plus d'écriture cette nuit, ni de lecture d'épreuves. »

Docilement, Karl repoussa le bord de la table, s'étira et se dirigea vers le lit en imitant la démarche de John Wayne.

« Tu ne m'as toujours pas dit ce que tu pensais des deux premiers chapitres, dit Karl en s'installant dans le lit, accueilli par la chaleur et l'odeur de femme qui montaient vers lui.

– Ce n'est pas pour dire, Karl, mais je suis vraiment entrée dedans. Ce n'est pas le genre de truc que je lis normalement, mais je me suis vraiment régalée. Si aucun de ces éditeurs n'est assez intelligent pour publier ton bouquin, tant pis pour eux.

– J'aime quand tu mens avec autant de conviction.

– Je ne mens pas. »

Il lui caressa doucement le visage, émerveillé par la souplesse de sa peau légèrement saupoudrée de taches de rousseur. Il était encore plus attiré par elle que lorsqu'il l'avait rencontrée, deux ans plus tôt. Il s'était toujours demandé ce qu'elle pouvait bien lui trouver.

« Tu as déjà remarqué comme on apprécie les gens bien après avoir passé un certain temps avec ceux qui ne le sont pas ? » demanda-t-il.

Elle lui fit un petit sourire tordu. « Arrête de te torturer. Elle n'en vaut pas la peine. De toute façon, c'était il y a trois ans. Je commence à me demander si tu ne craques pas toujours pour elle. »

Il éclata de rire. Il ne fallut qu'une seconde au flash-back pour arriver.

Lors de cette nuit particulièrement mémorable – en raison d'événements inattendus –, Karl avait été obligé de couper court à une tractation à Dublin et était rentré chez lui à l'improviste. Fatigué, abattu et pas le moins du monde d'humeur à supporter les sarcasmes mordants de Lynne, il priait pour qu'elle soit déjà couchée, endormie, elle et sa légendaire langue de vipère.

Dès qu'il s'était glissé dans la chambre, les choses étaient soudain devenues bizarres.

« Merde ! » s'était exclamé l'étranger couché dans le lit de Karl, en faisant d'étranges mouvements sous les draps.

Il avait fallu à Karl une bonne seconde pour se rendre compte que l'étranger était en train de tapoter la tête cachée de sa femme en cherchant désespérément à attirer son attention. Il lui avait fallu quelques autres secondes pour qu'il réalise que l'étranger qui tapotait la tête de sa femme était une femme.

Lynne avait émergé lentement de sous les draps, la peau autour de la bouche encore luisante du cunnilingus. « T'es pas censé être ici… avait-elle murmuré d'une voix plutôt rauque en s'essuyant la bouche.

– Et toi t'es pas censée être *là* », avait répliqué Karl, en état de choc mais calme. Puis, se tournant vers l'inconnue : « Bonne chance pour la suite avec elle. Moïse lui-même en aurait bavé pour lui faire ouvrir les jambes.

– Espèce d'ordure ! », avait hurlé Lynne en sautant sur le lit, un godemiché dangereusement long pointant comme une lance de son entrejambe.

Karl avait fermé la porte, très doucement, plutôt fier de sa performance. Bien qu'il fût obligé d'admettre, plus tard, qu'elle ne ferait jamais le poids contre celle de Lynne.

« Karl ? fit Naomi, brisant net le flash-back.

– Hein ?

– Ça ne te fait aucun bien de revisiter le passé.

– Tu as raison. C'est stupide, mais je me souvenais d'une blague un peu salace de Groucho Marx : "Il y a des années, j'ai couru après une femme pendant presque trois ans pour découvrir que nous avions exactement les mêmes goûts : nous étions tous les deux fous des femmes." »

Sans se faire prier, Naomi se tortilla sous les draps. Quelques secondes plus tard, sa culotte se balançait au bout de son index. « Essaie-la, Groucho.

– Ça n'irait même pas à mon nez. »

Ils éclatèrent tous les deux de rire.

Karl enleva son boxer-short et sa chemise, exposant sa nudité et les traces d'une cicatrice qui serpentait du creux de sa gorge jusqu'au milieu de son abdomen. Tout un tas d'autres, plus petites, rayonnaient à partir d'elle.

Avec précaution, Naomi fit glisser son doigt sur les balafres qui montaient le long de son torse. Il tressaillit, légèrement, comme si elles étaient encore à vif. Puis ses mains descendirent lentement, frôlant les cuisses de Karl. Il en frémit d'avance. Elle prit ses couilles, doucement, mais fermement. Sa queue se raidit.

Elle l'enfourcha avec une tendre passion et posa ses mains contre son sternum en guise de levier.

La pression de son corps mettait à la torture ses articulations douloureuses, mais il ne voulait surtout pas bouger, jouissant du côté délicieusement obscur de cette douleur, du rythme régulier et tiède du souffle de Naomi contre sa peau. Elle n'était plus qu'un muscle tendu qui descendait en ondulant comme un serpent dévorant tout sur son chemin.

Luttant pour soutenir son ardeur, Karl marmonnait doucement : « Mollo, Naomi… Oh putain… je vais perdre le contrôle…

– Non, murmura-t-elle en se penchant sur son visage,

son souffle chaud envahissant sa bouche. Je… n'ai pas… joui… vas… y… doucement… c'est ça, doucement… lennnnnntemmmmmment… »

Karl sentit soudain que quelque chose de bizarre était entré dans la pièce. Il voyait nettement la tête de Naomi, mais il y en avait deux de plus collées à ses épaules.

Les deux personnages qui se trouvaient là étaient habillés en noir et portaient un passe-montagne assorti.

« Putain, qu'est-ce que vous… ? » Karl sentit aussitôt sa queue mourir à l'intérieur de Naomi. Pendant un moment horrible, les rouages englués de son cerveau lui refusèrent tout service.

« Pas un mot ! » souffla une voix bourrue, calme mais menaçante.

Naomi poussa un petit cri alors qu'elle essayait de bouger. Un flingue était fermement appuyé contre sa nuque.

« Non, tu restes là, mon cœur, à cheval sur cette vieille jument grise. Continue à dominer la situation. »

Retrouvant frénétiquement sa voix, Karl demanda : « Que… qu'est-ce que vous voulez ? De l'argent ? Je peux vous en trouver si c'est ça…

– Ne fais pas semblant d'être un connard stupide. Est-ce qu'on ressemble à des voleurs, Karl ? »

Karl sentit sa gorge se serrer. Son nom s'échappant de la bouche du truand lui faisait comme un nœud à l'estomac. « Non…

– Bien. N'oublie pas ça. »

Le flingue glissa doucement, presque amoureusement, le long de l'échine de Naomi, jusqu'à la naissance de ses fesses. Elle frissonna. Karl sentit la froideur du canon se poser contre ses couilles.

« J'espère que vous n'étiez pas en train de pratiquer la sodomie sans capote, fit l'autre truand, d'un ton sarcastique. Tes couilles poilues en sont toutes roses, espèce de salopard. Tu devais être tout près d'exploser avant d'être grossièrement interrompu. Désolé pour ça. »

En un clin d'œil, il posa le bout du canon sous le nez de Karl.

« Renifle », fit le truand.

Avec réticence, Karl renifla. Dans un éclair, tous ses mauvais souvenirs revinrent le hanter. Il avait déjà été plus près de la mort, mais ça n'empêchait pas un sentiment de terreur de se répandre dans ses tripes pendant qu'il attendait la voix du bandit.

« Qu'est-ce que ça sent, à part la sueur de tes couilles ? »

Une remontée d'acide jaillit comme un geyser de l'estomac de Karl.

« L'huile de nettoyage, répondit-il.

– Très bien. Quoi d'autre ?

– La cordite. C'est que… l'arme vient de servir.

– Pas mal. Tu as oublié le mot "récemment", mais on va mettre ça sur le compte de la nervosité pré-éjaculatoire. Le plus important, c'est de comprendre la signification de cette odeur. Garde-la stockée dans ton pif. Ça pourrait t'aider à rester vivant. Bon, maintenant, où est le manuscrit de Brown ? Réponds-moi que tu ne l'as pas et vous êtes morts tous les deux, là, tout de suite. Ne déconne pas. Donne-le et on s'en va, plus vite qu'il ne te faudra de temps pour sortir ta vieille bite de sa chatte. Et en guise de bonus, vous survivrez tous les deux. Rien de compliqué. Et, vu que je suis d'humeur généreuse, je vais même te donner dix secondes pour te souvenir de l'endroit où tu l'as mis. »

Karl jeta un coup d'œil au visage terrifié de Naomi. Au bord des larmes, elle croyait manifestement que les deux truands allaient les tuer tous les deux, quelle que soit l'issue. Résigné, il dit : « Dans le bureau à côté de la fenêtre. Le tiroir du fond. »

L'autre type se dirigea vers le bureau, ouvrit le tiroir et en sortit le manuscrit. Il fit un signe de tête à son compagnon. « C'est bien ça. Il y a le nom de Brown un peu partout. »

Le regard horrifié de Naomi brûlait dans celui de Karl. On va se faire tuer, disaient ses yeux.

Karl lança un regard de côté au chef. Il essayait désespérément de penser, de se débarrasser du merdier qui lui encombrait la tête.

« Tu cherches à voir mon visage, Karl ? Tu ne veux pas vraiment le connaître. Si jamais tu le voyais sans masque, ce serait le dernier que tu verrais de ta vie. Pigé ?

– Oui…

– Ça ne me semble pas très convaincant, Karl. »

Il reposa le flingue sur la tête de Naomi. Une seconde plus tard, on entendit un bruit horrible, comme des phalanges qu'on faisait craquer. C'était le bruit d'un flingue qu'on armait. Il fit sursauter Naomi et frémir Karl.

« Pour l'amour de Dieu, ne la touchez pas ! Elle n'a rien à voir avec mes affaires.

– C'est exact. C'est toujours l'innocent qui paie pour le coupable ; toujours l'innocent qui est baisé. » Puis, posant sa bouche tout près de l'oreille de Karl, il murmura d'une voix douce : « Écoute-moi attentivement, espèce d'enculé de bâtard. Si tu m'obliges encore à sortir de mon lit par une nuit de merde, je vous tuerai tous les deux. Tu veux mon conseil pour une vie future en bonne santé ? Regarde soigneusement où tu mets les pieds. Tiens-t'en à ce que tu connais, ce qui veut dire probablement très peu. *Tu comprends ?* »

Karl avait la gorge si sèche qu'il ne put que hocher la tête.

« Bien. Maintenant, retourne baiser. Ça t'évitera de faire des conneries. »

Aussi rapidement qu'ils étaient apparus, les porte-flingues disparurent.

« Tout va bien, tout va bien », fit Karl d'une voix apaisante en serrant désespérément contre lui une Naomi en sanglots pour l'empêcher de trembler. Son propre tremblement étant définitivement hors de tout contrôle.

24

Vendredi 2 mars

> Méfiez-vous de tous ceux en qui l'instinct de punir est puissant.
>
> Friedrich Nietzsche,
> *Ainsi parlait Zarathoustra*

« Vous êtes sûrs que vous allez bien tous les deux ? » demanda Wilson, le dos appuyé contre un placard dans le bureau de Karl. À ses côtés, prenant des notes, se tenait l'inspecteur Philips.

« Si l'on tient compte du fait qu'on nous a collé des flingues en pleine figure, comment penses-tu qu'on aille ?

– Désolé. C'était une question stupide.

– On est finalement tombés d'accord sur quelque chose. Pour tout dire, on est encore sous le choc. Le toubib a donné des sédatifs à Naomi. Elle se repose. J'espère seulement qu'elle n'a pas été trop traumatisée.

– Je vais laisser Philips à la porte, ou au moins dans une voiture de l'autre côté de la route, décida Wilson.

– Non, ne fais pas ça. Personne ne va chez le dentiste s'il n'a pas mal aux dents, hein ? Je ne tiens pas à ce qu'on se passe le mot que j'ai besoin de la protection de la police. Tu parles d'une publicité dans mon boulot ! Et de toute façon, je m'en excuse auprès de Philips, mais il n'a pas exactement le physique pour inspirer la crainte de Dieu à qui que ce soit.

– Excuses acceptées, dit nonchalamment Philips.

– Bon, mais si toi tu n'en veux pas, qu'en pense Naomi ? demanda Wilson. Envisagerait-elle favorablement une protection, ne serait-ce que pour une semaine ou deux ? On peut aussi trouver une maison plus sûre pour qu'elle y demeure quelque temps.

– Elle est très obstinée. J'ai horreur d'avoir à te le dire, mais les flics ne figurent pas précisément sur la liste de prédilection de Naomi. C'est à peine si elle me tolère, pour être tout à fait honnête. Non, quand le temps sera venu, elle décidera elle-même de ce qu'elle fera. Heureusement, je peux l'envoyer chez ses parents pendant quelques jours.

– Avez-vous la moindre idée d'à quoi ressemblent ces deux gangsters ? demanda Philips en tapotant son stylo sur son calepin.

– Noirs et le visage couvert de laine, ça vous aide ? Non, bien sûr que nous ne savons pas de quoi ils ont l'air. On avait les neurones gelés. Et puis les malfrats parlaient d'une voix étouffée, comme s'ils étaient drogués.

– C'était certainement les mêmes dealers que ceux qui ont tué Chris, dit Wilson, qui semblait avoir une idée en tête.

– Et la seule chose qu'ils voulaient, c'était le manuscrit de Brown ? ajouta Philips.

– C'est ce qui semble. Ils n'ont rien pris de valeur, du moins pas que je sache. De toute façon, ils n'auraient pas trouvé grand-chose.

– La bande voulait sûrement vérifier qu'aucun de leurs noms n'était cité dans le manuscrit, dit Wilson en s'écartant du placard. Tu n'en aurais pas fait une copie, par hasard ? »

Karl fit signe que non. « Non, c'est à peine si j'ai eu le temps d'y jeter un coup d'œil. Je ne peux donc pas vous indiquer le moindre nom, si tant est qu'il y en ait un…

– Karl ? Je viens seulement de l'apprendre. Comment va Naomi ? dit Tom Hicks, faisant soudain irruption dans la pièce.

– Bien, vu les circonstances. Assieds-toi, Tom. Wilson et compagnie étaient juste en train de partir. »

Saisissant l'allusion, Wilson fit mouvement vers la porte en faisant signe à Philips. « Je te tiendrai informé de tous les développements. Pendant ce temps, si autre chose te revient à la mémoire, fais-le-moi savoir.

– Bien sûr », dit Karl, presque dans un murmure.

Tom attendit que Wilson et Philips soient partis avant de demander : « Comment est-elle, vraiment ?

– Vraiment ? Totalement bouleversée, la pauvre, fit Karl, le visage crispé. De lâches ordures, Tom. Si j'arrive à mettre la main sur ces sacs à merde juste deux minutes et sans leurs flingues, je leur montrerai qu'ils ne sont pas si durs à cuire que ça, les salopards.

– Heureusement, vous êtes tous les deux en vie. C'est déjà beaucoup.

– Je suppose. Au moins, tu ne m'as pas servi : "Je t'avais bien dit que tu creusais ta propre tombe", même si tu avais raison.

– Oublie tout ça. Par ailleurs, je ne sais pas si c'est le bon moment ni le bon endroit, mais j'ai fait les deux tests que tu m'as demandés.

– Et alors ? Tous les deux différents, n'est-ce pas ?

– L'un d'entre eux, celui de Brown, je présume, est A+. L'autre, O-.

– Je sais que ça peut te paraître idiot, mais est-ce que ça pourrait être le sang du chien ? Il a eu la gorge tranchée dans la cour, et les assaillants auraient pu ramener un peu de sang à l'intérieur. Je ne suis pas très calé sur les différences entre le sang humain et le sang animal.

– Non, ça ne venait pas du chien. Les chiens ont un type particulier de sang. On n'emploie pas le système habituel ABO dont on se sert pour les humains. Ce n'est définitivement pas le sang du chien. De plus, il y avait un petit résidu de liquide pour nettoyer le sang. Le même que nous utilisons au labo. On le trouve dans le commerce. »

Deux cents dollars plus les frais retentit. Karl prit le téléphone sur la table et vérifia le texte du message. *T Tt seul. T En Dan G. Touv Pa T Yx.*

« Tété toi-même, branleur !

– Qui c'était ?

– Un crétin qu'a rien d'autre à faire. Il n'arrête pas de m'envoyer des textos bizarres.

– Qu'est-ce qu'il te dit ?

– Sois pas bête. Je suis un adulte. Ce truc, c'est pour les ados.

– Laisse-moi voir.

– T'es vraiment sérieux ? fit Karl en lui tendant le téléphone. Ne me dis pas que tu sais comment marchent ces trucs.

– Bien sûr. Très simple, vraiment. C'est comme apprendre une autre langue.

– Crâneur. T'étais toujours bon dans ce genre de choses à l'école. Alors ? Qu'est-ce que ça dit ?

– *T Tt seul* : "tu es tout seul". Le reste du texte dit : "Tu es en danger. Tu n'ouvres pas les yeux." » Tom regarda Karl. « Depuis combien de temps tu reçois ça ?

– Trois semaines, peut-être quatre. Pourquoi ?

– Ils étaient tous du même genre ?

– Plus ou moins sur le même thème. Pourquoi ? Ne me dis pas qu'il y a quelque chose à comprendre dans ce charabia ?

– Ne sois pas idiot. Pourquoi penses-tu que je le crois ? On te prévient que quelqu'un est sur tes traces, et quelques jours plus tard tu es agressé par deux malfrats armés. Au nom du ciel, pourquoi accorderais-je la moindre attention à ces messages ?

– Laisse tomber les sarcasmes, Tom.

– Karl ? cria Naomi depuis l'étage. Tu peux monter une minute ?

– J'ai abusé de ton hospitalité, dit Tom en se levant. On en parle demain. Oh, j'allais oublier. J'ai retrouvé le fabricant du pacemaker. Ils ont été assez bons pour vérifier dans leurs archives. Le propriétaire est un gentleman du nom d'Andy Fleming, de Dublin.

– Dublin ? Je me demande ce qu'il venait faire ici, simplement pour rencontrer sa mort.

– Pas la moindre idée, mais j'ai tout transmis à Wilson, comme il se doit. J'espère qu'il va nous éblouir en arrivant avec quelque chose de pertinent, bien que je ne retienne pas mon souffle pour autant.

– Moi, c'est seulement quand je nage.

– Bien, je te laisse là-dessus. Mes hommages à Naomi.

– Tom ?

– Oui.

– Ne mentionne rien de cette conversation à quiconque à l'église. Je n'ai pas une grande foi dans la congrégation, en ce moment.

– Même pas dans le vicaire Wilson ?

– Surtout dans le vicaire Wilson, et en particulier dans ses enfants de chœur… »

25

Face au démon : 1988

Tous les êtres humains que nous rencontrons sont un mélange de bon et de mauvais.

Robert Louis Stevenson,
L'Étrange Cas du docteur Jekyll et de Mister Hyde

C'était la faute du garçon. Lui, et lui seul, avait permis au monstre de se libérer. Il avait déçu son père, une fois de plus. Il avait manqué à sa mère, pour toujours.

Ce fut de nombreuses années plus tard, après que le garçon eut finalement gravi les marches de l'âge adulte, que la décision de corriger cette terrible erreur germa pleinement. Il avait suivi le voyage de Bibendum pendant des années avant que ça devienne aussi obsédant qu'une addiction. Aujourd'hui, en tant qu'homme, il était sur le point de singer le monstre en devenant un tueur, lui aussi.

Vérifiant pour la énième fois, il compta les cartouches dans la chambre du revolver. On lui avait proposé une arme automatique, mais il avait refusé après qu'on l'eut informé de sa tendance à s'enrayer. L'idée de pointer l'arme sur Bibendum, rien que pour entendre un clic écœurant d'impuissance, lui mettait les nerfs en queue de singe. Secrètement, il croyait que Bibendum ne pouvait être abattu par de simples balles, comme s'il était un indestructible monstre gothique. Une sueur perlait sur son front moite à l'idée que Bibendum l'attrape et finisse ce qu'il n'avait pas réussi à faire, des années plus tôt.

Une balle, tirée dans la partie idoine, devrait être plus que suffisante, mais il viderait tout le barillet dans ce crâne gras.

Il gara sa voiture à bonne distance et déambula le reste de la journée, jusqu'à ce que l'obscurité de la nuit le dissimule entièrement. Il flâna autour du bar, donnant de temps en temps un coup d'œil par la fenêtre de devant. Le monstre Bibendum était là, caché dans un coin, seul, l'ombre discrète d'une lampe au néon se reflétant sur son crâne chauve.

L'homme traversa la rue jusqu'à un parking vide et, derrière un groupe d'arbres, il vomit violemment.

Arrête d'avoir la frousse, *s'admonesta-t-il.* Tu sais que ça doit être fait. Fais-le. Débarrasse-toi de ça.

En dépit de la froidure de la nuit, ses mains étaient moites. Il les essuya rapidement, la sueur revint aussitôt.

Au loin, la cloche de l'hôtel de ville sonnait minuit. On était maintenant Vendredi saint. Un jour qu'il ne devait jamais oublier.

26

Dimanche 4 mars

On ne se résigne à affronter le mal que lorsque tenter de l'éviter est désormais impossible.

Thomas Hardy,
Loin de la foule déchaînée

Karl jeta un coup d'œil à ses cinq cartes. Pas mal. C'était la première main à peu près correcte qu'il avait touchée de la nuit. Malgré tout, ce n'était pas mirobolant. Les quatre cœurs qu'il avait en main lui donnaient une couleur potentielle, mais il se mit rapidement à envisager la possibilité de garder les deux as, cœur et pique. La couleur était une meilleure candidate. Neuf cœurs possibles dans le jeu, ou répartis entre les autres cinq joueurs ; seulement deux autres as, se baladant quelque part dans le monde des cartes.

« Allez, grouille-toi, le pressa Buster “Bucket Mouth” McCracken, hôte de la partie de poker qui se tenait cette fois dans son salon. On n'a pas toute la nuit, Karl. On est quelques-uns à devoir bosser réellement demain matin. Pour la dixième fois, combien de cartes ? »

Ignorant McCracken, Karl se concentrait sur ses cartes. Il avait toujours mis sur le même plan les joueurs de poker et les détectives privés : les deux devaient prendre des décisions à partir d'une information incomplète. Une erreur d'interprétation, et tu bascules dans la rivière de merde, les rames solidement enfoncées dans le cul.

Son mobile se mit à sonner.

« Je croyais qu'on avait dit pas de mobile, râla Marty Harrington. Buster a raison. On est quelques-uns à devoir se taper un *vrai* boulot demain matin.

– Et c'est un type qui gagne sa vie avec les morts qui me dit ça ? Arrête de râler, Marty ! » répliqua Karl en prenant un air vexé. Il décrocha. « Allô ?

– Faut que je te parle, dit une voix solennelle.

– Wilson ? T'es sérieux ? Je suis en pleine réunion de travail en ce moment.

– Ouais, c'est ce que j'entends. Il faut que je te pose quelques questions. »

Le téléphone coincé en déséquilibre entre le menton et l'épaule, sans cesser de regarder ses cartes, Karl demanda : « Maintenant ? À cette heure de la nuit ? Ça ne peut pas attendre demain matin ?

– Tu voudrais pas que je fasse une descente chez McCracken pour jeu illégal, juste pour te sortir de là, si ?

– Qu'est-ce qui te chatouille les miches ?

– J'aurais pu te fourrer pour la soirée dans une jolie cellule confortable, ici à North Queen Street, pour t'aider à y réfléchir. »

Karl essaya d'ignorer la menace implicite pour se concentrer sur son jeu. Son cerveau lui disait de tenter la couleur en ne demandant qu'une seule carte. « Donne-m'en trois, dirent ses couilles.

– Alléluia ! » s'exclama Bucket Mouth en jetant trois cartes vers Karl, avant de servir le reste des joueurs à travers un brouillard de fumée de clopes et de cigares.

Dégoûté de son manque de chance, Harrington fut le premier à se coucher, pour la dixième fois consécutive.

« Tu es toujours là ? demanda la voix impatiente de Wilson.

– Rappelle-moi dans cinq minutes », fit Karl en coupant la communication.

Commençant à filer ses cartes, Karl priait silencieusement pour qu'apparaisse le haut caractéristique d'une pyramide, indiquant un as. À la place, le haut de la nouvelle carte était arrondi. Un deux. *Saloperie !* Le pire, c'est que c'était le deux de cœur. Il aurait eu une couleur pour peu qu'il ait écouté sa cervelle. Il glissa la carte suivante. Un autre deux. Excellent ! Au moins deux paires. Son cœur exécuta une petite gigue quand la carte suivante apparut, sa forme pyramidale le combla d'espoir. Son cœur accéléra. *Doucement… doucement… c'est peut-être un quatre…* Il ferma les yeux, pria. *C'est un as ! Putain ! Un full. Bonnes vieilles couilles !*

Karl fit monter les enjeux, mine de rien, attentif à ne pas éloigner les autres joueurs de son piège. Sa stratégie fut un désastre complet. Tout le monde sentait qu'il y avait anguille sous roche et se coucha, pronto. Tout le monde, excepté Henry McGovern, un avocat qui avait la réputation de gagner sur des décisions scandaleuses aussi bien au tribunal qu'aux cartes.

« Je pense que tu bluffes, Karl, décida McGovern en calant un gros cigare bien gras dans sa bouche grasse. Tu bluffes, n'est-ce pas ? »

Karl haussa les épaules en souriant. « Il y a une façon de le savoir, Henry, mais elle va te coûter cher. »

McGovern alluma son cigare et tordit les lèvres, avant de souffler une épaisse bouffée bleu cobalt. « Ça me semble juste, Karl. Tes vingt, plus, disons… cinquante. »

Karl s'efforçait de rester impassible tout en continuant à regarder son full. Lentement, il posa ses cartes. Hocha la tête. Jeta un coup d'œil à son argent. Essaya de sonder le petit sourire de McGovern.

Mollo. Ne le presse pas. Tu le tiens par les couilles.

« Un petit coup d'intimidation genre salle d'audience ? dit Karl, ses doigts exécutant un numéro de claquettes sur la table avant d'atteindre la pile de fric. J'étais sur le point de me coucher, mais je n'aime pas les frimeurs. Alors, je vais te dire un truc, Henry. Tes cinquante, plus cinquante… Non, disons plutôt cent. »

On entendit l'assistance retenir son souffle. Soudain, tout le monde s'immobilisa. Tous regardaient. Harrington joignit ses mains comme s'il priait, et posa son menton dessus.

McGovern tira une fois de plus sur son cigare, observa sa grosse pile de fric. Il la tripota, presque avec amour. Il arrondit les lèvres et forma un rond de fumée parfait. Le rond s'élargit et plana au-dessus de la tête de Karl comme un halo.

« Intéressons un peu la partie, Karl. Tes cent, plus… » Il éplucha du pouce sa liasse de billets. « … deux cents de plus. »

La bouche de Bucket Mouth s'ouvrit tout grand. Harrington, jubilant, se frottait les mains, en sachant que quelqu'un sortirait blessé de cette bataille, peut-être à mort.

Karl recompta son argent. Désappointé. *Juste au moment où ta chance arrive, ton fric fout le camp. Juste assez pour voir McGovern.*

« Okay, Henry. Je te vois. Étale-toi.

– Avec plaisir, dit McGovern en étalant impeccablement ses cartes. La reine Élisabeth en train de chier[1] !

– Putain… soupira l'assistance à l'unisson, sauf Karl. Une quinte flush… »

Karl en resta sans voix. Sa poitrine se serrait. Une crise cardiaque ? La pièce se mit soudain à tanguer. Tous les yeux s'étaient tournés vers lui. Il s'ébroua, et sportivement admit sa défaite en laissant tomber ses cartes, face cachée.

Deux cents dollars plus les frais sonna à nouveau.

« Une minute de trop. Dis à tes potes de se préparer à être arrêtés. J'arrive, dit Wilson, à l'autre bout du fil.

– Pas besoin, monsieur Plein de Tact. J'ai fini. J'arrive,

1. En argot irlandais : quinte à la couleur.

dit Karl en raccrochant avant de se lever pour se glisser dans son pardessus. *Au revoir*[1], bande de salauds. Même heure la semaine prochaine », lâcha-t-il, les jambes soudain aussi lourdes que ses poches étaient légères.

Dehors, l'air de la nuit était vif. Pénible à respirer. Karl remonta rapidement le col de son manteau sur ses oreilles. *Un bon verre de Hennessy serait le bienvenu...*

Dans l'obscurité, les phares d'une voiture s'allumèrent et s'éteignirent. Un klaxon résonna deux fois avant que le véhicule vienne se ranger près de Karl.

« Du racolage ? Tu ne sais pas que c'est interdit par la loi ? » dit Karl, en montant à côté de Wilson. À l'intérieur régnait une chaleur réconfortante. Vraiment accueillante.

« Comment Naomi s'en sort-elle ?

– Merci pour ta sollicitude, mais passons là-dessus, si ça ne t'ennuie pas. Je suis sûr que tu ne m'as pas fait venir jusque-là pour me demander des nouvelles de Naomi. Bon, qu'est-ce que tu me veux ?

– J'espère que tu as plus de chance que ton client. »

Karl remarqua que Wilson avait l'air déterminé d'un homme en train de retrousser ses manches.

« C'est quoi ces énigmes stupides ? Si tu as quelque chose à dire, crache-le simplement.

– Jusqu'à quel point connais-tu un certain William McCully ?

– William McCully... ? » Karl ouvrit son tiroir mental à patronymes. Ne trouva rien et le referma. « Je ne connais personne de ce nom-là.

– Eh bien, il semble que lui te connaissait. Il avait une de tes cartes en sa possession. Elles sont en train de devenir comme des as et des huit[2], tes cartes de visite.

1. En français dans le texte.

2. Au poker, combinaison de cartes connue sous le nom de « main du mort ».

– Tu continues à employer l'imparfait. J'ai de mauvaises vibrations chaque fois que tu fais ça.

– Il est mort. D'après le légiste, il l'était même depuis longtemps quand quelqu'un s'est avisé de le découvrir.

– C'est terrible, mais c'est pas parce qu'il avait une de mes cartes que ça veut dire que… »

De sa boîte à gants, Wilson sortit quelques photos et en tendit une à Karl. « Elle a été prise par l'assistant du légiste. La victime a l'air d'avoir terriblement souffert. Regarde-moi ce visage salement lacéré. » Les yeux du mort étaient encore emplis de terreur.

Karl sentit son pouls battre dans sa gorge et son estomac se révulser.

« Qu'est-ce qui ne va pas ? » demanda Wilson.

En dépit de son visage massacré, Karl l'avait parfaitement reconnu. « Munday. Il m'avait dit qu'il s'appelait Bill Munday. Comment est-il mort ?

– Une balle dans la tête, mais avant, on l'avait un peu travaillé. Il portait quelques marques de brûlures. Probablement faites avec un Taser. Hicks nous trouvera tout ça, j'en suis sûr, en pratiquant l'autopsie.

– Qu'est-ce que tu as trouvé sur lui ? demanda Karl.

– Un homme d'affaires assez prospère, selon les premiers rapports. Plus important, quelles étaient vos relations ? »

Karl, récupérant rapidement sa maîtrise, répliqua : « Même un type aussi lourd que toi sait bien que je ne peux divulguer aucune information sur mes clients.

– Même quand ton client a été assassiné ?

– Ça fait aussi partie de la confidentialité.

– Commodité, tu veux dire. Tu sais que je peux te rendre les choses vraiment difficiles ?

– Serait-ce une menace ?

– Un avis. Et je vais même t'en donner un autre, tous les deux gratuits. Quel que soit le merdier dans lequel tu t'es fourré, dégage-t'en tout de suite avant qu'il soit trop tard. »

Karl ouvrit la portière, sortit et se mit à renifler. Levant la jambe, il regarda sous sa semelle. « Je croyais que j'avais marché dans la merde en entrant dans la voiture. Mais ça doit être toi, Wilson. Un jour tu feras une overdose dans ton propre caca. Et ça, c'est vraiment un avis. Bonne nuit. » Karl claqua la porte avant de s'éloigner, la photographie macabre fermement imprimée dans le crâne.

Espèce de pauvre connard. Qu'est-ce que tu as fait pour mériter une telle mort ? Plus important, dans quoi me suis-je fourré… ?

27

Lundi 5 mars (après-midi)

Qui gardera les gardiens ?

Juvénal, *Satires*, VI, 347

Des rats de la taille d'une miche de pain détalèrent ventre à terre dans leurs trous quand Karl s'approcha du mur d'enceinte de la prison de Woodbank. La prison puait l'impénétrabilité obscure comme le Styx. Construite au dix-huitième siècle pour abriter les prétendus malades mentaux, ceux jugés différents par le système.

Après avoir passé une dizaine de portes lourdement gardées, Karl fut finalement conduit dans le bureau de George Hanna, directeur de Woodbank.

L'homme ne correspondait pas à l'idée que Karl s'en était fait. Il était chaleureux, tout à fait jovial, et il lui offrit même un peu d'un délicieux cognac servi dans une riche carafe en cristal de Waterford, histoire de tuer dans l'os le petit coup de froid de l'après-midi.

Soucieux de ne pas être pris pour un invité sans éducation, Karl accepta, sans se montrer offensé quand le directeur suggéra qu'il y en avait encore dans la carafe.

« Je suis désolé, mais je ne peux vous accorder que vingt minutes, monsieur Kane, j'ai beaucoup de rendez-vous aujourd'hui. Il faut veiller à faire rouler le vieux train sans à-coups. »

Il se mit à rire d'un rire que Karl jugea un peu forcé.

« Bien sûr. Vingt minutes seront largement suffisantes, directeur, dit Karl en sortant un petit calepin. J'apprécie d'autant plus que je sais combien vous êtes occupé. J'aimerais juste recueillir quelques informations concernant les gardiens de la prison qui ont été assassinés ces dernières semaines.

– Sale affaire, dit George, le dos tourné vers la cheminée allumée. On croit avoir tout entendu, et puis ça continue. Et cet incident macabre avec ce pauvre Basil Donaldson !

– Basil Donaldson n'était pas exactement pauvre, directeur. Il a sorti une belle somme d'argent du fonds de pension pendant qu'il travaillait ici, si je ne me trompe ?

– Je voulais parler de la façon dont il a été tué… seules ses mains retrouvées… » Il se pencha plus près du feu et avala le cognac qui restait dans son verre.

« Il est fort probable que c'est quelqu'un qui envoie un message, directeur. Vole et tu en subiras les conséquences. Avez-vous pensé à ça ?

– Eh bien… pour être honnête, je crois que nous avons tous pensé à ça. D'épouvantables rumeurs ont circulé – il fallait s'y attendre, je suppose –, mais après une enquête interne approfondie on n'a trouvé aucune preuve pour en étayer ne serait-ce qu'une seule. Ce fut un travail plutôt pénible et éprouvant pour le service. »

Karl jeta un coup d'œil sur son calepin avant de continuer : « Est-ce que l'un des morts avait beaucoup d'ennemis à l'intérieur du service de la prison ?

– *Beaucoup ?* C'est une façon très tendancieuse de poser la question, répondit George avec un petit sourire. Non, je ne serais pas capable de dire si l'un de ces hommes avait des ennemis *dans* le service, mais je ne peux rien dire sur l'extérieur. Être gardien de prison ou directeur vous fabrique des ennemis, monsieur Kane. Nous faisons un boulot nécessaire, mais sans merci. Avez-vous déjà vu un film où le directeur ou les gardiens sont autre chose que des monstres ? Ça va avec le lieu, comme vous pouvez l'imaginer.

– À quel point connaissiez-vous Wesley Milligan ?

– Je suis là depuis moins d'un an, donc je ne connais pas encore individuellement chaque membre du personnel. D'après ce que j'ai appris, Wesley Milligan était apprécié et respecté. Mais n'oubliez pas que Wesley et Basil ont tous deux quitté la prison il y a des années, presque en même temps.

– Pas Joseph Kerr, cependant. Il était assistant du directeur. Toujours en service… Il *était* toujours en service. »

George parut hésiter. « Joseph Kerr était un type bien. Beaucoup de potentiel. Une grande perte pour le service.

– J'ai entendu dire qu'il s'attendait à être nommé quand vous avez eu le poste. »

George parut un peu mal à l'aise. « On dirait que vous avez révisé vos leçons avant de venir, monsieur Kane.

– Un souvenir des jours d'école. La crainte des coups de ceinture a toujours été une bonne motivation.

– Joseph Kerr était l'un des nombreux postulants pour le job de directeur. Sur le papier, on aurait pu lui donner le poste. Il était, à cette époque, assistant du directeur.

– Pourquoi ne le lui a-t-on pas donné ?

– De profession, je suis comptable, monsieur Kane. Je taille dans le gras là où on doit le faire. J'ai été envoyé ici pour réduire le personnel. Joseph Kerr n'aurait pas eu l'estomac pour un tel boulot. Il était trop attaché à sa loyauté envers ses amis dans le service. Les autorités le savaient et le ressentaient comme une faiblesse. Je sais que ça a l'air sans pitié, mais la vie est ainsi sur l'essentiel de l'échiquier. »

Karl prit une petite gorgée de cognac. « C'est de la bonne marchandise. Courvoisier ? »

George semblait ravi de la diversion. « Êtes-vous un amateur de cognac, monsieur Kane ?

– Quand je peux me le permettre, ce qui est rare.

– Alors, permettez-moi. » George versa une autre généreuse rasade dans le verre de Karl et une plus petite dans son propre verre, et sourit. « Je ne devrais pas en reprendre, mais je ne veux pas avoir l'air mal élevé.

– Oui, c'est aussi l'excuse dont je me sers parfois », approuva Karl.

Pendant que George servait, Karl observa les portraits alignés sur le mur. Vingt-trois paires de lèvres et pas un sourire. « Joyeuse bande de gais lurons. »

George jeta un coup d'œil aux portraits. « Tous les anciens directeurs de ce magnifique établissement.

– Si ça ne vous choque pas que je dise ça, ils ressemblent à un truc produit par la Hammer, avec Vincent Price dans le rôle principal. »

George se mit à rire. « Vous pouvez dire ce que vous voulez. Je n'y suis pas encore, sinon je vous aurais fait placer en cellule d'isolement. » Le rire se fit plus sonore.

Karl prit une gorgée et tourna une page de son calepin. « Encore une ou deux questions, directeur.

– Bon, écoutez, il faut que je file, monsieur Kane, mais je vais appeler l'officier principal Lange pour voir s'il peut vous être utile. Il a une bonne mémoire et il connaît parfaitement tout ce qui concerne la prison. »

Quelques minutes plus tard, un homme s'annonça à la porte, grand, des barrettes d'or sur les épaules de sa chemise amidonnée. Il avait les yeux bleu vif et les cheveux parfaitement coupés, selon les normes militaires, comme avec une règle. Son visage n'était pas très masculin.

« Trevor ? Voici M. Kane. Il est de la police. »

Karl ne corrigea pas l'erreur.

L'officier principal Lange adressa un signe de tête à Karl. « Comment puis-je vous aider, monsieur ? » Son sourire semblait légèrement forcé. Il avait les bras croisés dans le dos, comme s'il craignait qu'une poignée de main ne lui échappe.

Un type qui se méfie des étrangers, se dit Karl, avant d'avoir une vision terrifiante de saucisses et de crème glacée.

« Je viens juste de discuter de la mort récente de certains gardiens avec le directeur, principal Lange. Y a-t-il une chose que vous pourriez me dire et qui serait susceptible d'éclairer ces morts ?

– Dans quel sens ? demanda Lange en jetant un coup d'œil à son chef avant de regarder Karl à nouveau.

– Bien, messieurs, je vais vous laisser », coupa George en jetant un bref coup d'œil soulagé sur sa montre. Sans plus de cérémonie, il sortit et ferma silencieusement la porte derrière lui.

« Est-ce que Wesley Milligan, Joseph Kerr ou Basil Donaldson avaient des ennemis à l'intérieur de l'établissement ? demanda Karl.

– Nous avons tous des ennemis, monsieur Kane. Ne pensez-vous pas ? La vie ne serait pas la vie sans eux. » Lange se dirigea vers le bureau du directeur et s'assit dans l'épais fauteuil de cuir. Il poussa de côté le verre de cognac et fixa ses doigts comme s'il les avait contaminés.

Tu m'as l'air bien à l'aise dans ce fauteuil. « Que pensez-vous des rumeurs ?

– Elles sont comme le sable. Un mauvais endroit pour creuser des fondations. Si vous voulez des rumeurs, allez au marché aux poissons. Là, ça pue vraiment, je suppose. »

Karl attrapa la carafe, se servit une bonne dose et en offrit à Lange. Celui-ci eut l'air horrifié.

« Je ne touche pas à l'alcool, monsieur Kane.

– Tant mieux pour vous. Dites-moi, que pensez-vous de Basil Donaldson, de tout l'argent qu'il a fauché au fonds de pension ? Ça ne pouvait pas finir bien avec l'équipe ?

– La police est-elle sur le point de résoudre l'un quelconque de ces meurtres, monsieur Kane ? demanda Lange, éludant la question.

– En toute honnêteté, je ne fais pas partie de la police. Le directeur s'est trompé. En fait, je suis un détective privé, embauché par un ex-client pour découvrir tout ce que je pourrai sur le meurtre de Wesley Milligan. »

Lange paraissait mal à l'aise – ou ennuyé –, Karl n'arrivait pas à le déterminer.

« Le directeur Hanna n'est pas le plus consciencieux des hommes, je le crains, monsieur Kane. En toute hypothèse, vous ne devriez pas être assis ici.

– Il n'y a aucun mal, je suppose, et si ça mène à l'arrestation des meurtriers de vos amis, ce serait même profitable. Vous n'êtes pas d'accord ?

– C'étaient pas mes amis, fit Lange en se levant et en posant les mains sur le bureau comme pour rétablir son équilibre. Je dirais plutôt qu'un ou deux d'entre eux étaient une honte pour l'uniforme.

– Pouvez-vous m'en dire un peu plus ?

– Non. Je ne peux pas. Ce que je peux faire, c'est terminer cette conversation. Maintenant, si vous n'y voyez pas d'inconvénient… » Lange se dirigea vers la porte et l'ouvrit.

« Non, bien sûr que non, dit Karl en reposant le verre vide sur la table. Oh, juste une autre question, si ça ne vous fait rien. Totalement sans rapport, probablement. » Le seuil de tolérance de Lange s'amenuisait manifestement.

« Oui ?

– Il y avait un prisonnier ici, l'année dernière, du nom de Thomas Blackburn. Y a-t-il quelque chose que vous pourriez me dire sur lui ? »

Le visage impassible de Lange rougit légèrement. Karl adora cette réaction. Lange vacillait, il avait l'air dérouté.

« S'il était incarcéré ici, je peux vous retrouver son dossier, dit-il en reprenant rapidement contenance. Hélas, une fois qu'un prisonnier a quitté notre système, il est pratiquement impossible de suivre ses traces.

– Je m'en doutais, dit Karl, souriant, en tendant la main. Merci pour le temps que vous m'avez consacré, principal Lange. »

La poignée de main réticente de Lange était forte, mais étrangement moite.

« Il y a une chose que j'ai trouvée étrange dans vos questions au sujet des gardiens morts, monsieur Kane.

– Oh ? Laquelle ?

– Je suis sûr que vous lisez les journaux. Vous devez être au courant du meurtre de William McCully. Il a été trouvé avec une balle de fusil dans la tête, il y a deux jours.

– Ah bon ? » Karl était pris de court. « Qu'est-ce qu'il y a à propos de McCully ?

– Il travaillait ici, lui aussi, il y a des années.

– *Quoi… ?*

– Je pensais qu'en tant que détective vous le saviez déjà. Pas très consciencieux, n'est-ce pas, monsieur Kane ? Le directeur et vous devez avoir plus de choses en commun que vous ne le pensez. Bonne journée… » conclut Lange avec un sourire de cobra en laissant Karl fixer la porte fermée, vacillant, dérouté.

Dégoûté de ne pas avoir su rassembler tous les faits auparavant, Karl tailla sa route à travers le parking, heureux qu'une brise froide vienne rafraîchir ses joues brûlantes.

Espèce de pauvre con. Tout ce que tu avais à faire, c'était de lire le journal ce matin pendant que tu mangeais tes œufs brouillés. Au lieu de ça, tu t'es pris un œuf en plein dans ta triste gueule.

Son mobile sonna. Il vérifia le numéro d'appel. Numéro masqué. En dépit de son humeur hostile à tout mystère et hésitant à balancer le sacré truc à l'arrière de la voiture, sa curiosité prit le dessus.

« Allô ?

– Monsieur Kane ?

– C'est qui ?

– Paul.

– Paul ? Paul qui ?

– Paul Benson. Le barman. Vous vous souvenez ?

– Oh, bien sûr. Comment pourrais-je oublier quelqu'un qui m'a extorqué un billet de cinq ?

– Le nom, je l'ai trouvé.

– Quel nom ? Oh ! L'actrice ?

– Oui. Je m'en suis souvenu juste après l'avoir vue à la télé, il y a une heure. Z'avez de quoi noter ? »

Il sortit rapidement son calepin et gribouilla le nom, avant de monter dans sa voiture, fermement convaincu que c'était le meilleur billet de cinq qu'il ait jamais dépensé de sa vie.

28

Lundi 5 mars (soirée)

> Tant que ce qui vous effraie est quelque chose de mal, vous pouvez encore espérer que le bien viendra à votre secours ; mais imaginez que vous combattez pour le bien et que vous en arrivez à le trouver horrible ? [...] alors, en vérité, il n'est plus de secours possible : vous avez joué votre dernière carte.
>
> C.S. Lewis, *Perelandra*

« Comment ai-je pu être assez stupide pour ne pas savoir que McCully avait été gardien de prison ? dit Karl à Naomi alors qu'ils épluchaient la presse du soir. Tu aurais dû voir le sourire ironique sur le visage de Lange. Même si, à mon avis, il ne s'attendait pas à ce que je mentionne le nom de Thomas Blackburn.

– Qu'est-ce qu'il a dit quand tu as mentionné ce nom ?

– Il a essayé de donner l'impression qu'il ne connaissait pas Thomas la Rogne, mais d'après mes sources, Thomas et Lange se connaissaient intimement.

– Intimement ? Tu veux dire qu'ils étaient amants ?

– Tu rends les choses si poétiques, ma chère. Ma source est plus crue. Thomas se faisait mettre pendant qu'il mettait.

– Ce n'est pas beau, Karl.

– J'en sais rien. Je n'ai jamais essayé, bien que le Dr Moore puisse contester ce point.

– Ne plaisante pas. Ce n'est pas joli quand tu parles grossièrement comme ça. »

Karl reporta son attention sur l'article principal du journal. « Ils n'ont toujours pas attrapé la bande de cochons sauvages échappés du zoo de Bellevue, la semaine dernière. On demande aux gens de se tenir à l'écart de Cave Hill et de ses environs. D'après l'article, la même chose est arrivée il y a une vingtaine d'années, mais au lieu de cochons, c'étaient des chiens sauvages qui ont tué et mis en pièces un grand nombre de gens.

– Tu imagines mourir comme ça ? Tous ces chiens qui t'attaquent… Horrible ! fit Naomi en frissonnant.

– Il y a des façons beaucoup plus agréables de mourir, convint Karl en tournant la page.

– Il faut que je te demande quelque chose, Karl.

– Pourvu qu'il ne s'agisse pas d'argent, tu peux y aller.

– Pourquoi continue-t-on cette affaire ? dit Naomi d'une voix sombre. Munday – je veux dire McCully – est mort. C'est fini. À quoi bon continuer ? »

Karl posa son journal avant de répondre. « Je n'arrête pas de me le demander moi-même. Je crois que j'ai confié à Tom que mon sentiment de culpabilité avait quelque chose à voir avec ça.

– Culpabilité ? De quoi tu te sens coupable ?

– De rien. De tout. Choisis. Peut-être que ça a à voir avec Chris Brown. Sa cervelle répandue sur les murs, ou juste l'ensemble de je-m'en-foutisme à l'égard de son assassinat. Honnêtement, j'en sais rien, Naomi. Je ne suis même pas sûr que la réponse soit intelligible pour… »

Deux cents dollars plus les frais retentit.

Karl regarda le cadran de son mobile.

Kleps BleC ? Pense ! Toi + Brown + Ta Cop ? Le tps paS. Fé qq chos Avan Kil Swa tp tard !

« Encore un autre message. Juste ce qu'il me fallait pour finir la journée en beauté.

– Laisse-moi voir », dit Naomi en lui prenant l'appareil des mains. Elle étudia le message.

« Qu'est-ce que ça dit ?

– Probablement un spam…

– Qu'est-ce que ça dit ? répéta Karl, essayant de contrôler son agitation.

– "Le chien blessé ? Réfléchis ! Toi, Brown et ta copine ? Le temps passe. Fais quelque chose avant qu'il soit trop tard…" »

Karl sentit une boule de glace se former au creux de son estomac, tout en gardant l'air serein. « Bon. Ça suffit. Demain, je m'achète un nouveau téléphone. Ce salopard commence à me prendre la tête.

– Peut-être que tu devrais essayer de demander à Wilson de le pister, non ? Ça nous tranquilliserait tous les deux. Qu'en penses-tu ?

– Je pense que c'est une bonne idée. J'aurais dû l'avoir plus tôt », répondit-il, sans préciser que Wilson était la dernière personne à qui il demanderait de l'aide. Il ne pouvait s'empêcher de constater combien elle était pâle, alors qu'elle sortait d'une cabine de bronzage. Ça l'inquiétait terriblement. « Comment tiens-tu ?

– Quoi ?

– Avec toutes ces idioties.

– Bien. Pourquoi tu demandes ça ? » Son front se plissa légèrement.

« Écoute. J'ai réfléchi, Naomi. Je me suis arrangé pour que tu sois hébergée chez un bon ami à moi, à Dublin. Juste le temps que toute cette merde s'en aille souffler ailleurs. On peut partir dès que tu seras prête.

– C'est gentil. Salue ton ami de ma part quand tu le verras.

– Naomi…

– Je ne sais pas quelle est la plus grosse injure. Demander à une fille du Donegal d'aller se cacher à Dublin, ou avoir l'audace de demander à un membre du clan Kirkpatrick de fuir. Les Kirkpatrick ne fuient jamais devant quoi que ce soit. Tu crois vraiment que je vais partir maintenant ?

– Ne sois pas stupide. C'est pas une question de fierté, mais de maniaques qui nous tournent autour avec des flingues. Tu as pu constater en direct ce qu'ils étaient capables de faire. »

L'expression de Naomi ne changea pas d'un pouce, elle modifia juste le ton de sa voix. « Ne commets plus jamais l'erreur de me traiter de stupide, Karl. Et ne t'avise pas non plus d'élever la voix. Élève la voix sur moi et tu récolteras beaucoup plus que ce que tu cherchais à obtenir.

– Alors reste », répondit-il avec un soupir fataliste. Il n'essaya pas davantage de la faire changer d'avis. Que pouvait-il dire ? Elle était dans une de ses humeurs au-delà du rationnel, où tout n'était qu'émotion.

« Merci de te faire du souci, dit Naomi, une fois calmée, en embrassant Karl sur les deux joues. Maintenant, si tu veux bien, je vais me faire couler un bain. Tu veux me rejoindre ?

– T'as du pot que je sois crevé, autrement je t'aurais prise au mot et aurais accepté ton offre. Vas-y et régale-toi. J'aime quand tu es toute gentille et nickel propre. » Il lui donna une tape sur les fesses.

« Je ne serai pas longue, dit-elle en tortillant des hanches pour quitter la pièce.

– Allumeuse ! »

Karl attendit d'entendre les robinets couler, avant de monter dans le grenier.

Il alluma la lumière et se protégea les yeux de l'éclat de l'ampoule nue qui se balançait à un clou tordu comme le nœud d'un pendu. L'espace tout entier était un cauchemar de bricoleur, encore augmenté par un entretien plus que basique. C'était une vraie catastrophe en instance.

D'un pas hésitant il se risqua sur le plancher, l'estomac soudain noué. L'idée qu'il pouvait à tout moment dégringoler dans la chambre en dessous et se casser le cou lui figeait la cervelle.

Deux minutes d'angoisse plus tard, il s'appuyait contre le mur du fond, en essayant de reprendre son calme avant d'atteindre une petite niche parfaitement dissimulée dans le mur. Il en sortit avec précaution une vieille boîte à biscuits en fer-blanc, détruisant, ce faisant, une couche épaisse de toiles d'araignée. Le couvercle était couvert de poussière. Il résista à l'envie de balancer le tout.

Il fixa la boîte pendant une bonne minute avant de l'ouvrir. Il savait maintenant que l'aspect personnel du débat avait disparu. *Ouvre-la. Surmonte ça.*

À l'intérieur, un tas de chiffons. Il les déroula lentement et l'objet caché commença à se matérialiser dans sa main.

Le métal de l'arme était glaçant. À son contact, il eut l'impression d'avoir plus froid qu'il ne l'aurait dû normalement. L'arme le dérangeait. D'une certaine manière elle semblait avoir grandi depuis qu'il l'avait acquise, des années plus tôt.

Une quinzaine de minutes plus tard, émergeant de son expédition au grenier, il entra vivement dans la chambre, croyant que Naomi était toujours dans son bain.

« Karl ! Tu es couvert de poussière et de toiles d'araignée. Au nom du ciel, qu'es-tu allé fabriquer là-haut ? Et qu'est-ce que tu fous avec cette boîte dégoûtante ? demanda Naomi en étalant du papier journal sur le lit.

– Je suis juste allé prendre le vieux dossier d'un ex-client, répondit-il en manquant de laisser tomber la boîte à biscuits. C'était l'une de mes toutes premières affaires, avant même que j'aie un bureau.

– Tu as l'air secoué. Ça va ?

– Bon Dieu d'escaliers ! Je suis presque passé au travers.

– Tu veux que je te fasse couler un bain, histoire de te débarrasser de cette poussière ? demanda Naomi en souriant.

– Peut-être à mon retour. Il faut que je sorte, mais je reviens tout de suite. »

Le visage de Naomi s'assombrit soudain. « Par ce temps et à cette heure de la nuit ? Qu'est-ce qui ne va pas ? »

Karl lui embrassa tendrement les lèvres. « Tout va bien.

– Je te demande ce qui ne va pas, répéta Naomi en sortant du lit. Tu n'as pas besoin de sortir. Ça peut sûrement attendre demain.

– Retourne au lit et garde-le au chaud pour moi. Il faut que je voie un type à propos d'un chien… »

29

Lundi 5 mars (nuit)

C'est ma règle de ne jamais perdre ma colère jusqu'à ce qu'il soit nuisible de la garder.
Sean O'Casey, *La Charrue et les étoiles*

Karl s'engagea au pas dans la rue de derrière, loin de l'entrée principale du grand bâtiment lugubre à l'aspect industriel intimidant. Dans les fenêtres espacées de chacune des pièces, des lumières fluorescentes scintillaient comme des gâteaux d'anniversaire abandonnés.

Il coupa le moteur et laissa la voiture descendre la rue en roue libre, tous phares éteints. La sale pluie qui s'était mise à tomber signifiait moins de gens dans la rue et, sous la couverture de l'obscurité, très peu d'occupants de l'immeuble risquaient de le voir entrer. Heureusement, la plupart étaient rentrés chez eux. Mais il ne souhaitait rencontrer qu'une seule personne.

Il regarda ses mains et détesta ce qu'il vit. Elles tremblaient, malgré la chaleur dispensée par le chauffage de la voiture.

En fouillant dans la boîte à gants, il dégotta un paquet tout froissé de Benson & Hedges. Il en sortit une clope chiffonnée qu'il mit dans sa bouche avant de retourner ses poches à la recherche d'un briquet, mais il se souvint que Naomi avait retiré tous les objets de tentation de ses affaires.

Frustré, il cracha sa clope. « Merde ! »

Mais qu'est-ce que tu fous dehors, tout seul, et pétant de trouille ? Tu te la joues à la John Wayne ? Reprends-toi et retourne dans ton lit douillet avec cette femme follement amoureuse d'un stupide crétin. Vas-y. Demi-tour, maintenant, avant qu'il soit trop tard…

Il refusa de ratiociner davantage et, malgré le danger imminent qui l'entourait, il sortit rapidement de la voiture, pressé par une étrange impulsion alors qu'il traçait sa route le long de l'édifice, tête baissée contre la pluie qui tombait implacablement. Le vent violent, qui soufflait en rafales, déchirait les derniers lambeaux de bon sens qui surnageaient encore dans sa tête.

Quand il arriva au bord du mur, les têtes rondes des caméras de sécurité tendirent légèrement le cou. Il les ignora et se mit à composer une combinaison de chiffres sur le clavier fixé sur une grande porte. En pesant sur la poignée, il perçut un déclic à peu près semblable à celui d'une gorge de serrure de sécurité. À son grand soulagement – et, paradoxalement, à son immense frayeur – la porte s'ouvrit, l'invitant à entrer.

Une fois dedans, il s'appuya contre le battant, ferma les yeux et souffla tout l'air, vicié et comprimé, qu'il gardait dans ses poumons. Comme les secondes s'écoulaient, il sentit quelque chose de mystérieusement animal enfler en lui. Adrénaline ? Folie ? *Ne fais pas demi-tour maintenant, stupide salopard.*

Sa peur commençait à tout envahir. Des idées sombres hantaient ses pensées. Il croyait voir des choses. Des mouvements dans tous les coins. Des trucs projetés sur les murs balafrés par l'acné.

Il tâta nerveusement la poche de son manteau humide histoire de vérifier que son arme était bien là, comme si un pickpocket nocturne avait pu la lui faucher, le laissant sans défense.

L'intérieur du bâtiment abritait une vaste et robuste

cage d'escalier métallique, noire et haute de dix étages. Il se mit à gravir silencieusement les marches, se retournant régulièrement pour vérifier qu'il n'était pas suivi.

Il s'arrêta sur le palier du second afin de reprendre son souffle. À part sa respiration laborieuse, tout était calme. Dieu merci, la plupart des occupants semblaient être chez eux, ce qui ne l'empêchait pas de transpirer. Son manteau trempé par la pluie puait le chien mouillé. Une odeur qui le faisait se sentir seul et inquiet.

Il grimpa jusqu'au troisième et s'arrêta à la porte pour écouter le néant des bruits blancs venant de l'intérieur : craquements des tubes fluorescents ; bourdonnement sourd des ordinateurs ; bégaiement de la machine à boissons sur le point de rendre l'âme. Pour Karl, ils n'étaient rien de plus que des avertissements à ignorer.

Il tourna doucement la poignée de la porte. Ses mains glissaient. La sueur ? La pluie ? *Allez !* Il essuya sa paume sur la doublure de son manteau, essaya à nouveau. La poignée tourna. La porte s'ouvrit lentement.

Il se glissa à l'intérieur et s'orienta avant de se mettre en marche. Il n'avait jamais mis les pieds dans cette partie de l'étage, mais après un virage à gauche suivi d'un autre à droite, il se retrouva en terrain connu.

La lumière du bureau était faible, mais pas assez pour qu'il ne puisse pas distinguer la silhouette à travers le verre dépoli. Dans le coin le plus éloigné de la pièce, quelqu'un était en train d'utiliser une photocopieuse. Il regarda les feuilles de papier que crachait lentement la machine. Quelques autres têtes étaient penchées sur leurs bureaux, sur leurs écrans d'ordinateur ou les pages des journaux.

Il se glissa dans le bureau, petit mais néanmoins convenable, et se tint assez près de l'homme pour voir qu'il semblait détendu, les jambes allongées et posées sur son bureau. Il griffonnait sur un bloc-notes. Une radio jouait une chanson de Van Morrison, si doucement que c'était à peine audible.

« Salut, Mark. Toujours à tirer au flanc ?

– Bon Dieu ! » Wilson faillit dégringoler de sa chaise. « Kane ! Qu'est-ce que tu fous ici ? Et qu'est-ce que c'est que ces manières de s'introduire en douce ?

– Ton père ne t'a jamais dit que la meilleure façon d'attraper un chien, c'est par la queue et quand il dort ?

– Quoi ? fit Wilson, l'air perplexe. Tu as bu ?

– Café. Des seaux de café. C'est peut-être pour ça que je suis si énervé. Si sacrément énervé, fit Karl en se forçant à sourire. Les vieilles habitudes ont la peau dure, n'est-ce pas ? Je me doutais que tu étais là, à faire des heures supplémentaires.

– Comment es-tu entré ? Par la porte de derrière ? » Il avait l'air ennuyé et de plus en plus perplexe. « C'est réservé au personnel.

– Peut-être qu'un de vos hommes a lâché l'info. Ou peut-être que je viens ici depuis trop longtemps et que je n'ai eu qu'à coller mon oreille au sol, et à écouter vos grandes gueules ? Fais ton choix. »

Wilson poussa sa chaise et se leva, la figure toute rouge. « Je crois que tu ferais mieux de te grouiller de me dire ce que tu fais là ; autrement tu vas pas tarder à te retrouver en bas, dans une cellule.

– Tu es un peu comme la brute de l'école, à cet égard. Tu menaces dès qu'on te demande quelque chose.

– J'en ai assez de tes conneries. Je vais t'expédier en bas. » Wilson fit un geste vers le bouton qui se trouvait sur le bureau.

« Si j'étais toi, Mark, je ne ferais pas ça. Tes supérieurs pourraient m'entendre marmonner pendant mon sommeil, m'entendre raconter des trucs sur les meurtriers qui se baladent en toute impunité dans les rues de Belfast. »

Le doigt se figea. Wilson fit une drôle de grimace, comme

si on venait de lui planter une épine pointue dans l'oreille. « T'as picolé ? C'est ça, hein ?

– Tu m'as dit de venir te voir si je tombais sur la moindre info.

– Et c'est pour ça que tu es passé par-derrière ?

– Il valait mieux que personne ne me voie. J'ai pas envie qu'on me prenne pour une balance. C'est pas très sain d'être une balance dans cette ville. Mortel, en fait. C'est vrai, non ? »

Une cigarette allumée était posée dans un cendrier, son bout rougeoyant mettait Karl à la torture. Il aurait donné n'importe quoi pour qu'une bonne bouffée de nicotine vienne au secours de ses nerfs exacerbés.

« Eh bien ? J'écoute. Qu'est-ce que tu as pour moi ? demanda Wilson d'un ton légèrement contrarié.

– À l'époque du meurtre de Chris Brown, tu m'avais dit que les voisins avaient entendu son chien aboyer à tue-tête. Tu te souviens ? »

Wilson grimaça légèrement. « Et alors ?

– J'ai vérifié auprès des gens de la rue. Personne ne m'a dit avoir entendu le chien aboyer.

– Tu connais ce genre de voisinage. Aucun d'eux ne voudra admettre devant un étranger qu'il a parlé aux flics.

– Le chien de Chris Brown était un basenji qui s'appelait Paisley. »

Wilson haussa les épaules. « Je m'en fous, même si c'était un gros saint-bernard baptisé Gerry Adams. Où veux-tu en venir exactement ?

– Le basenji est une des races canines les plus anciennes. C'est un chien d'origine africaine. Il a été vénéré par les hommes pendant des milliers d'années. On peut le voir représenté sur les tombes des pharaons égyptiens. Il est estimé pour son intelligence, son courage, sa vitesse, mais, plus important, pour son silence.

– Quoi ?

– Le basenji n'aboie pas. C'était pour plaisanter que Chris l'avait appelé Paisley[1]. »

Wilson s'assit lentement. Ses lèvres bougeaient légèrement. Pas un mot n'en sortait.

Karl continua : « Les voisins n'ont pas alerté la police sur la foi d'un chien qui aboie. Les seules personnes qui ont prévenu la police, ce sont les meurtriers de Chris Brown.

– Ne dis pas d'idioties. Pourquoi ils auraient fait ça ?

– Cette bande de branleurs particulièrement courageux a probablement tout planifié jusqu'aux moindres détails. Un réducteur de son se chargerait du chien dans la cour. En pleine nuit. Un homme paralysé endormi. Des fusils pour lui éclater la gueule. Ça enverrait un message à toutes les autres balances potentielles. Parfait. Qu'est-ce qui a bien pu merder ? Ils sont entrés et sortis en moins de cinq minutes. Mais, comme tu pourrais sûrement en témoigner, le meilleur plan finit par devenir celui qui comporte le plus de chausse-trappes. Ils ne s'attendaient pas à ce qu'un homme endormi et paralysé puisse riposter et flinguer un des leurs. Combien de complications mortelles ce quasi-retournement de situation a-t-il provoquées ?

– Ce que tu dis n'a aucun sens.

– Non, bien sûr que non. Et le système d'alarme ? Comment tu expliques ça ?

– Tout ce que je sais sur le système d'alarme, c'est ce que j'ai lu dans le rapport.

– Ben, tu aurais sacrément mieux fait d'en parler avec l'installateur, Protection Incorporated, comme je l'ai fait. Tu sais ce qu'il m'a dit ? Le système de Chris était très sophistiqué, mais, d'une manière ou d'une autre, il a été désarmé sans produire le moindre *bip* à leur quartier général.

1. Le révérend Ian Paisley était considéré comme un aboyeur par les catholiques d'Irlande du Nord.

Or, je ne vois pas tes dealers de base posséder le savoir-faire pour un boulot aussi délicat. Tu ne crois pas ? »

Wilson tendit la main à travers le bureau.

« Ne fais pas ça ! » fit Karl en sortant son flingue et en le pointant sur Wilson.

Le visage du flic devint blanc comme une coquille d'œuf. « Mollo… mollo… je voulais juste sortir mes cigarettes. Doucement… Tu vois ? » Il attrapa son paquet et, au grand soulagement de Karl, les mains de son ex-beau-frère tremblaient aussi fort que les siennes.

« Fais juste gaffe à ne rien sortir d'autre. »

Wilson alluma sa clope et tira dessus. « Je ne m'étais jamais rendu compte que tu savais te servir d'un flingue.

– Je ne sais pas. Raison de plus pour que tu évites de péter ou d'éternuer. Et voici une question à ta portée : quelle est la seconde plus grande preuve, sur une scène de crime, après le sang et l'ADN ?

– De quoi tu parles ?

– Tu donnes ta langue au chat ? Qu'est-ce que tu penses des empreintes de chaussure ? Oui, c'est ça. Les empreintes de chaussure. Et pourtant, personne n'a pris la peine de faire un moule de la parfaite empreinte laissée dans la merde de Paisley. Il n'y a pas le moindre rapport sur une empreinte qui aurait été prise, et le jour où j'y suis allé j'ai remarqué l'absence totale de résidus de poudre à empreintes, que ce soit pour les doigts ou pour les pieds.

– Qu'est-ce que tu foutais chez Brown ? C'est un délit grave de contaminer une scène de crime. J'espère que tu te rends compte à quel point c'est grave.

– Est-ce que c'est aussi grave que d'avoir un flingue pointé sur la figure ? »

Wilson commença à se lever de sa chaise. « Écoute, Kane, on est tous les deux à bout. Allons jusqu'à l'Europa boire un ou deux verres et…

– Assis ! »

Wilson fondit dans son siège.

« Bon chien. Oh, en parlant de chien, où est ton fidèle chien courant ?

– Quoi ?

– Bulldog. Ça fait un moment que je ne l'ai pas vu. Normalement, il reste à portée de voix de son maître. J'ai entendu dire qu'il avait eu un accident. Qu'il avait perdu une quantité considérable de sang, selon les rumeurs. »

Le visage de Wilson devint aussi gris que la cendre de sa clope. Sa bouche avait l'air de baigner dans sa salive.

« Tu ferais mieux de partir. Pendant que tu le peux encore. Écouter les rumeurs peut être vraiment préjudiciable à ta santé. Je ne peux pas te protéger tant que ça. »

Karl retira doucement la cigarette d'entre les doigts serrés comme des pinces de Wilson. Il fit tomber la cendre sur la chemise du flic et tira sur la cigarette. Une seconde plus tard, il feignit une quinte de toux.

« Naomi a raison. Ces saletés sont dégoûtantes, ça te laisse un goût pourri dans la bouche. » Il lâcha la cigarette allumée sur l'entrejambe de Wilson.

« Espèce de cinglé ! siffla Wilson en sautant comme un diable dans sa boîte pour se débarrasser de la braise.

– C'est vrai. Je suis cinglé. Kuckoo Kane est fou comme un coucou. Si j'étais toi, je ferais vachement gaffe.

– Okay, Kane… Faisons une petite pause. Jusque-là, il n'y a pas eu de mal. Tu as subi une terrible période de stress ces temps-ci. Tout ça est compréhensible. Pourquoi ne pas…

– Pourquoi tu ne la fermerais pas pour écouter, juste une fois ? Il est probable que le plan initial du gang était de se débarrasser du côté macabre du boulot pour passer ensuite à l'objectif principal : trouver le manuscrit mythique avec tous les détails sur les meurtres et les prévarications autorisés par certains membres des forces de police. Premier problème : leur pote se fait descendre et son sang est répandu dans toute la pièce. Ils ne peuvent absolument pas prendre le risque d'être identifiés. Ils doivent embarquer leur pote. Puis ils préviennent les flics locaux. Deuxième problème : les Keystone n'arrivent pas à mettre la main sur ce qu'ils cherchent. Panique. "Où est ce putain de truc ? Peut-être que cet enfoiré de privé l'a trouvé avant nous ?"

– Je n'ai pas la moindre idée de ce que tu racontes.

– Et ensuite arrive ton adorable invitation, pour ton plus grand bénéfice, à venir identifier ce qui reste du visage de Chris Brown.

– Une simple identification, rien de plus.

– C'était ce que je croyais, au début. Ensuite ça m'a frappé. Ta façon de me conseiller de ne pas mettre mon nez dans cette affaire ; sinon, je pourrais bien être le suivant. Je devrais peut-être te remercier, après tout ? »

Wilson eut soudain l'air inquiet. « T'as perdu le fil, Kane. Encore plus que dans les histoires idiotes que tu écris. Elles te sont rentrées dans le crâne et te font vivre dans un monde de fictions tordues. »

Plantant son regard dans celui de Wilson, Karl siffla : « Tu crois que c'était de la fiction, quand une de ces ordures a mis un flingue sur la tête de Naomi en menaçant de la lui faire sauter à cause d'un manuscrit ? Hein ?

– T'es trop nerveux. Pose cette arme… »

Karl appuya le canon du flingue au milieu du front du flic. « C'était de la fiction, oui ou non ?

– Non… non, bien sûr que non… bégaya Wilson.

– C'est marrant comme on raisonne mieux quand on a un flingue pointé sur la tête. N'est-ce pas ? » Karl retira l'arme. Une marque de la taille d'une pastille de menthe restait visible sur le front de Wilson.

Le flic jeta un coup d'œil derrière lui, comme s'il attendait que quelqu'un vienne lui taper sur l'épaule.

« Tu ferais mieux d'espérer que personne n'entre, Mark. Sinon, je te descends en premier. » Le regard de Karl devint impassible. « Le jour suivant, après la visite des flingueurs, la première chose que tu m'as demandée c'était si j'avais lu le manuscrit. Tu te souviens ?

– Oui. Et alors ?

– Tu as dit que tu espérais que je l'avais lu pour pouvoir te citer quelques-uns des noms mentionnés. Tu voulais aussi savoir si j'en avais fait une copie. Tu t'en souviens ?

– Oui, approuva Wilson. Et alors ?

– J'ai un peu réfléchi, depuis. Je me demande ce qui serait arrivé si j'avais dit que je l'avais lu, ou que j'en avais gardé une copie. Tu aurais peut-être passé le mot à tes copains, et j'aurais reçu une autre visite de leur part. Putain, t'imagines ta gueule si j'avais dit que j'avais reconnu Sooty et Sweep ?

– Je sais combien tout ça doit être pénible pour toi... mais c'est juste faux. Comment peux-tu croire que j'aurais pu faire du mal à toi ou à Naomi ?

– Je sais, tu es un parangon de moralité, et tout ce qui s'ensuit. Maintenant, juste entre deux ex-beaux-frères, laisse-moi te raconter la dernière. Les ordures se pointent. Ils menacent de nous tuer s'ils ne trouvent pas le manuscrit. Ils s'en vont avec. Ce qu'ils ignorent, c'est que ce crétin de détective privé en a un autre exemplaire, sur son disque dur ; qu'il en a fait tout un tas de copies, de ce manuscrit prétendument disparu. Qu'il les a envoyées aux notaires les plus réputés de Dublin et de Londres avec instruction de les communiquer sur-le-champ à tous les journalistes de renom et à tous les éditeurs de périodiques s'il arrivait quoi que ce soit à ce crétin de détective ou à sa femme. »

Le coup de poing percuta la figure de Wilson, le fit tomber de sa chaise sur son cul et l'expédia plié en deux dans un coin de la pièce.

« Tu sais depuis combien de temps j'attendais ça ? » fit Karl, debout à côté de Wilson.

Le sang qui coulait de la bouche du flic lui donnait l'air

vulgaire, comme du rouge à lèvres bon marché. Il l'essuya. L'étalant du même coup sur son menton.

« Tu cognes comme une de tes pédales de copains. Tu peux pas y mettre un peu plus de vigueur ? railla-t-il, le visage blême de fureur. Même ma sœur ne peut plus te voir en peinture. Juste entre nous, elle ne t'a jamais considéré comme un homme. Elle a toujours eu les couilles plus grosses que les tiennes.

– C'est possible, admit Karl en sortant lentement de la pièce. Mais une plus longue bite, ça c'est sûr ! »

Karl sortit un mouchoir pour essuyer le sang de Wilson sur sa main, avant de le rouler en boule et de le fourrer dans sa poche.

Il dévala quatre à quatre l'escalier de derrière, sans ralentir, croyant sincèrement entendre ses poursuivants le serrer de près. À la sortie, il trébucha sur le seuil comme un ivrogne, mais retrouva vite son équilibre, bien qu'il se sentît privé de tous ses sens.

Dehors, dans la pluie, il courut vers sa voiture. Elle l'attendait dans l'ombre. Sa meilleure amie en ce monde…

30

Mardi 6 mars (tôt le matin)

> Ce qu'il y a de mieux, selon le dicton populaire, c'est de profiter de la folie des autres.
>
> Pline l'Ancien, *Histoire naturelle*

« Tu rentres au milieu de la nuit, une main blessée, et tu espères que je ne vais rien dire ? » déclara Naomi en versant du café dans une tasse. Sur la télé, bourdonnait silencieusement un film en DVD.

Les phalanges de Karl avaient déjà viré au pourpre. Il bougeait les doigts avec difficulté. Dieu merci, il semblait ne rien avoir de cassé.

« C'est rien. J'ai foutu mon poing dans la gueule d'un enfoiré. Ça faisait un bon moment qu'il le méritait. Je devais me le sortir du crâne et il devait se l'enfoncer dans le sien.

– Karl ! Tu es sorti pour taper sur les gens ? dit Naomi avec un hochement de tête désapprobateur. Est-ce que c'est une de ces crises de la quarantaine dont je devrais être au courant ? Si c'est le cas, quelle est la suivante sur ton agenda ?

– Il n'y en a pas, dit Karl en soufflant bruyamment sur ses phalanges. Il n'y a même pas d'agenda. Un peu de glace serait bienvenu.

– Tu ne pourrais pas faire preuve de prudence, juste pour une fois ?

– Tu n'atteins pas la quarantaine si tu te contentes de prudence. »

Naomi lui tendit une tasse de café. Il grimaça en la saisissant.

« Douloureux ? demanda Naomi.

– Très.

– Parfait.

– Tu es méchante.

– Quand il le faut. Maintenant, qui c'est, ce soi-disant enfoiré, et qu'est-ce que c'est, cette histoire d'aller voir un homme à propos d'un chien ? »

L'écran de la télé distrayait Karl des questions continuelles de Naomi. Le DVD se déroulait en silence devant ses yeux. Un genre de film en costumes. Une jeune fille en train de poser pour un artiste dans ce qui semblait être une grande ferme médiévale.

« Mets sur pause, Naomi !

– Quoi ?

– Le film. Mets-le sur pause !

– *La Jeune Fille à la perle* ?

– Mets-le juste sur pause, s'il te plaît, Naomi. »

Naomi obéit en traînant les pieds. Le film s'arrêta.

« Tu peux revenir en arrière ? Juste un peu, quelques secondes plus tôt. »

Naomi manipula la télécommande, et le film revint en arrière au ralenti.

« Arrête ! Là. C'est parfait ! »

Il approcha son visage de l'écran figé sur le gros plan d'une jeune fille qui le regardait dans les yeux, en souriant d'un air presque provocant à travers le verre.

« Cette fille. Qui… qui est-ce ? demanda-t-il d'une voix basse et légèrement tremblante.

– Quoi ? fit Naomi, un peu abasourdie.

– La fille, Naomi ! fit Karl impatiemment, cette fois. Qui diable est-elle ?

– Scarlett Johansson. Pourquoi ? Ne me dis pas que tu as un truc pour… Karl ? Qu'est-ce qui ne va pas… ? »

Soudain l'esprit de Karl fut d'une clarté saisissante. Tout lui revenait d'un seul coup. Le visage. Le nom que lui avait donné Paul le barman.

Il a changé, mon fantôme s'est changé en objet réel…

31

Samedi 10 mars

Life is bare, gloom and misery everywhere. Stormy weather. Just can't get my poor old self together. I'm weary all the time, the time, so weary all the time.
Don't know why, there's no sun up in the sky. Stormy weather. Keeps rainin all the time…
Billie Holiday, « Stormy Weather »

Antrim Road était une route noire et dangereuse en raison des arbres abattus qui la bordaient. Quelques lampadaires concentraient leur lumière sur des parcelles vides de terre sombre, révélant des formes vacillantes qui semblaient libres de toute attache.

La pluie déjà dense qui martelait la voiture de Karl virait rapidement au déluge, comme s'il était piégé à l'intérieur d'un sac en plastique. La chaussée glissante avait l'air de folâtrer sous les roues tant le manque d'adhérence rendait la conduite hasardeuse. Après un mois de pluies torrentielles, le bulletin météo annonçait que la tempête prévue pour la nuit risquait d'être la plus violente.

« Je te fais confiance pour choisir la reine des nuits merdiques… » murmurait Karl en essayant, en vain, de se réconforter au son de sa propre voix. Il détestait conduire sous la pluie. Il se sentait à la merci de la chance et des éléments. Les vieux essuie-glaces ne l'aidaient pas vraiment en enduisant le pare-brise de traces grises et brouillées qui rendaient la visibilité extrêmement difficile.

Heureusement, sa main avait désenflé au cours de ces derniers jours. Il se demanda à quoi ressemblait la figure de Wilson. Cela le fit sourire.

Il mit la radio en marche et se balada sur des tas de stations avant de tomber sur la voix parfaite de Billie Holiday chantant *Stormy Weather*. Ça le calma un peu. Il murmura les mots en duo avec Billie.

Just can't get my poor old self together, I'm weary all the time.

Il regarda dans le rétro pour la énième fois et vit les deux phares globuleux qui le suivaient de trop près, comme s'ils se servaient de sa voiture comme guide.

« Ça doit être un magnet que tu conduis, trou du cul… » dit-il, en souhaitant pouvoir s'arrêter quelque part sur cette route étroite pour laisser doubler cet emmerdeur.

Il supporta le magnet pendant dix autres pénibles minutes, avant que la voiture ne disparaisse subitement au niveau du zoo de Bellevue.

« Parti visiter la famille ? »

Il poursuivit son voyage hors des limites de la ville, jusqu'à atteindre une zone forestière construite de maisons de style victorien, séparées par des acres de parcs privés.

Il s'arrêta et fouilla dans la boîte à gants à la recherche d'une carte qu'il savait être là. Il la trouva, du moins une partie. Le temps et l'huile avaient laissé des vestiges plutôt vagues de ce qui avait été une carte routière.

Il considéra son état pitoyable en se promettant d'acheter, dès qu'il aurait de l'argent, un de ces machins branchés sur satellite qui vous amènent droit à votre destination d'une simple pression sur un bouton. Et mon cul sur tes lèvres roses, tant qu'on y est ! Si l'on devait croire tout ce que raconte la pub… Autant, pendant qu'on y est, changer ces essuie-glaces de merde.

La pluie martelait la carrosserie. Il ne pouvait même plus s'entendre penser, sans parler de comprendre la carte. Il redémarra et continua.

Un peu plus haut, en coupant un chemin étroit et boueux, il sentit la voiture et son estomac couler au moment où la boue épaisse prenait le dessus. Les roues patinèrent, crachant de la boue sur tout le pare-brise. Rapidement, il coupa les essuie-glaces.

Allez, vieille camarade. Ne me laisse pas tomber maintenant... s'il te plaît.

La bagnole frémit avec détermination en vomissant une fumée noire.

Allez...

Sans prévenir, elle fit un bond en avant, prenant Karl de court. Il n'y voyait rien, son instinct et ses nerfs survoltés étaient en conflit. Il braqua à gauche, puis à droite, et à nouveau à gauche, terrorisé à l'idée de lever le pied et de rester cimenté dans la boue. Un arbre se jeta soudain sur lui. Il freina à mort. Deux secondes trop tard...

***

Combien de temps était-il resté inconscient ? Quelques secondes ? Quelques minutes ? Il regarda sa montre. Bousillée. Il toucha son front avec précaution. « Oh... » L'entaille avait l'air profonde. Du sang en coulait et avait déjà barbouillé un côté de son visage, en séchant selon un modèle dessiné par ses rides. À l'aide d'un Kleenex usagé, il s'épongea un peu. « Pauvre connard... » Il avait le souffle coupé. Il était secoué. À part ça, se dit-il, ça aurait pu être pire. Sacrément pire.

Il ouvrit la porte, tituba dans la boue et sous la pluie battante, désespéré de constater les dommages subis par sa voiture adorée. « Ah, putain ! Non... » Une bosse grosse comme un four à micro-ondes lui sauta aux yeux. Il fit courir sa main sur le capot aussi tendrement que s'il s'agissait d'une peau humaine. « Quel désastre. » Seule consolation, le moteur semblait indemne.

Il se tamponna à nouveau le front avant de jeter le mouchoir devenu inefficace. Le sang se remit à couler sur son visage.

Par bonheur, il était dilué par la pluie.

S'éloignant de la voiture, il se fraya un chemin sur un flanc de coteau d'accès malaisé, à travers les buissons épineux et les haies à la végétation exubérante, glissant à chaque pas, le souffle court, désorienté, couvert de boue jusqu'à la ceinture.

« Il doit y avoir un meilleur moyen de gagner sa putain de vie dans cet affreux… »

La maison se déployait dans toute son ampleur et sa sinistre solitude. Bouffie et vaniteuse, elle se dressait au milieu d'une clairière. Une profusion de balafres dans la peinture, d'ardoises manquantes et de fenêtres béantes lui donnait un aspect négligé. C'était difficile à dire. De nos jours, les gens construisaient leur maison comme ça, pour leur donner un cachet d'ancien.

En remarquant au moins trois panneaux DÉFENSE D'ENTRER, cloués entre les clôtures cassées et les arbres, il avança avec précaution. D'autres panneaux signalaient la présence de chiens de garde et de patrouilles nocturnes.

Il avait maintenant quelques doutes sur ce qu'il devait faire, la tempête et l'accident ayant considérablement calmé ses ardeurs. Il attendit un long moment avant de se diriger vers la porte d'entrée dont la démesure confinait au vulgaire.

Il appuya sur le bouton placé au beau milieu du battant et tendit l'oreille. Le carillon retentit trop fort pour ses tympans. Il sembla durer une éternité. Il se le représenta résonnant et hurlant dans le hall, dans les escaliers, dans tous les coins et les recoins.

Un rideau bougea, il en était sûr, derrière la fenêtre

Elle sourit mais ne répondit pas directement à la question. « J'ai bien peur d'avoir vécu ce que la plupart des gens appellent une enfance protégée. Je n'ai jamais regardé *Blue Peter*.

– Ça va. Je ne l'ai jamais beaucoup regardé moi-même. Ils passaient trop temps à fabriquer des trucs avec des bouteilles de Fairy Liquid[1]. Pour être tout à fait honnête, je pense qu'ils achetaient la plupart des choses qu'ils prétendaient avoir faites. Je me suis toujours méfié d'eux, de leur roublardise. »

Un petit rire perla de la bouche de Jenny. « Même enfant, vous étiez méfiant de nature, monsieur Kane ?

– C'est un don.

– Et maintenant ? Soupçonnez-vous toujours tout le monde ?

– Ça dépend. Maintenant, disons que lorsque quelqu'un me braque un fusil en pleine figure, vous conviendrez avec moi que ça me donne des raisons d'être méfiant.

– Je m'excuse pour ça. Je ne voulais pas vous effrayer.

– M'effrayer ? Je n'ose pas vérifier l'état de mes sous-vêtements. Est-ce que vous accueillez toujours vos invités un fusil à la main ?

– Nous n'avons pas beaucoup de visiteurs dans les parages, surtout aussi tard dans la nuit, et certainement pas par un temps comme ça. Je me méfie des gens qui sont dehors par une nuit pareille.

– Je le serais aussi, pour être honnête, concéda Karl.

– Vous êtes sûr que je ne peux pas vous débarrasser de ce manteau ? Il m'a l'air trempé comme une soupe.

– C'est bon, merci. Si je l'enlève, je vais me sentir trop bien. Je vais probablement m'assoupir devant le feu magnifique qui brûle dans votre salon. »

Elle tamponna sa blessure avec un morceau de coton. « C'est presque fini. Inspirez profondément.

1. Célèbre marque de savon à vaisselle liquide.

– Ne devriez-vous pas m'offrir un coup de gnôle, comme dans les films de cow-boys ?

– C'est un mythe. En fait, l'alcool est la dernière chose à introduire dans votre système sanguin, à l'heure actuelle. Ça accélère les battements du cœur, et ça lui fait cracher le sang de façon incontrôlable. Une vraie pagaille, répondit-elle en attrapant une paire de ciseaux pour tailler l'extrémité des fils. Et voilà ! Pas si mal, je peux le dire. Vous voulez un miroir pour constater le résultat ?

– Non merci. Je vous crois sur parole. J'ai déjà eu assez de chocs pour cette nuit.

– Du café ?

– Uniquement si le lait a une couleur ambrée et s'il contient cent pour cent d'alcool.

– Je vais voir ce que je peux trouver, même si je vous ai prévenu des conséquences, sourit-elle. Vous pourrez ensuite me raconter votre voyage et ce que vous faites ici au milieu de la nuit. Je suis sûre que c'est intéressant. »

Karl tenta de sourire lui aussi, mais ses muscles faciaux semblaient en panne, comme si les points étaient cousus trop serré.

Pendant que Jenny préparait le café, il inspecta la grande cuisine du regard en essayant de ne pas penser à la liste de questions qui lui pesait sur la langue. Il fixa le fusil posé sur une table. Ses deux yeux creux lui rendirent son regard, d'un air de défi.

« C'est une belle maison que vous avez là, Jenny. Elle est à vous ? »

Elle le contempla pendant quelques secondes avant de répondre. « Je ne pourrais certainement pas me payer une maison comme ça avec mon salaire. Elle appartient à ma mère. Elle est en haut, au lit, légèrement indisposée.

– Désolé de l'apprendre, dit Karl, un peu gêné. J'espère que je ne la dérange pas.

– Je ne crois pas. Elle est sous médicaments en ce moment.

est blond. Ce n'est pas la bonne couleur. Au cas où vous ne vous en seriez pas aperçu, je suis brune.

– Accordé. Le cheveu du sac vient d'une perruque blonde. Mais qui sait où il pourrait mener ? Ça pourrait être une perruque achetée l'année dernière chez Debenhams ? fit Karl en affichant son expression de joueur de poker.

– Ça se pourrait. Pour ce que j'en sais, ils en vendent des centaines de milliers chaque année, répliqua-t-elle, tout aussi impassible.

– Celui du sac est une preuve trouvée sur la scène du crime de Joseph Kerr. Je l'ai piqué dans le labo de Hicks pendant qu'il ne regardait pas.

– Je parie que c'est illégal, monsieur Kane.

– Je parie que vous avez raison, mademoiselle Lewis. En fait, je suis un adepte des tours de passe-passe. Prenez ceci par exemple, dit-il en produisant un autre cheveu entre le pouce et l'index. Je l'ai pris il y a moins d'un quart d'heure sur votre sweater, pendant que vous soigniez ma blessure. Je suis certain que l'ADN correspond au poil pubien du sac. »

Karl, le visage impassible, jouait une partie de poker, sachant que Hicks lui avait dit que le poil pubien ne servait pratiquement à rien, faute de follicule et de racine.

Elle se força à sourire. « Très malin de votre part, monsieur Kane. Vous auriez fait un bon pickpocket. Mais même si vos fantaisies étaient vraies, vous avez contaminé la preuve. Elle serait rejetée au tribunal.

– La contamination est un des hasards du job, mais ce n'est pas le plus désagréable. Cette investigation particulière m'a amené à effectuer un voyage très sombre, où des gens déplaisants font les plus déplaisantes des choses. »

Avec inquiétude, Karl la regarda se lever et se diriger vers le comptoir de la cuisine. Ses doigts frôlèrent l'extrémité du fusil et Karl senti des décharges d'électricité lui parcourir le corps. Les doigts de Jenny planèrent au-dessus de l'arme, pendant ce qui lui parut une éternité, avant de se détourner vers un placard. Elle en sortit une grande enveloppe vanille et la posa à côté de la tasse de Karl.

« Vous pouvez l'ouvrir, si vous voulez », dit-elle.

Sans se faire prier, Karl en sortit le contenu : un ensemble de photos en noir et blanc. Des jeunes hommes en groupe, sur quelques-unes ; dispersés sur les autres. Il étudia chaque cliché sans comprendre ce qu'il était censé chercher. Qui étaient-ils ? Que faisaient-ils ? Les photos paraissaient anciennes, mais étaient étonnamment bien conservées. Les sujets, cependant, étaient pris de loin, ce qui rendait difficile leur identification. À l'évidence – même pour un profane comme Karl – toutes les photos semblaient avoir été prises avec un zoom.

« Est-ce que vous reconnaissez quelqu'un ? demanda Jenny, qui s'était à nouveau assise en face de Karl.

– Ce sont de très vieilles photos, dit-il en les feuilletant comme une main gagnante au poker. Non, honnêtement, je ne peux pas le dire.

– Cet homme, là ? » Jenny pointait la photo posée sous la main gauche de Karl. « Vous ne le reconnaissez pas ? »

Le type avait les yeux plissés et une attitude légèrement arrogante. Il avait l'air de regarder Karl. La photo était déconcertante.

Qui est-ce… ?

« Merde… fit Karl dans un murmure. Un peu plus mince, plus jeune, avec plus de cheveux, mais c'est probablement Bill Munday, ou William McCully, comme il s'appelait en réalité.

– Dix sur dix, monsieur Kane.

– Qu'y a-t-il de si important sur ces photos ? Et pourquoi McCully y figure-t-il ?

– Vous en reconnaissez d'autres ? » poursuivit Jenny en ignorant les questions.

Karl s'efforça de scruter les photos avec plus d'attention,

cherchant fébrilement un indice. « Non, je ne peux pas le dire.

– Celui-là, c'est Wesley Milligan. » Elle désigna un autre visage. « Et celui-ci, avec son petit sourire supérieur ?

– Le seul que je reconnaisse vraiment est McCully, mais si vous insistez, je peux tenter de deviner. Joseph Kerr, peut-être ?

– C'est bien lui, approuva Jenny. L'autre type à côté du rocher d'où il émerge en rampant, c'est Donaldson.

– J'ai bien peur de n'avoir vu que la main de M. Donaldson. Pas très pratique pour identifier quelqu'un.

– Je vous aime bien, monsieur Kane, j'aime bien que vous vous moquiez de vous-même, mais pas quand votre humour devient condescendant. Ça vous rabaisse. » Quelque chose dans la voix de Jenny picota la nuque de Karl. Un avertissement.

« Vous ne m'avez toujours rien dit sur ce qui lie les hommes de ces photos, Jenny. »

Elle rassembla tous les tirages avant de les remettre dans l'enveloppe. Quand ils furent rangés, elle prit la parole : « Mon père et son meilleur ami étaient partis à la chasse avec leur meute de mastiffs, pas très loin de notre propriété. Les médias faisaient un foin du diable sur une bande de chiens sauvages qui s'étaient échappés du zoo de Bellevue. Les chiens avaient blessé deux personnes et en avaient tué une troisième, et mon père avait décidé de les chasser en dépit du danger.

– J'ai déjà entendu parler de cette histoire, dit Karl en buvant une longue gorgée de son café arrosé. Bizarrement, il y avait quelque chose dans la presse de la semaine dernière à propos d'une bande de cochons sauvages qui s'étaient enfuis du même endroit. » Un frisson glacial lui parcourut l'échine. Il avait horreur des coïncidences.

« Les mastiffs ne mirent pas longtemps à flairer la piste des chiens sauvages et à leur tomber dessus, juste au moment où la meute avait encerclé une proie. Dans la bataille qui s'ensuivit, les mastiffs payèrent le prix de leur victoire. Deux d'entre eux furent si gravement mutilés qu'on dut les abattre sur-le-champ. Mon père en eut le cœur brisé, mais il n'oublia jamais l'autre chose qu'il vit ce jour-là. En son temps, il avait été témoin de pas mal de choses horribles, mais rien n'aurait pu le préparer à ce sur quoi il trébucha. C'est à peine si l'on pouvait dire que la femme était un être humain, abandonnée comme une charogne, laissée pour morte. Elle avait été violée et torturée. Et Dieu seul sait quoi d'autre… »

Karl sentit son ventre se serrer.

« Pourquoi votre père n'a-t-il pas simplement prévenu la police pour qu'elle cherche et trouve les auteurs d'un crime aussi atroce ?

– Il ne pouvait pas. Mon père avait ses propres secrets. Avant de devenir ici un médecin respecté, il avait pratiqué des avortements illégaux dans sa région natale en Italie et, là-bas, il était recherché par les autorités. Il était jeune et craignait que le passé ne le rattrape s'il contactait la police. Et il était plus que capable de soigner ma mère pour qu'elle recouvre la santé. Surtout quand elle lui eut dit que ses agresseurs allaient revenir, juste pour s'assurer qu'elle était bien morte, et que certains d'entre eux avaient des liens avec la police et les services de la prison. Il n'eut pas d'autre choix que de l'évacuer aussi vite que possible. Elle avait raison. Les agresseurs sont bel et bien revenus, comme les chiens sur leur propre vomi. »

Dehors, la nuit semblait s'être obscurcie. Karl commençait à regretter d'être venu. Un autre frisson lui parcourut l'échine en imaginant Tom Hicks debout près de son cadavre, en train de le découper en tranches.

« D'où sortent les photos, Jenny ? demanda-t-il, essayant vite de refouler ces pensées morbides.

– L'ami de mon père, un photographe amateur, espérait

prendre quelques bonnes photos des chiens sauvages pour le journal local. Je ne veux pas révéler son nom, parce qu'il est encore vivant et connu dans les cercles qu'il fréquente. Il a eu non seulement le courage et la patience de prendre des photos du gang à son retour, mais il a aussi eu l'idée de laisser des traces de sang d'animal et des morceaux de viande sur les lieux pour donner l'apparence d'un déchaînement animal. Les corps des chiens sauvages, déchiquetés pour éviter qu'on les reconnaisse, entretinrent la confusion.

– Mais comment votre mère s'est-elle retrouvée dans cette histoire, avec McCully et compagnie ? »

Pour la première fois, Karl perçut une légère hésitation chez Jenny.

« Ma mère avait fait de la prison pour possession de drogue. Elle était très jeune et très imprudente. Le gang joua sur son addiction, la loua ainsi que d'autres femmes au plus offrant, comme des morceaux de viande, en leur promettant la liberté et autant de drogue qu'elles voudraient. Ils étaient sincères, mais seulement sur le deuxième point… »

Karl était choqué par la fermeté de cette voix qui racontait des choses aussi terrifiantes.

« Je suis désolé, Jenny…

– Une nuit, elle a confié à une autre des filles qu'elle en avait assez des horreurs du sexe contraint et de la drogue, et qu'elle allait s'échapper la prochaine fois qu'elle serait “louée” à un client. La prisonnière à qui ma mère s'était confiée a, bien entendu, vendu l'information pour un peu plus de drogue. Vous pouvez imaginer leur réaction en entendant qu'une fille voulait s'évader et, éventuellement, révéler ce qui se passait dans la prison.

– Ils n'ont pas vraiment apprécié, j'en suis sûr.

– S'il fallait sauver quelque chose de toute cette horreur, c'est que sans ça mon père et ma mère ne se seraient jamais rencontrés. Et, bien sûr, je ne serais probablement pas née.

– C'est vous qui m'avez envoyé tous ces textos, parce

vous craigniez que je ne sois trop près de la vérité, même si c'était fortuit. N'est-ce pas ? Vous espériez que les textos allaient me dissuader ?

– Par moments, on se rentrait pratiquement dedans. Vous étiez si près. Je ne pouvais pas prendre le risque.

– C'est votre père qui vous a aidée à tuer McCully, n'est-ce pas ?

– Peu importe, monsieur Kane.

– J'ai vérifié les images des caméras de surveillance, la nuit du meurtre. On y voit quelque chose de remarquable.

– Vraiment ? »

Le visage de Jenny resta impassible.

« On ne distingue rien. C'est presque parfait, comme si la ou les personnes impliquées dans le meurtre de McCully connaissaient des détails précis sur les faiblesses et les angles morts des caméras de surveillance à cet endroit particulier. J'ai quand même pu déceler deux ombres. Mâle et femelle, à ce qu'il semblait. Si toutefois on peut accorder un genre à une ombre.

– Probablement des réverbères, monsieur Kane. Ou de grandes plantes.

– Peut-être. Une chose me trouble, cependant.

– Je vous écoute.

– Qu'est-ce qu'Andy Fleming vient faire dans cette histoire ? Il n'a jamais été gardien de prison, bien au contraire. Selon les autorités judiciaires d'Irlande du Sud, il a un casier aussi chargé que celui d'un pêcheur de crevettes. C'est pour ça qu'ils ont mis tant de temps à identifier ses empreintes digitales. Wilson ne voulait pas s'emmerder à demander de l'aide au Sud. »

Elle hocha la tête, le regard loin de Karl. « M. Fleming n'était pas du tout impliqué. Il était en train de cambrioler notre maison et, accidentellement, il est tombé sur Donaldson dans notre cave. Heureusement pour moi, et malheureusement pour M. Fleming, ce jour-là j'ai quitté le service en uniforme, et j'étais sur le chemin du retour quand j'ai entendu qu'un cambriolage était en cours dans ma propre maison. J'ai vite appelé le quartier général, j'ai dit que c'était une fausse alerte, et j'ai foncé aussi vite que possible. M. Fleming sortait de la maison, un fusil à la main, juste au moment où j'arrivais…

– Comment se fait-il que des morceaux des cadavres d'Andy et de Donaldson aient fini dans l'estomac d'un sanglier ? demanda Karl en fixant Jenny droit dans les yeux. J'en ai une idée plutôt horrible, mais ménagez-moi, si vous le pouvez. »

Jenny ne put soutenir son regard et détourna les yeux. « Je suis tombée sur un couple de sangliers qui fourrageait dans le fond du jardin. Le zoo est à moins d'un quart de mile. Au bout d'un jour ou deux, je suis arrivée à en attirer un dans notre enclos, en me servant de restes de nourriture. Après ça…

– Je vois le tableau, fit Karl, l'estomac un peu lourd.

– J'avais ensuite l'intention de tuer le sanglier, mais après s'être gavé il s'est échappé dans la forêt…

– Je vois le tableau, répéta Karl.

– J'aurais préféré que M. Fleming ait choisi une autre maison à cambrioler. Il n'était pas censé être mêlé à cette histoire.

– Ça aurait dû être le signal d'arrêter le carnage. Est-ce que la vie d'un innocent valait tout ça ?

– Ce qui est fait est fait et ce qui reste à faire sera fait. »

La réponse donna la chair de poule à Karl.

« Vous avez l'intention de continuer le massacre ? Pourquoi, Jenny ? Tous les hommes de la photo ont été éliminés et châtiés pour ce qu'ils ont fait à votre mère.

– Pas le chef. Pas celui qui donnait les ordres. Jusqu'à présent, il croit avoir échappé à la justice, mais je connais maintenant son identité. Ce n'est plus qu'une question de temps avant que justice soit faite.

– Je ne pense pas que vous ayez l'intention de me dire qui c'est ? Pour que je puisse peut-être faire justice sans d'autres épanchements de sang.

– Malgré votre cynisme, monsieur Kane, vous êtes plutôt naïf. Ce gentleman ne verra jamais l'intérieur d'une prison. Il croit être au-dessus de la loi. En fait, on pourrait même dire qu'il fait la loi.

– Quoi ? » Karl se sentit soudain glacé. Le visage de Wilson apparut tout à coup dans l'obscurité de son esprit. « Que voulez-vous dire par “il fait la loi” ?

– Ça ne vous concerne pas, monsieur Kane. Les choses vont arriver à leur inévitable conclusion.

– Vous ne voulez pas me laisser vous aider, Jenny ? S'il vous plaît. Ne poussez pas la chance trop loin. On peut prévenir des gens, des gens bien. Je sais qui pourrait révéler tout ça.

– Non, c'est presque fini. Une fois que je me serai occupée de lui, j'ai l'intention de partir d'ici pour des climats plus chauds, avec ma mère malade. À moins, bien sûr, que votre plan ne soit d'essayer de m'en empêcher.

– Êtes-vous en train de me dire que c'est ce que voulait votre père ? Ou votre mère ? Davantage de tuerie ?

– Non, pas mon père. Il était contre depuis le début, mais il savait que s'il ne m'avait pas aidée sur certains aspects de ma quête, j'aurais préféré être tuée ou finir mes jours en prison. Vous aviez raison. Il m'a servi de leurre, il m'a aidée à attraper McCully en jouant l'artiste excentrique qui voulait acheter un appartement. Ma mère ? Depuis ma naissance, elle sait que je serai l'ange de la vengeance. Ils allaient non seulement mourir, mais ils devaient mourir en endurant d'horribles souffrances, comme elle. Ils lui ont volé beaucoup de choses, mais leur pire offense a résidé dans la simple présomption qu'ils avaient le droit de la dépouiller de tout. Leur grande erreur, c'est de l'avoir laissée en vie. Et l'ironie, c'est que je suis la conséquence de cette erreur. »

Karl la regardait dans les yeux. Il voulait lui dire quelque

Peter Cairns, en lançant le masque dans la gueule de Karl. Tu disais que l'éruption venait de la baise entre Bulldog et moi. Tu te souviens ? En fait, t'étais pas loin d'avoir raison. Seulement ce que nous faisons est meilleur que la baise. »

Karl essayait désespérément de forcer sa salive à descendre jusqu'à son gosier desséché, histoire de le lubrifier. Son cœur continuait à cogner lourdement dans sa tête. *Réveille-toi ! Réveille-toi ! Ne meurs pas comme ça. Pas ici, pas dans ces circonstances, pas avec ces ordures.*

« Bon ? Qu'est-ce que t'as à dire, Bouche d'Or ? insista Bulldog. Je t'avais jamais vu à court de mots. »

Cairns lui lança un regard mauvais.

Avec beaucoup d'efforts, Karl finit par retrouver sa voix : « Wilson a envoyé son bâtard et son chiot pour faire le sale boulot ? Quelle association pitoyable. » *C'est mieux. Laisse venir les mots. Tu peux le faire.*

Le rictus de Bulldog se fit oblique, comme une mauvaise imitation d'Elvis. « Wilson… ? Tu crois que Wilson… fit-il en hochant la tête. Tu sais sûrement maintenant que Wilson évite les décisions qui se prennent à l'attendrisseur de viande. Il aime pas trop se salir les mains. Toi et ton beau-frère, vous êtes taillés dans le même genre de culotte : beaux parleurs et pas de couilles. Wilson ? Merde ! Tu crois vraiment à l'image de dur qu'il s'est forgée ? Jusqu'à quel point es-tu bouché, Bouche d'Or ?

– Il est aussi bouché qu'un tuyau plein de merde », fayota Cairns.

Reste concentré. Contrôle ta respiration. Mollo. Mollo…

« Je dois avouer que, vu ma situation, je dois être bouché, admit Karl.

– Tu nous as même pas vus te filer sur Antrim Road, accusa Bulldog en glissant son flingue jusque sous le nez de Karl. Comment peux-tu gagner ta vie comme soi-disant détective privé, alors que t'es même pas capable de protéger ton propre cul ? Pas étonnant qu'on t'ait pas admis chez les flics. »

Karl haussa les épaules. « Je pense que c'est pour ça que je n'ai jamais eu de fric. Regarde-toi, Bulldog, si j'avais réussi à faire le flic, j'aurais eu du souci à me faire pour mon tour de taille.

– Ça, c'est plus digne de Bouche d'Or, dit Bulldog en souriant. Mais penses-y avant que je t'expédie sur la voie heureuse qui mène au paradis des privés. Sans toi, nous aurions jamais trouvé Miss Parfaite. La filer, c'était plus compliqué. Elle savait toujours quand quelqu'un lui filait le train. Elle nous a fait tourner en rond un paquet de fois. On a jamais pu savoir où elle habitait. Donc, merci pour ton aide. On a eu deux oiseaux avec une seule pierre. »

Karl sentait une nausée lui fermenter dans le bide. *Reste concentré. Remets les regrets à plus tard. S'il y a un plus tard…*

« Qu'est-ce que Jenny vient faire dans tout ça ? Pourquoi étiez-vous obligés de la tuer ?

– Maintenant tu fais le malin alors que tu ne devrais pas. On a tous les deux entendu son histoire larmoyante, il y a quelques minutes. Ses propres mots l'impliquent et la condamnent. Mon seul regret, c'est de pas avoir apporté de Kleenex. Elle est tombée par hasard sur une boîte de Pandore, elle l'a ouverte et a laissé sortir les infos. » Il ricana. « On soupçonnait Miss Parfaite d'avoir fait passer des infos à quelqu'un, probablement un journaliste ou un flic des affaires internes. Jamais, au grand jamais, je me serais douté qu'elle était assez stupide pour faire confiance à un enfoiré de ton calibre. Pas avec tes antécédents.

– Tu es impliqué dans cette affaire de matons morts ? » *Continue à le faire parler.* « Tu l'as été, non ? C'est à toi que Jenny faisait allusion quand elle parlait d'un type au-dessus des lois. N'est-ce pas ?

– T'as encore tout faux, entièrement faux. Disons juste que nous couvrons les miches d'un ami ; un ami qui a le pouvoir de faire de moi le patron de Wilson dans les deux mois qui viennent. J'aimerais que tu sois là pour voir la tronche pitoyable de ton beau-frère quand il me verra ce jour-là.

– Il n'y a pas de raison pour que je sois pas là. J'adorerai voir la tronche pitoyable de Wilson, moi aussi. »

Bulldog gloussa en sortant un paquet de cigarettes avec sa main libre. Il sortit aussi une boîte d'allumettes et en frotta une contre la table, laissant une fine rayure dans la cire.

« Prends-en une, fit Bulldog. Ça t'aidera à te détendre un peu. »

Karl fit signe que non. « J'essaie d'arrêter. C'est mauvais pour la santé.

– Ça, ça ressemble au Bouche d'Or que je connais. » Il tira sur sa clope et souffla la fumée en l'air.

Une plainte étrange emplit la pièce.

« Putain. Elle a la moitié de la tête en moins et elle est toujours vivante, dit Cairns en se penchant sur le corps de Jenny. Ça, c'est ce que j'appelle être gonflée. »

Karl esquissa un mouvement.

« Arrête, siffla Bulldog, les doigts serrés sur son flingue.

– Elle est vivante, pour l'amour de Dieu, dit Karl d'une voix affolée.

– Pas pour longtemps. Essaie d'être patient, dit Bulldog en tirant sur sa cigarette, avant de l'envoyer valdinguer dans l'évier.

– Ça me dérangerait pas de la baiser, dit Cairns en riant sous cape. Au moins, elle est encore chaude. »

Ne réponds pas. Ne mords pas à l'hameçon de ce putain de malade, se dit Karl en jetant un bref coup d'œil au fusil.

« Pourquoi tu le prends pas ? l'encouragea Bulldog. Je ne vais même pas essayer de t'en empêcher. »

Karl soutint son regard sans rien dire.

« Hé, je vais te dire quoi ! » s'exclama Bulldog en faisant claquer bruyamment son flingue sur la table. Le bruit fit sursauter Karl, et cela le rendit furieux. « J'ai entendu dire que tu t'y entendais à gesticuler avec des armes, continua Bulldog. Mais est-ce que t'as vraiment les couilles d'appuyer sur la détente, de tuer quelqu'un face à face, les yeux dans les yeux ? J'en doute fort. Alors, on va jouer à un jeu. Une version plus élaborée de "Fais tourner la bouteille". J'appelle ça "Fais tourner le flingue". Mais au lieu d'être embrassé, tu es tué. Prêt ? »

Karl garda le silence.

« Tu vas pas faire ton vexé ? Ton rabat-joie ? sourit Bulldog. Fais comme tu veux, mais voilà les règles. Je fais tourner le flingue. Il s'arrête de tourner. Le plus couillu de nous deux a une chance de l'attraper en premier. Qu'est-ce que t'en penses, monsieur Bouche d'Or ? C'est assez simple, même pour un type aussi bouché que toi !

– T'es un pauvre enfoiré de malade, finit par dire Karl.

– Je sais. Go ! » Bulldog fit tourner le flingue, l'envoyant valser en une série de cercles flous et argentés. « Ça tourne et tourne et tourne en rond, et quand ça s'arrête, personne ne sait… »

Karl le regardait tourner, ensorcelant, morbide et hypnotisant, avant de ralentir doucement jusqu'à s'arrêter, la crosse directement face à lui.

Aucun des deux ne fit un geste, chacun fixait l'autre.

« On dirait que la chance te sourit, Bouche d'Or, dit Bulldog. Qu'est-ce que t'attends ? Vas-y. Attrape-le. Descends-moi, entre les deux yeux. C'est comme ça que j'ai appris à Chris Brown à le faire. »

Karl regardait fixement le pistolet. Il fit ce qui semblait être un mouvement pour l'empoigner. Bulldog l'attrapa le premier, l'arma, avant de le coller rudement contre le front de Karl.

« Comment tu vas faire pour expliquer ça, Bulldog ? Jenny Lewis, un flic, une des vôtres, assassinée. Ça ne va pas être facile ! » Karl n'arrivait pas à entendre le son de sa voix tellement son cœur battait fort.

Le rictus desquamé de Bulldog réapparut. « Plus facile que tu crois, monsieur Bouche d'Or. C'est toi qui l'as tuée. Nous avons enregistré tous les sales mails que tu lui as envoyés pour la faire chanter. Quelque chose au sujet d'un secret pas très propre que son père et sa mère essayaient de cacher. Tout le monde sait que tu as toujours soif d'argent. Ils le croiront. Fais-moi confiance. »

Fais-moi confiance... fais-moi confiance... la dernière fois que j'ai entendu ces mots, on m'a tiré six fois dans le dos.

« Chris ! C'est toi qui lui as tiré dans le dos, la première fois, en le laissant pour mort, n'est-ce pas ? C'est pour ça que tu étais aussi anxieux de récupérer le manuscrit. Au cas où il t'aurait mentionné comme son second couteau corrompu, celui qui faisait raquer les macs et les dealers ?

– Chris devenait trop gourmand pour son bien. Il a été assez stupide pour menacer d'écrire un livre sur tout ça. Il a eu du bol de s'en sortir, la première fois.

– Mais pas la seconde, hein ? T'es un vrai dur à cuire, flinguer un paralytique dans son lit. Mais t'en as ramassé un peu plus que ce à quoi tu t'attendais. Il paraît qu'il t'a tiré en plein dans la bite. Putain, ce que j'ai rigolé en apprenant ça.

– Je suis content que tu aies apprécié le côté amusant de la chose. Mais c'est pas dans la bite qu'il m'a tiré. Tout près. Vraiment très près, mais pas dedans. Maintenant, j'ai un truc encore plus drôle à t'apprendre, pendant les quelques secondes qui te restent à vivre. Tu te souviens, je t'ai dit que si jamais tu me faisais encore sortir du lit par une nuit de merde comme celle-ci, je vous tuerais, toi et ta petite pute ? Eh bien, quand on en aura fini ici, on va aller chez toi, histoire de lui montrer que les vrais mecs sont capables de la baiser jusqu'au sang. Elle va vite constater qu'on m'a pas tiré dans la bite. Crois-moi. Ensuite, je lui tirerai dans la colonne vertébrale, et je la regarderai grimacer. »

Derrière Bulldog, Cairns, penché sur Jenny, était en train de lui arracher ses fringues et de faire glisser son jean sur ses chevilles. « Tu sais depuis combien de temps j'ai envie de faire ça, Miss Parfaite ? » lui murmura-t-il à l'oreille pendant qu'il débouclait sa ceinture et baissait son pantalon.

« Adieu, monsieur Bouche d'Or, dit Bulldog. Si t'aperçois Brown, où que tu finisses, présente-lui mes respects. »

Le coup de feu fut assourdissant. L'odeur de cordite et les débris de bois emplirent l'air pendant que le plateau de la table s'ouvrait pour révéler l'œil d'un cyclope qui venait d'apparaître en son centre.

Le menton de Bulldog s'ornait d'une petite cavité noire, presque comme la fameuse fossette de Kirk Douglas. Un peu de sang s'écoulait du trou, tandis qu'une bavette rouge se formait sur sa poitrine. Il ne bougeait pas. Il ne prononçait pas un seul mot. Ses yeux étaient vitreux.

Karl sortit son arme de dessous la table. Ses mains tremblaient terriblement. Il braqua son pistolet sur Cairns, dont la frénésie sexuelle était au maximum ; la bite raide, il s'apprêtait à grimper sur Jenny.

« Cairns... ? »

Pas de réponse. Pas de réaction. Cairns était déjà loin, dans son noir paradis.

« Cairns ! Tourne-toi, espèce d'enculé ! » cria Karl, sentant ses genoux mollir comme des élastiques.

« Hein ? Oh... putain ! » Cairns s'arrêta en se tortillant comme un ver, la bouche béante. « S'il te plaît... s'il te plaît... Karl... je... »

Karl fit feu deux fois, la seconde balle chopa Cairns à l'arrière du crâne presque au même moment où la première lui trouait le front. Karl dirigea très vite son pistolet sur Bulldog, comme s'il s'attendait presque à le voir bondir, puis de nouveau sur Cairns, comme s'il s'attendait à la même chose.

Aucun des deux cadavres ne bougea.

Boum, boum, boum, faisait son cœur. Il avait du mal à respirer. L'air lui faisait un peu de bien. Il sentait son cœur chavirer. Il était sur le point de prendre feu. Son cerveau était en flammes. Il s'attendait à ce que tout s'emmêle ; il s'attendait à mourir…

Il ne savait plus combien de temps il était resté là, dans l'attente de la mort. Il se souvenait seulement qu'il n'avait jamais vécu une telle expérience dans toute sa vie.

Avec son arme, il tisonna la face molle de Bulldog et vit la sortie de balle, grosse comme une noix de coco, à l'arrière de son crâne. À bout de nerfs, il faillit lui tirer encore dessus, comme s'il venait de combattre une créature cauchemardesque qu'on ne pouvait abattre d'une simple balle dans la tête.

Il se déplaça vivement vers le corps de Jenny et repoussa le cadavre de Cairns.

« Jenny ? » Il s'agenouilla, les doigts désespérément à la recherche d'un pouls. Il le trouva. Faible. « Jenny, tout va bien. Je vais appeler…

– Ma… mère… il faut que vous alliez… voir… mère… » La voix de Jenny s'estompa.

Karl escalada quatre à quatre les escaliers. *Quelle chambre ? Où ? Putain ! Mon cœur est en train de lâcher.*

Sur le palier du troisième, il aperçut une porte ouverte. Un filet de lumière s'en échappait. Il redoutait d'entrer.

Totalement hors d'haleine, il franchit le seuil, et fut immédiatement attiré par la silhouette fantomatique allongée sur le lit. Son bras maigre et pâle reposait sur le drap.

La respiration de Karl s'accéléra, devint plus violente. Soudain, toutes ses pensées se rassemblèrent pour former une intense et saisissante vision : un écran de télévision clignotait devant les yeux fixes de sa propre mère assassinée ; l'odeur amère de la mort dans sa bouche ; le fou qui le poursuivait, le capturait, le poignardait sans arrêt, le laissant pour mort.

Mort. Mort. Mort.

Il savait que la mère de Jenny était morte bien avant qu'il ne s'empare du bras flaccide, à la recherche d'un pouls. Une masse de plumes sanglantes s'était collée sur son visage. Un oreiller reposait par terre, imbibé du rouge et du blanc de la mort. Dans sa tête, il voyait Bulldog et Cairns placer l'oreiller sur le visage pitoyable de la vieille dame, avant de vider calmement leur chargeur dans sa tête. Il les voyait rigoler silencieusement dans le noir.

Karl frissonna. Pendant le massacre, il était en bas avec sa fille, en train de faire soigner sa minable blessure. Il aurait dû entendre quelque chose, quoi que ce soit. Il n'aurait jamais dû venir ici, attirant derrière lui la mort et le mal. *Tu nous as même pas vus te filer sur Antrim Road. Comment peux-tu gagner ta vie comme soi-disant détective privé, alors que t'es même pas capable de protéger ton propre cul ? Sans toi, nous aurions jamais trouvé Miss Parfaite.*

Jamais trouvé. Jamais trouvé…

Il sortit de la chambre en titubant, avança au hasard, cherchant aveuglément à s'accrocher à quelque chose de solide pour rester debout. En dévalant les escaliers jusqu'à la cuisine, il se sentait mal, s'attendant presque à tomber sur Bulldog et Cairns, un sourire ironique aux lèvres. Mais ils ne l'attendaient pas. Le corps de Bulldog avait rétréci jusqu'à l'insignifiance ; celui de Cairns s'était replié jusqu'au néant.

Il s'agenouilla au côté de Jenny et lui murmura à l'oreille : « Jenny ? Jenny… » Ce ne fut qu'en se penchant au-dessus d'elle qu'il remarqua le gribouillis sanglant écrit du bout de ses doigts sur le plancher en bois : *I F.*

Elle lui étreignit la main, ses ongles lui perçaient la peau.

« Qu'est-ce que c'est, Jenny ? Qu'essayez-vous de me dire ?

Le début d'une question ? Si[1] quoi ? Si je peux trouver le big boss ? » Son cerveau fatigué essayait de réfléchir. « Donnez-moi son nom, Jenny. Jenny… ? »

Pas un geste. Plus de temps.

En utilisant le téléphone de la maison et en déguisant sa voix, Karl appela rapidement, bien que trop tard, une ambulance. L'adresse. Une fusillade. Rien d'autre. Inutile de chercher à expliquer ou à entrer dans les détails. Rien que des sous-entendus et des questions sans réponses.

Il quitta rapidement la maison et se mit à marcher droit devant, sans même savoir si « droit devant » était bien l'endroit où il voulait aller. La nuit laissait place au petit matin. La puanteur de la mort s'accrochait à ses narines et à ses habits. L'air froid et coupant sur son visage lui fut une bénédiction.

Dans l'ombre de sa voiture, près des arbres, il pria le dieu en qui il ne croyait pas pour que sa voiture bien-aimée veuille bien démarrer. Si jamais on trouvait sa voiture sur ce lieu, il était foutu. Non qu'il ne fût pas foutu, de toute façon.

Il retint son souffle. Tourna la clef de contact. À son grand soulagement, le moteur se mit à rugir. Les roues patinèrent pendant une éternité avant de finalement se mettre en traction. Il fit prudemment marche arrière, braquant à droite, reprenant le chemin en sens inverse.

Au loin, il pouvait voir se profiler le château de Belfast illuminé dans toute sa gloire comme un livre pop-up. Ça le fit penser à Chris Brown, et ce fut seulement là qu'il vit les traces d'ongles que Jenny lui avait incrustées dans la peau.

1. *If* = si.

34

Dimanche 11 mars (après-midi)

> Le secret pour moissonner l'existence la plus féconde et la plus grande jouissance de la vie est de vivre dangereusement.
>
> Friedrich Nietzsche, *Le Gai Savoir*

Karl ouvrit les yeux. Ils piquaient l'enfer, sous le flot de lumière de l'après-midi qui passait au travers des volets. L'heure exacte était un vrai mystère, du moins pour lui. Il était collé dans l'instant et cherchait désespérément à rassembler les événements de la nuit précédente.

Son corps était douloureux et la migraine lui grignotait l'intérieur de la tête. Il le sentait, ça empirait, seconde après seconde. Ses muscles étaient mous et inertes.

Se frottant l'œil de son poing serré, il se dirigea d'un pas hésitant vers la salle de bains et faillit la louper avant de vomir dans les toilettes. Il n'y avait guère de matière, juste un résidu aigre de ce qu'on l'avait obligé à avaler aux petites heures du matin.

Après deux nausées, il se releva lentement. La pièce cessa progressivement de tourner.

Il jeta un coup d'œil dans le miroir et étudia le visage qui l'examinait.

Merde… Qu'est-ce que c'est que ce bordel… ?

« Karl, tu vas bien ? demanda Naomi, depuis le seuil de la salle de bains.

– Ça va, répondit-il avec un sourire forcé. Un peu de café et je me porterai comme un charme. » Il s'aspergea la figure d'eau froide, grimaça et revint dans la chambre pour négocier avec son pantalon.

« Tu as eu une nuit éreintante. Tu n'as pas cessé de marmonner des trucs à propos de chiens et de fusils », dit Naomi, toujours derrière lui.

Un abattoir de flash-back sanglants avait empêché Karl de dormir pendant la moitié de la nuit. Chaque fois qu'il fermait les yeux, Jenny Lewis le fixait, accusatrice, couverte de sang. *Vous les avez conduits à moi, à ma mère... Dieu vous maudisse, Karl Kane...*

« Un cocktail d'antalgiques et de cognac, ça ne fait pas un bon somnifère ; en revanche, une grande tasse de café brûlant est un très bon antidote, Naomi. Tu vois ce que je veux dire ?

– Je n'arrive toujours pas à croire qu'une tête de cochon comme toi ait eu l'intelligence d'aller à l'hôpital la nuit dernière après un accident de voiture, continua Naomi en éludant subtilement la question. Mais pour tout dire, ces points de suture me semblent assez peu professionnels. »

Karl crut détecter un léger soupçon dans la voix de Naomi.

« Une jeune infirmière. Une petite chose nerveuse. On ne peut pas la blâmer. Elle était pétrifiée par mon état, couvert de sang... C'est à peine si ses mains pouvaient s'arrêter de trembler. » Il essaya encore de sourire, mais ça lui faisait trop mal.

« Dieu merci, tu avais ta ceinture. Je suis terrifiée à l'idée que... »

Il savait que l'état dans lequel il était rentré avait secoué Naomi, mais il ne pouvait pas la laisser s'impliquer davantage dans ce bordel. Moins elle en saurait, mieux ce serait.

« Il faut croire qu'un peu de ton bon sens a fini par pénétrer dans ma cervelle épaisse, après tout. La ceinture m'a évité de me fracasser. »

Naomi caressa tendrement la tête de Karl, avant de l'embrasser sur la joue. « Pourquoi tu ne te recouches pas ? Je vais t'apporter quelque chose à manger. »

Karl fit signe que non. « Trop de choses à faire. De plus, je n'ai vraiment pas envie de manger. Juste un peu de café.

– D'accord, répondit Naomi avec un sourire. Mais je veux que tu récupères des forces en te reposant. N'oublie pas que nous devons aller voir cette pièce demain, au Grand Opera House.

– Une pièce ? Quelle pièce ?

– *Mort d'un commis voyageur*. Tu te souviens ? Je n'ai pas arrêté de te parler de ce jeune acteur qui monte, Connor O'Neill. Les critiques disent qu'il est du niveau de Liam Neeson.

– Ça ne peut pas attendre une semaine ou deux ? »

Naomi l'étudia pendant quelques secondes, avant de déclarer d'une voix glaciale : « Tu sais combien de temps j'ai fait la queue pour avoir ces billets ?

– Qu'est-il arrivé à la compassion dont tu faisais preuve il y a un instant ?

– Et la compassion pour m'être gelé le cul pendant une heure dans la file ? répliqua Naomi. On part demain soir à sept heures et demie pétantes pour aller dîner au Red Panda, ensuite on file à l'Opera House. Pas de discussion. »

Sans attendre de réponse, elle prit la direction de la petite cuisine.

Résigné, Karl entra dans le salon et pressa instinctivement le bouton de la télécommande. À l'extérieur de l'appartement-bureau, un groupe d'hommes travaillait sur les lignes téléphoniques endommagées par la tempête de la nuit précédente. Les fils étaient enroulés comme des serpents de réglisse. Les hommes semblaient avoir froid. Pourtant, le soleil de l'après-midi commençait à prendre un air glorieux, contredisant le bulletin météo et les visages des ouvriers.

Qu'est-ce que tu vas faire maintenant ? Prendre patience ?

Attendre l'arrivée de Wilson ? Dans quel putain de merdier es-tu allé te fourrer ?

L'écran s'éclaira brusquement, et le fil de ses pensées en fut interrompu. Une conférence de presse était en cours. Journalistes et reporters entouraient une table d'où émergeaient des micros telles des armes médiévales.

« Que pouvez-vous nous apprendre sur les victimes, monsieur ? demanda un reporter barbu dont la taille dominait largement le directeur de la police assis.

– Trois des victimes étaient des officiers de police en fonctions. L'inspecteur Duncan McKenzie, la constable Jenny Lewis et l'inspecteur Peter Cairns, répondit le directeur. Comme vous le savez probablement tous, l'inspecteur McKenzie a eu une longue et remarquable carrière et fut récemment décoré par la reine à Buckingham Palace de l'ordre de l'Empire britannique pour son intégrité et sa bravoure. Peter Cairns était le plus jeune enquêteur des forces de police. Un avenir brillant lui tendait les bras avant qu'il ne soit brutalement assassiné. Jenny Lewis était une jeune femme aux visions claires. Elle avait récemment rejoint un groupe d'enquêteurs d'élite. Tragiquement, sa mère infirme a également été assassinée. »

Karl sentit son estomac se serrer. Se glacer. Se retourner. Il essayait d'atteindre le bouton de la télécommande, quand la voix de Naomi l'arrêta :

« Trois officiers de police tués ? Que s'est-il passé ?

– Je… je ne sais pas vraiment, bafouilla Karl. L'un d'entre eux était Duncan McKenzie.

– McKenzie ? Celui qu'on appelait Bulldog ? C'est pas lui dont parlait Ivana ? »

Karl fit signe que oui. Il sentait l'amertume se nicher dans sa gorge. Il avait envie de vomir, encore. Quelque chose à propos du directeur de la police lui trottait dans la tête. Où l'avait-il déjà vu ?

Le directeur continuait à répondre aux questions. Il

refusa de confirmer que les policiers avaient découvert des indices : des traces de pneus, des empreintes digitales, des douilles vides.

Le reporter barbu continuait à poser ses questions : « Il y a eu des spéculations, monsieur le directeur, disant que plusieurs tueurs seraient impliqués dans ce massacre, et qu'avant de partir ils avaient pris le temps de nettoyer la scène du meurtre. Qu'y a-t-il de vrai ? »

Le directeur de la police parut visiblement ennuyé par la question. « Vous dites ça comme si vous étiez sur place. Peut-être pourriez-vous être assez aimable pour nous éclairer sur ce qui va se passer ensuite ? »

Une rafale de rires jaillit de l'assistance. Le reporter barbu sembla ne plus savoir où se mettre, avant de se reprendre rapidement :

« Je crois que c'est dans l'intérêt du public, monsieur le directeur, que nos spectateurs…

– Ce ne serait pas dans l'intérêt de la justice de travailler sur les spéculations de la presse. Voilà ce que je peux vous dire : je ne suis directeur de la police que depuis six mois, et le taux de criminalité de la ville a baissé sensiblement. Si les auteurs de ce crime odieux et lâche nous écoutent, je veux qu'ils sachent qu'ils ne nous échapperont pas ; que je n'arrêterai pas avant de les avoir livrés à la justice. Je vous le promets, et Ian Finnegan tient toujours ses promesses. »

Où est-ce que je t'ai vu avant ?

« Karl ? Karl ? insista Naomi. Qu'est-ce qui ne va pas ? Je te demande qui est cette grosse légume de la police.

– Je ne suis pas trop sûr… fit Karl en essayant de démarrer sa cervelle au kick.

– C'est pas Wilson, assis à côté de lui ? »

À cet instant, on entendit la voix de Wilson : « Je ne peux que répéter ce que le directeur a dit. Nous ne nous arrêterons que lorsque justice sera faite. » Même avec une épaisse couche de fond de teint sur le visage, Wilson suait terriblement. « Maintenant, je vais prendre quelques questions avant de clore cette brève conférence. » Il se mit à pointer l'index aussi vulgairement qu'un président américain. « Caroline ? Votre question ?

– Est-il vrai que vous avez déjà une liste de trois ou quatre suspects ?

– Je ne peux pas vous en donner le nombre. Mais oui, nous avons des noms. Question suivante… »

Il bluffe. Il dit la même chose à chaque conférence de presse. Il n'a que des fils fragiles. Des toiles d'araignée.

Il aurait voulu pouvoir éteindre ce sacré truc.

Le téléphone sonna. Karl laissa tomber la télécommande comme si elle venait soudain de se transformer en charbon ardent.

« J'y vais, fit Naomi.

– Non ! Non… ça va. Je suis plus près que toi.

– Okay, okay. Pas besoin de m'arracher la tête.

– Désolé… » marmonna Karl, trop tard, comme Naomi quittait la pièce.

La voix stridente du téléphone continuait à crisser comme des ongles sur un tableau noir. D'un geste las, Karl décrocha et murmura : « Allô… ?

– Kane ?

– Qui est-ce ?

– Tu sais bien qui c'est.

– Wilson ? Pourquoi appelles-tu ici ? Tu veux un autre gnon dans la gueule ? »

Une baïonnette brûlante de trouille se mit à poignarder l'estomac de Karl.

« Je pense que tu sais pourquoi je t'appelle.

– Vraiment ? répondit Karl en faisant semblant de bâiller. Fais-moi le plaisir de me le dire.

– Où étais-tu la nuit dernière, et ce matin à l'aube ? »

Karl serra vigoureusement les fesses. Il avait envie de chier. « Moi ? T'occupe pas de moi. Mais toi, où étais-tu ? »

Il se représentait la tête de Wilson, pourpre comme une prune, prêt à exploser.

« Tu crois être très malin, mais laisse-moi te dire une chose. On a trouvé des empreintes digitales latentes dans la maison. Jusqu'à présent, elles ne figurent pas dans le fichier national. Donc pas de comparaison possible. Mais, d'après moi, il arrivera bien un jour où le meurtrier des trois flics enfreindra la loi, peut-être pour conduite en état d'ivresse. Ce jour-là, on pourra comparer. Et n'oublie pas ce qu'a dit le directeur : il va faire de ces meurtres sa principale priorité. Je vais m'en charger personnellement. Je me fous du temps que ça prendra, mais je vais traîner ces tueurs – ou ce tueur – devant la justice.

– Exactement comme tu l'as fait avec les assassins de Chris Brown ?

– L'enquête n'est pas terminée...

– Une affaire particulière. Je sais. Je pourrais en écrire le scénario pour toi, Wilson. Juste une petite info : si tu trouves le meurtrier de Brown, tu trouveras aussi celui de Jenny Lewis.

– Qu'est-ce que tu racontes ?

– Maintenant c'est à moi de dire que tu le sais parfaitement. Ton silence et ton aveuglement ont causé sa mort. Si tu avais arrêté le meurtrier de Chris Brown, Jenny Lewis serait, très certainement, encore vivante.

– Ton sablier est presque vide, Kane. Le directeur vient juste de remplir le mien. Le temps est de mon côté.

– C'est tout ce que tu as à tes côtés. Du sable. Maintenant, si tu veux bien, toi et le directeur, vous pouvez aller vous faire foutre et passer une bonne journée. »

Coupant du même geste le téléphone et la voix de Wilson, Karl s'affala sur un siège près de la fenêtre. Il avait besoin d'air, d'un paquet d'air. Il ouvrit la fenêtre et un délicieux vent frais lui caressa le visage. Il frissonna, mais pas à cause du vent. *Tu joues dans la cour des grands maintenant, mon garçon. Tu es le seul à blâmer. Des affaires simples et de l'argent facile à gagner, ce n'était pas assez pour toi. Il te fallait du compliqué. Maintenant, regarde ton avenir. La prison, si tu as de la chance ; une petite visite en pleine nuit, si tu n'en as pas. Même le directeur de la police s'intéresse personnellement à toi. Si seulement tu n'avais pas fourré ton grand nez dans… si seulement tu n'avais… si seulement… si…*

Alors ça le frappa, d'une façon si étonnamment claire qu'il en eut le souffle coupé. Un flash-back de l'horrible mort de Jenny, ses doigts sanglants, gribouillant le mot *IF* sur le plancher. Et si ce putain de mot sanglant n'était pas le début d'une question, mais un nom – ou des initiales ? I. F.

Il se souvint alors de l'endroit où il avait déjà vu le directeur de la police, quelques semaines plus tôt. Son portrait était accroché parmi la collection d'autres probables crapules, sur un mur de la prison de Woodbank. Ian Finnegan était l'un des anciens directeurs pénitentiaires.

« Ça t'attendait dans l'entrée, dit Naomi, interrompant ses pensées en lui tendant une lettre.

– Encore une facture ?

– Non… L'hôpital, répondit-elle en soupirant.

– Laisse-la sur la table. Je l'ouvrirai plus tard. Je ne me sens pas le courage d'ouvrir mon courrier aujourd'hui.

– Karl, mon chéri, pourquoi ne pas l'ouvrir maintenant ? Si tu as…

– Putain de merde ! T'es complètement sourde ou quoi ? Laisse cette enveloppe ! »

Quelques secondes plus tard, il sortait en trombe de la pièce, laissant Naomi en contemplation devant l'enveloppe marron.

35

Lundi 12 mars

Fais, dans les déserts de son cœur,
Jaillir la source guérisseuse,
Dans la prison de ses journées
Instruis l'homme libre à louer.

W.H. Auden,
À la mémoire de W.B. Yeats

Karl entra dans la maison de retraite avec toute l'anxiété d'un prisonnier condamné à la potence. Il s'attendait à ce que les odeurs lui retournent l'estomac : urine, excréments et nourriture bouillie toujours pareille, et surtout, la plus importante de toutes, la solitude.

L'homme fixait le mur quand Karl entra dans la pièce sans frapper. Il était grand, déjà desséché comme une cosse, et la seule chair visible se situait sur le cou en petits accordéons de peau charnue. Prisonnière entre les plis de ses lèvres retroussées, il y avait une cigarette sans filtre, fermement fixée et pas allumée.

« Salut, papa », dit Karl en mettant la main sur le bras de son père, avant de poser un grand sac de fruits sur une table près du mur.

Cornélius Kane ignora le contact, mais retira la cigarette de sa bouche.

« Ainsi tu t'es enfin décidé à venir me voir ? Ça doit faire plus d'un an maintenant. Si tu veux pas venir, ne viens pas. C'est aussi simple que ça.

– Je suis venu la semaine dernière, dit Karl en se forçant à sourire.

– Ah bon ? Dis-tu bien la vérité cette fois ? La dernière fois, tu n'as dit que des mensonges.

– Bien sûr que je dis la vérité. Je suis là tous les lundis, papa. Tu le sais. Je suis comme une horloge.

– Est-ce que mon horloge est là ? Quelle question stupide. Bien sûr qu'elle est là, si j'arrive à la trouver. Quelqu'un l'a volée hier.

– Personne ne l'a volée, papa. Elle est partie depuis des années. Tu l'as laissée dans ton ancienne maison. » *La maison de meurtre et de sang.*

Suçant ses lèvres, Cornélius émit un bruit, un signe avertissant Karl de ne poser aucune question sur les événements.

« Je sais qui l'a volée. Mais ne t'en fais pas, j'ai un plan pour la récupérer. » Cornélius se dégagea de Karl et se dirigea vers la seule fenêtre de la petite pièce, ses pieds en chaussettes ne produisant aucun bruit sur le plancher.

Des années de pas furtifs avaient transformé le plancher terne et usé en un parquet bien entretenu.

« Donne-moi du feu, demanda Cornélius, la clope au bec.

– Tu es supposé ne pas fumer, papa. De toute façon, je n'ai pas de feu. J'ai arrêté. Je t'ai apporté des fruits. C'est bien plus sain pour toi.

– Qui a dit que j'étais supposé ne pas fumer ? C'est encore ta mère qui t'a soufflé ça à l'oreille ?

– Les docteurs.

– Les docteurs ? Peuh ! Qu'est-ce qu'ils y connaissent, cette bande de charlatans ? Fumer me garde en vie, depuis des années. » Il mit sa cigarette dans la poche de sa chemise et tâta deux fois sa poche, pour vérifier que la cigarette était bien là. « Et cesse de m'apporter des fruits. Je n'arrête pas de te dire que ça me fout la chiasse. J'ai le cul en sang à cause de toi et de tes putains de fruits !

– OK. Si c'est ça que tu veux. Plus de fruits.

– Est-ce que tu pourrais au moins enlever tes putains de chaussures, dit Cornélius d'un ton sec, en matant les pieds de Karl. On m'a refait le plancher hier. Ça m'a coûté une fortune. »

Karl obéit et enleva ses chaussures.

« Ils ont fait un bon boulot, à ce qu'il semble ? demanda Karl, comme il le faisait chaque lundi depuis deux ans.

– Tu te souviens de Marty Jenkins ? demanda Cornélius, s'illuminant soudain.

– Ton vieux skipper du temps où tu étais dans la marine marchande ?

– Il m'a appelé hier. Il m'a dit : Corn, tu es l'un des meilleurs seconds que j'aie jamais connus. Il m'a offert un boulot sur son nouveau bateau. *The Ballygally Head.* Il part la semaine prochaine. »

Karl jeta un coup d'œil sur l'annuaire rotatif posé dans un coin, vide de toute inscription.

« C'est chouette, papa. L'air marin te fera du bien.

– Pas sûr que je veuille accepter, pourtant. Je suis plutôt occupé, en ce moment.

– Papa, je t'ai trouvé un endroit.

– Un endroit pour quoi faire ?

– Un endroit pour vivre.

– Tu déconnes ou quoi ? Avec tout le boulot que j'ai à faire ici ? J'ai pratiquement remis cet endroit en état moi-même. Tu sais que j'ai posé le parquet ?

– Je pensais à un endroit près de chez moi.

– Cet endroit *est* près de moi, donc arrête de penser. Et puis, où as-tu attrapé ces marques sur la figure ? Tu t'es encore battu avec Billy Gorman ? Combien de fois faudra-t-il que je te le dise ? Si tu veux te battre, va dans un club de boxe.

– Je ne me suis pas battu, papa. C'est un petit accident de voiture. Rien de sérieux.

– Un accident de voiture… mon Dieu. Comment… quelqu'un a pu te rentrer dedans alors que tu étais à l'école ?

– Non, je conduisais.

– Conduire ? C'est toi qui vas me conduire à l'asile. Par le ciel, qu'est-ce que tu racontes encore ? Conduire, ben voyons ! Tu aurais besoin d'un bon coup de pied au cul pour t'apprendre à mentir. Tu ne veux donc pas aller au paradis ?

– T'as raison, papa. Je suis désolé. Plus de mensonges.

– Bien. Tu vois comme c'est facile de dire la vérité ! Maintenant, où est ta petite amie ? Lilly ? Comment ça se fait qu'elle ne me fasse plus de gâteaux ?

– Petite amie ? Lilly ? Tu veux dire, Naomi.

– Je ne connais pas de Naomi. C'est de ta copine que je parle. Celle avec de longs cheveux noirs. Jolie.

– Lynne ?

– C'est ce que je disais. Lilly. Pourquoi tu ne l'emmènes plus avec toi en visite ?

– Nous sommes divorcés, papa. Notre mariage est terminé depuis un bon bout de temps.

– Mariage ? Divorce ? Quelles âneries es-tu en train de me raconter ? Quinze ans et tu es marié et divorcé ! J'ai bien envie de te flanquer une bonne raclée. Est-ce que ta mère est au courant de tes mensonges ? Et, en parlant de ta mère, elle dit que tu négliges tes devoirs à la maison. C'est vrai ?

– J'ai été très occupé.

– Quel genre d'excuse est-ce là ? Tu sais que ta mère n'aime pas les excuses. Elle croit que les excuses ne font que mener à d'autres excuses, et je suis d'accord avec elle. » Il hocha la tête. « Tu es devenu bien insolent, dernièrement, bien irrespectueux. Ça brise le cœur de ta mère quand elle t'entend parler comme ça.

– Je suis désolé, soupira Karl, tu as raison. Je vais essayer de me concentrer sur mes devoirs, papa. Je te le promets. »

Soudain, un sourire émergea de la brume qui semblait flotter autour du visage de Cornélius. Les rides profondes de son front s'estompèrent, ses yeux sombres s'éclairèrent quand il caressa la tête de Karl, en ébouriffant malicieusement ses cheveux.

« Tu es un bon fils. Le meilleur qu'un père et une mère puissent jamais désirer. Ta mère t'aime. Tu le sais ? Elle ne le dit jamais, mais elle t'aime. »

Comment sais-tu qu'elle ne me l'a jamais dit ?

« Papa, j'ai besoin que tu me dises quelque chose. » Sa voix semblait ne pas vouloir franchir sa gorge.

Cornélius fronça soudain les sourcils. Il plia les doigts et fit craquer toutes ses phalanges à la fois, un geste dont Karl savait qu'il trahissait l'appréhension.

« Qu'est-ce que c'est ? Qu'as-tu encore fait ? »

La pluie se mit à frapper lourdement les fenêtres, offrant à Karl une distraction bienvenue.

J'ai juste tué deux hommes, papa, et causé la mort d'une jeune femme et de sa mère. La jeune femme n'était pas différente de moi, la tête un peu déglinguée par tous les événements qu'elle avait dû subir. Oh, t'ai-je parlé du directeur de la police ? Un type probablement enfoncé jusqu'aux couilles dans le meurtre, et ce n'est plus qu'une question de temps avant que quelqu'un lui dise que je pourrais bien avoir des soupçons sur son passé plutôt sombre. En plus, je n'ai personne à qui parler sans craindre de lui nuire, et ça me démolit lentement. Peux-tu chasser cette douleur suffocante ? Peux-tu faire ça, papa ? Le peux-tu ? S'il te plaît. Juste pour une fois ?

« Bon, de quoi s'agit-il ? répéta Cornélius, avec une légère impatience. Tu as mis cette fille, Lilly, enceinte ? Ta mère va te tuer, si c'est vrai. Crois-moi.

– Non, Lynne n'est pas enceinte, papa.

– Bon, c'est déjà quelque chose. Je t'ai toujours dit qu'on

pouvait regarder les flammes d'un feu sans problème, mais une fois que t'as commencé à tisonner, tu te brûles. »

Karl sourit malgré lui. « Je n'ai pas touché le feu de Lynne, papa. C'est promis. Oh, j'ai reçu une lettre de l'hôpital aujourd'hui. Tout va bien. Pas de cancer. Juste des hémos. C'est génial, non ?

– Un concert ? Qui donne un concert ? Des zémos ? des zémos quoi ? Au nom du ciel, qu'est-ce que tu radotes ?

– Rien, papa. Rien du tout.

– Amène Lilly, la prochaine fois. Ça fait un bon moment que je ne l'ai pas vue. Gentille fille, cette Lilly. Assure-toi qu'elle me fasse un gâteau... » La voix de Cornélius commença lentement à faiblir. De sa poche, il pêcha la cigarette et vérifia son état avant de la remettre dans sa bouche. Satisfait, il reporta son attention sur la fenêtre ; sur quelque chose que lui seul pouvait voir, ignorant complètement son fils.

La pluie se transforma en grêlons. Ils cognaient comme des pierres contre la fenêtre.

« On se voit lundi prochain, papa... » dit Karl en partant.

***

Karl alluma un petit feu dehors, dans la cour minuscule à l'arrière de son bureau. Un grand carton plein de vieux journaux l'attendait, et il les regarda une nouvelle fois, jonglant avec ses émotions.

Il s'agenouilla et entassa quelques-uns des journaux sur les flammes, en attendant qu'ils prennent, avant d'en placer d'autres sur le sommet, produisant plus de fumée que de flammes.

N'en lis aucun. Brûle-les. Ne regarde pas en arrière. Souviens-toi de ce qui est arrivé à la femme de Loth quand elle s'est retournée.

Mais l'appel des sirènes des journaux se montra plus

puissant qu'une vieille bonne femme transformée en statue de sel.

Deux jeunes filles trouvées assassinées ! hurlait la manchette. Une vieille photo d'une sortie scolaire montrait un groupe de jeunes filles. Dans le groupe, deux des visages étaient encerclés. Souriants. Timides.

Karl sentit son cœur se serrer. Il lut le paragraphe qui suivait.

Les deux filles, Ann Mullin et Leona Fredrick, toutes les deux âgées de huit ans, ont été trouvées hier dans un chemin étroit non loin de leurs maisons respectives. Les filles avaient disparu depuis plus d'une journée après une séance de peinture d'œufs le dimanche de Pâques au matin. Le rapport préliminaire dit qu'elles ont été abusées sexuellement avant d'être tuées. Des officiers de police pourtant endurcis ont déclaré qu'ils avaient été choqués par la scène du crime. Le meurtrier s'est servi soit d'un couteau, soit d'une autre arme tranchante – peut-être un rasoir – pour son action macabre. La police a demandé aux parents de garder leurs enfants chez eux…

Karl relâcha l'air enfermé dans ses poumons, comme s'il venait de nager sous l'eau. Il saisit un autre journal, daté, celui-là, de deux semaines après le meurtre des filles.

La police a arrêté un suspect dans l'affaire des meurtres du matin de Pâques. Il était connu localement sous le nom de Walter Arnold. Les gens disent de lui que c'est un solitaire, mais ils ont été choqués d'apprendre qu'Arnold était en fait le célèbre Bibendum, un homme déjà suspecté de meurtre, il y a de nombreuses années. En raison de sa pathologie mentale, Arnold avait été jugé non coupable du meurtre de Julia Kane et de la tentative de meurtre sur son fils, Karl…

« Karl ? »

La voix de Naomi le surprit, l'obligeant à laisser tomber les restes du journal.

« Tu m'as foutu une de ces trouilles, dit-il en se levant.

– Qu'est-ce que c'est, ce bûcher ? Il y a de la fumée partout. Ça rentre même dans ton bureau.

– Je fais juste un peu de ménage. C'est incroyable ce qu'on peut accumuler comme cochonneries pendant des années ! »

Elle le regarda étrangement. « Qu'est-ce qu'il y a, Karl ? Quelque chose te préoccupe, j'en suis sûre. Qu'est-ce qui ne va pas ? »

Rien ne va. Le monde entier ne va pas. Peut-être que si j'avais tué Arnold une nuit de Vendredi saint, il y a des années, ces petites filles seraient encore vivantes. Mais non, je ne l'ai pas fait. Je n'avais pas les couilles…

« Tout va bien, Naomi. Laisse-moi juste finir ça et je rentre tout de suite, okay ? »

Elle s'approcha et lui caressa le bras. « Tu devrais être heureux, après avoir reçu ce rapport médical, hier.

– Je le suis. Très heureux. Au moins, ça m'aura donné la motivation d'essayer d'éloigner le passé pour l'empêcher de déranger le présent. » Il lui pressa amoureusement la main. « Je t'aime. Tu sais ça ?

– Oui, bien sûr que je le sais. C'est la seule raison qui me fait tolérer ton comportement, sourit-elle.

– Je suis désolé pour hier.

– Je t'ai déjà dit de ne pas t'en faire pour ça. C'était compréhensible, vu le stress que toi… que nous avons enduré tous les deux.

– Je ne te mérite pas.

– Je sais, sourit-elle. Essaie de ne pas être trop long.

– Je ne le serai pas, promit-il en jetant le reste des journaux dans les flammes. C'est presque fini… »

Épilogue

> Ce cimetière est un espace ouvert parmi les ruines, recouvert en hiver de violettes et de marguerites. Cela pourrait rendre amoureux de la mort, de penser que l'on va être enterré dans un endroit si charmant.
>
> Percy Bysshe Shelley, *Adonais*

Les bribes changeantes de brume matinale dérivaient au-dessus de l'herbe détrempée et se dissipaient en grimpant contre de petites poches de chaleur. De menaçants nuages de pluie pendaient du plafond bas, absorbant toutes les couleurs du paysage environnant. Tout avait l'air noir ou brun, et le gris semblait même avoir été évincé.

Un temps parfait pour des funérailles… se dit Karl, en regardant le cercueil de Jenny Lewis s'enfoncer lentement dans la terre boueuse. *Tu es une si grande égalisatrice, Madame la Mort. Pas d'excuses. Pas de boniments. Pas de questions à poser. Tu fais juste ton boulot, que ce soit un prince, un misérable ou un détective privé…*

Les funérailles de Jenny, contrairement à celles de Bulldog et de Cairns la veille, avaient été discrètes et privées, juste une poignée de jeunes parents de la défunte pour toute assistance. Karl se dit que la plupart étaient des camarades de fac ou d'école de Jenny. Seuls trois officiers de police étaient présents – dont Wilson – et, une fois de plus, les

– Espèce de tas de merde. Tu t'en sortiras jamais.

– Pour ton bien, il vaudrait mieux pourtant que je m'en sorte. Fais-moi confiance... »

Tom Hicks arriva juste à temps pour séparer les deux hommes. Il arborait un visage sérieux, surmonté d'un chapeau moins que sérieux.

« Bel exemple que vous donnez là. Quelle honte ! Une mêlée. Voilà qui va faire les choux gras du vingt heures. Une jeune femme enterrée après avoir été brutalement assassinée, et vous deux en train de vous battre comme deux chiens après un os...

– Tu es dans le coup avec lui, accusa Wilson en pointant le doigt sur Tom. Je ne t'ai jamais fait confiance. C'est toi qui as donné à cet enfoiré la combinaison du quartier général, n'est-ce pas ? Vous faites bien la paire, tous les deux. J'espère que tu ne veux pas couler avec lui. »

Poussant Tom de côté, Wilson fonça à travers la foule des journalistes médusés, glissant, trébuchant et jurant entre ses dents.

« Qu'est-ce qui se passe ici, bon sang ? demanda Tom, stupéfait. Et dans quel coup suis-je exactement ? Est-ce qu'il y a quelque chose que je devrais savoir ?

– Rien. C'est juste Wilson qui est d'une humeur de merde et qui la laisse s'échapper par son trou du cul. Ça doit être une question de pression, ça le rend parano. Et alors, qu'est-ce qui t'est arrivé ? Tu étais censé être là depuis plus d'une heure, fit Karl, détournant rapidement les interrogations de Tom.

– Juste au moment de quitter mon bureau, j'ai été appelé au téléphone. Le rapport sur une des victimes du meurtre m'attendait sur mon bureau. »

Victime du meurtre ? Jenny ? Bulldog ou Cairns ? Karl essaya de prendre un air dégagé, soulagé que la boue cache l'inquiétude sur son visage. « Et ?

– Cache ta joie ! Une minute tu me colles au cul pour

avoir des infos, et la suivante t'as l'air de t'en foutre complètement.

– C'est juste un peu de grippe. Vas-y.

– Tu te souviens de la victime tuée par le phosgène ? Joseph Kerr ?

– Le chat ? C'est ça ?

– Oui, le chat. Bon, quelque chose d'étrangement intéressant est arrivé du labo. Tu te souviens, je t'avais dit qu'il y avait une petite ternissure sur l'extérieur du condom et que j'espérais qu'on pourrait en extraire quelques traces d'ADN ?

– Vaguement.

– Le prélèvement vaginal pris dans le condom a révélé le même ADN que celui de la victime. »

Les mots flottaient dans la tête de Karl. Ils se répétaient sans cesse et sans cesse. *Le même ADN que celui de la victime…*

« Karl ? T'as entendu ce que je viens de te dire ? »

Horrifié par les implications de ces mots, Karl ne put que marmonner : « Quoi ? T'es sûr ? Je veux dire…

– Bien sûr que je suis sûr. À cent pour cent. C'est une merveilleuse percée pour nous. Je sais que c'est malsain, mais le tueur doit être un membre de la famille de la victime. Comment pourrait-on expliquer autrement la concordance des ADN ? La police a déjà rassemblé autant d'informations que possible sur la famille proche de Kerr. Il avait deux sœurs. Je suis certain qu'on va les interroger. Les journaux vont avoir une journée faste quand ça va sortir. Inceste, meurtre macabre… Ils vont croire qu'ils ont gagné au loto. »

Karl se laissa tomber sur une tombe, les doigts serrés sur sa poitrine. Son cœur faisait ça de temps en temps, il trébuchait, battait irrégulièrement. Ça n'arrivait pas souvent, peut-être une ou deux fois par mois, et ça le laissait momentanément la tête un peu vide. Pas cette fois. Cette fois, il se sentait dangereusement proche de la mort.

Pauvre fille...

« Karl ? tu vas bien ? »

Il sentit ses yeux partir dans le vague et pendant un moment il ne put reconnaître la personne qui avait posé la question, ni se souvenir de ce qu'il faisait assis sur une tombe dans quelque cimetière oublié des dieux en train de penser à une jeune femme partie dans la tombe sans savoir que l'un des violeurs et potentiels meurtriers de sa mère était son père biologique.

« Karl ? tu m'écoutes ?

– Quoi ?

– Je te demande si tu vas bien ? »

Cherchant des mots inexprimés, comme si les mots à eux seuls pouvaient contenir quelque élément d'explication, Karl finit par réussir à dire : « C'est un étourdissement dû à la grippe. C'est tout. Pourquoi ne rentres-tu pas chez toi, Tom ? Je te rappellerai plus tard.

– Tu es sûr, fit Tom d'une voix hésitante. Ce n'est ni l'endroit ni le jour pour choper la grippe.

– Je sais, mais je vais juste rester assis un moment ici. Vas-y. »

Il attendit une trentaine de minutes, regardant les fossoyeurs enthousiastes faire disparaître lentement les monticules de glaise dans la tombe de Jenny Lewis, avant de ranger leurs outils et de partir eux aussi, laissant le cimetière désert, à l'exception de Karl et des morts.

Une pluie battante se mit à tomber dru sur sa tête. Le vent soufflait, faisant voltiger la boue et les feuilles. Et pourtant, il n'arrivait pas à partir.

Pour lui, le temps semblait s'éparpiller. Tout semblait

sombre, sans forme, une intense condensation des choses à venir. Le seul bruit provenait du vent au-dessus de lui, et c'était un bruit terriblement fort qui le força à se lever.

Avec détermination, il sortit du cimetière, sans se retourner.

DANS LA MÊME COLLECTION

DERNIERS TITRES PARUS

Brigitte Aubert
La Ville des serpents d'eau

Lawrence Block
Heureux au jeu
Keller en cavale

C.J. Box
Zone de tir libre
Le Prédateur
Trois Semaines pour un adieu
Piégés dans le Yellowstone

Jane Bradley
Sept Pépins de grenade

David Carkeet
La Peau de l'autre

Gianrico Carofiglio
Les Raisons du doute
Le Silence pour preuve

Lee Child
Sans douceur excessive
La Faute à pas de chance
L'espoir fait vivre

Michael Connelly
Deuil interdit
La Défense Lincoln
Chroniques du crime
Echo Park
À genoux
Le Verdict du plomb

L'Épouvantail
Les Neuf Dragons

Thomas H. Cook
Les Leçons du Mal
Au lieu-dit Noir-Étang…
L'Étrange Destin de Katherine Carr

Arne Dahl
Misterioso
Qui sème le sang
Europa Blues

Torkil Damhaug
La Mort dans les yeux

Knut Faldbakken
L'Athlète
Frontière mouvante
Gel nocturne

Karin Fossum
L'enfer commence maintenant

William Gay
La Demeure éternelle

Sue Grafton
T… comme Traîtrise
Un cadavre pour un autre. U comme Usurpation

Oliver Harris
Sur le fil du rasoir

Veit Heinichen
À l'ombre de la mort
La Danse de la mort

Charlie Huston
Trop de mains dans le sac
Le Vampyre de New York

Pour la place du mort
Le Paradis (ou presque)

Viktor Arnar Ingólfsson
L'Énigme de Flatey

Liz Jensen
Avant la fin

Thierry Jonquet
Mon vieux
400 Coups de ciseaux et autres histoires

Mons Kallentoft
5ᵉ Saison

Jonathan Kellerman
Meurtre et Obsession
Habillé pour tuer
Jeux de vilains
Double Meurtre à Borodi Lane
Les Tricheurs

Hesh Kestin
Mon parrain de Brooklyn

Natsuo Kirino
Le Vrai Monde
Intrusion

Michael Koryta
La Nuit de Tomahawk
Une heure de silence

Volker Kutscher
Le Poisson mouillé
La Mort muette

Henning Mankell
L'Homme qui souriait
Avant le gel

Le Retour du professeur de danse
L'Homme inquiet
Le Chinois
Faille souterraine et autres enquêtes

Petros Markaris
Le Che s'est suicidé
Actionnaire principal
L'Empoisonneuse d'Istanbul
Liquidations à la grecque

Deon Meyer
Jusqu'au dernier
Les Soldats de l'aube
L'Âme du chasseur
Le Pic du diable
Lemmer l'invisible
13 Heures
À la trace
7 Jours

Sam Millar
On the Brinks

Håkan Nesser
Le Mur du silence
Funestes Carambolages
Eva Moreno

Jon Osborne
Top Class Killer

George P. Pelecanos
Hard Revolution
Drama City
Les Jardins de la mort
Un jour en mai
Mauvais Fils

Elvin Post
Faux et Usage de faux

Losers-nés
Room Service

Ninni Schulman
La Fille qui avait de la neige dans les cheveux

Romain Slocombe
Première Station avant l'abattoir

Peter Spiegelman
À qui se fier ?

Carsten Stroud
Niceville

Joseph Wambaugh
Flic à Hollywood
Corbeau à Hollywood
L'Envers du décor

Don Winslow
Dernier Verre à Manhattan

Austin Wright
Tony et Susan

RÉALISATION : NORD COMPO À VILLENEUVE-D'ASCQ
IMPRESSION : NORMANDIE ROTO IMPRESSION S.A.S. À LONRAI
DÉPÔT LÉGAL : JANVIER 2014. N° 113569 (134410)
– Imprimé en France –